糖都給你吃

Author 墨西柯 Illust 華茵Cain

1

糖都給你吃

1

CONTENTS

糖都給你吃

1

CONTENTS

001

熱。

熱得杜敬之有些煩躁。

已經到了夏末，他的房間裡沒有風扇也沒有空調，只能靠開窗來降低室內溫度，紗窗還在前幾天被他點的蚊香燒壞了，使得他每次開窗，都得關掉屋內的燈，以避免蚊子來串門。

接下來能做的事情，就只有祈禱進來的蚊子越少越好。

繼續開窗，還是完成作業，這是一個難題。他糾結良久，最後還是一咬牙從床上蹦起來，走到了窗戶邊。

他在關窗戶的時候，突然動作一頓。

他住的是六層樓高的小洋樓，家裡位於頂樓，附贈閣樓以及大露臺。他家屬於中間戶，露臺跟隔壁鄰居家的露臺挨著，中間只有半人高的石欄杆隔著。他的房間在閣樓，窗戶朝向露臺，跟鄰居家閣樓的窗正對著。

鄰居家閣樓裡住著的是傳說中的別人家的孩子——周末。

說起周末這個人來，還挺有意思的。

從小起，這裡就實施學區劃分，他跟周末理所應當地成了同學。周末在這個地區，就是一個傳說中的存在：功課好、人品好、相貌好、家世好。好多熟悉的家長的口頭禪都是：「你看看人家周末。」

周末被同齡的人取的外號是「筷子哥哥」或者「圓規哥哥」，其實是帶著嘲諷意味的。

這小子從小就是一個「細長」的小男孩，又瘦又高外加腦袋大，尤其兩條腿，似乎不符合正常人的比例，看起來特別長，就跟筷子或者圓規似的。尤其跑步的時候，入目就是兩條腿在瘋狂擺動。

至於「哥哥」這個稱謂，是因為周末的生日是九月二號。他入學的那陣子，處於嚴抓入學年齡的期間，周家各種託關係走後門，都沒能倖免，只能晚一年才入學，小學一年級開學後第二天，他就比同年級學生先到了七歲。

後來，家長們誇周末的時候，孩子們都會用這個做藉口，就是周末比他們年齡大，所以成績才會這麼好。

這個外號就此流傳開了。

杜敬之單手拄著窗臺，看著對面窗戶裡正在脫上衣的周末，忍不住揚眉。

如今的周末已經不是當年那個細長的小男孩了，身高倒是一直延續了下來。他都記不清了，周末是什麼時候甩開了他，脫離了一百七十幾的隊伍，進入了一百八十幾的隊伍，身上的排骨不見了，如今是漂亮的肌肉，隱約可見的腹肌以及胸肌。

應該是從小學五年級起，開始學跆拳道之後練成的吧？

外表文質彬彬的，身材倒是挺色情的。

他忍不住低頭看了看自己胸前的排骨，在心裡暗暗感嘆：看看人家周末。

周末脫掉上衣，隨手扔到一邊的床上，去拿睡衣的時候，突然朝杜敬之這邊看過來。他這邊沒有開燈，在這樣的夜色下看不清晰，周末特意走到窗邊，探身往他這邊看。

看到他之後，立即扭頭，一邊穿睡衣一邊躲到了牆壁後面。他還以為周末要拉窗簾，結果周末穿上睡衣之後，又走回了窗邊，打開窗戶跟紗窗，朝他這邊扔了一樣東西。

他下意識地接住了，然後看著手裡的可樂味棒棒糖，忍不住笑了。周末這小子隔空拋物的水準越來越高了，如今已經扔得這麼準了。兩個窗戶間四公尺左右的距離，一處矮石欄杆，還有兩個露臺擺放的植物都被周末無視了。

「謝了。」他揚了揚手裡的棒棒糖道謝。

「晚安。」周末回答，隨後拉上了窗簾。

他關上窗戶，隨手拉上窗簾，摸索著開了燈，撕開棒棒糖的包裝放進嘴裡，然後坐在畫板前看著自己沒畫完的畫，愣了一會神，拿起筆，動作卻有所遲疑。

安靜的房間在關上窗後，立即變得溫熱，讓他沒有任何幹勁，磨蹭了半天，才從書桌上取來了速寫本，畫了一個人體的輪廓。

畫紙裡的人，是正在脫衣服的姿勢，雙手交叉在臉前扯著衣服，露出結實的腹肌以及一半的胸肌，身材結實，是標準的型男。

雖然只看了一眼，他還是將細節把握得極好，用了不到一刻鐘的時間，就畫完了這幅速寫。然後看著這個身體，又沉默了一會，才把本子合上，丟在了一邊，扭頭躺在了床上，嘟囔了一句：「真他媽熱啊……」

每次遇到這樣的情況，杜敬之都忍不住生氣。

前幾天，杜衛家帶來了一個空調，安裝在他的房間了。他起初還挺高興，當自己這不靠譜的爹突然良心發現，替他的房間添了一件電器，而且這個季節正適用。

結果一打開，他就笑不出來了。空調的運作聲音比摩托車的引擎聲還大，他站在兩公尺外都能感受到那種撲面而來的震撼感，如果不是他家住頂樓，他甚至以為杜衛家買來了一個震樓神器。

杜衛家解釋說：「在你劉叔叔那裡買的二手。」

劉叔叔是樓下廢品回收站的，順便回收廢家電，好些壞了的東西五十、一百地就收回來了，能修就修，之後賣二手，不能修的就收零件，或者再轉手出去。

杜敬之懶得計較了，原本打算開著空調，他去客廳看會電視，等涼快了再回來，結果這空調就在屋子裡自燃了……

前幾天，他把紗窗燒壞了，差點跟杜衛家幹一架。現在突然覺得，這個空調估計都沒有紗窗貴，不然杜衛家不會在意紗窗比空調還厲害。

翻了一個身，杜敬之看著放在書桌上的那個糖罐子。

透明的玻璃罐子是少女們用來放紙星星的，這是一個女生送他的禮物，悄悄地放在他的座位，不知道是誰送的，沒法退回他也就收了。拿回家之後，倒掉星星一顆沒留，接著倒進去花花綠綠的糖，都是周末給他的。

他總覺得，周末看到他就跟哄小孩似的，總拿糖糊弄他。

正愣神的工夫，他又聽到了樓下傳來的吵架聲，最開始是一男一女，後來成了兩女一男一起吵。他都不用去看，就知道他媽又跟杜衛家吵架了，然後奶奶過來攪和，跟著一塊罵他媽。

「嘖，怎麼還不離婚呢？」

然後他煩躁地關上燈，躺在床上強行入睡。

一夜都沒睡好，他有點感嘆那三個人的戰鬥力，居然能吵到那麼晚。

打著哈欠，背著書包下了樓，在樓下小攤子前停下：「煎餅果子來一個，不要香菜不要辣。」

大媽在幫他做的時候，他下意識往來時的路看，看了半天也沒看到人影。

「周末還沒走呢。」大媽就跟有讀心術似的說，手裡也沒停下，繼續忙碌著。

「哦。」他並不在意似的應了一聲，從自己的口袋裡掏錢，直接扔到了大媽放錢的桶裡。看到口袋裡還有十元零錢，跟著丟了進去：「我再來份豆漿。」

拿著煎餅果子跟豆漿朝公車站走的時候，聽到了身後傳來急促的腳步聲，應該是在朝他的方向跑來，最後在他身後不遠處停下，只是跟在他身後沉默地走。

杜敬之沒回頭，只是低著頭繼續吃東西。

周末就跟在杜敬之身後，大致有五步左右的距離，只要稍微加速就能追上他，卻沒有主動搭話，也沒故意趕上他，只是一直跟著。

周末的手裡拎著一個塑膠袋，裡面放著一個三明治跟一袋牛奶，是樓下便利商店裡買的，這個最節省時間。

快走到車站的時候，杜敬之突然加快了腳步，站在了站牌下面。

周末也趕了上來，站在了杜敬之身邊，看似肩並肩，卻有一定的錯位。杜敬之稍微在前，周末在他的身後，身高要比他高半顆頭，低垂下眼瞼就能看到他深棕色的柔順髮絲。

杜敬之的皮膚很白，白得幾乎透明，眼睛很大，還有著分明的雙眼皮以及臥蠶，五官精緻得如同女孩子，還是美女等級的。

也因為皮膚白，他的瞳孔是棕色的，頭髮也是棕色的，這種顏色很漂亮，光這種顏色的頭髮，普通人都需要多次漂染才能接近，也使得他顯得很特別，就好像一隻慵懶的貓。

當初，杜敬之也因為這種頭髮顏色，在入學的時候招惹了麻煩。

在所有學生集合的時候，從主席臺上一眼就可以看到杜敬之那在陽光下顏色更淺一些的髮絲。學校的教導處高主任大怒，當眾把杜敬之單獨拎了出來，讓他把頭髮染黑。

杜敬之脾氣不太好，頭髮顏色是天生的，又不是他染的，於是態度不耐煩地解釋。可惜他無論如何解釋，高主任都不聽，認定了杜敬之是問題學生，把他趕了出去。

結果，他順勢逃了軍訓課，在軍訓課開始了三天後才來了學校。最後還是被班導的電話轟炸後，他才頂著一頭黑得近乎於炭的頭髮來了學校。也因為這種無緣由曠掉軍訓，他剛入學，就被認定為了壞學生，被高主任重點照顧了。

在開學兩個星期後，杜敬之的髮根已經長了出來。他就直接去了高主任的辦公室，指著自己的頭皮問：「看著沒，見過這麼噁心的頭髮沒？髮根是棕色的，其他部分是黑色的，神奇不神奇，驚喜不驚喜？像不像一頭黑髮的底下長出屎來了？」

高主任這才信了，他的頭髮就是這種顏色。

第二天，他就把頭髮剃成了平頭，頭髮短到貼頭皮，不仔細看都能當成是禿子。然後一學期後，他就又長出一頭棕色的頭髮。

就算這樣，也沒能改變高主任重點關照他這男默女淚的事實。

上了公車，就會發現車裡很多都是同校的同學，偶爾還有幾個隔壁七中的學生。畢竟這輛車的網站距離三中很近，到七中卻要步行個十分鐘左右，七中的學生都會盡可能搭乘另外一條公車線路。

杜敬之站在車裡，睏得直打哈欠，感覺到手機振動，取出手機來，就看到了周末傳來的訊息，一扭頭就看到這傢伙站在他身後。

他先是白了周末一眼，然後點開訊息看：怎麼穿露這麼大膝蓋的乞丐褲？今天有雨，一場秋雨一場寒，你知不知道？晚上放學你會冷的。

他有點中二，愛臭美，本來就是學校老師眼裡公認的問題學生，他也就順其自然，認了這個人物設定，開始了學校裡扛霸子的生涯。平時也不正經穿校服，總是上身穿著校服，下身穿著自己的褲子。

這事仔細說起來，還挺丟人的。他從小就被其他人說像個小姑娘，這讓他十分不開心，於是總是裝出一副很凶的樣子，從小就開始中二，跟著一群人去打架，漸漸地還打出了點名頭來。

到後期，他有過自我反省，卻發現那種渾身帶刺的勁兒已經改不過來了。外加一直在這一片混，有了哥們兒也有仇家，想從良都難，這種形象一直持續到現在，也就懶得改風格了。

他盯著手機螢幕看了一會，撇了撇嘴，沒理，直接將手機上鎖後放進了口袋裡。

周末一直盯著他看，見他不愛理的模樣，不由得有點急，又悄悄地扯了扯他的校服衣角。他側移了一步，依舊沒理，他剛動，一個人就鑽進了空出來的縫隙裡，周末只能握著車頂的橫杆，看著杜敬之的背影，忍不住歎了一口氣。

下車的時候，周末順著人流，蹭到了杜敬之的身邊，悄無聲息地往他校服口袋裡放了什麼東西。杜敬之一邊往學校裡走，一邊掏出了口袋裡的東西，是一顆牛奶糖，再抬頭的時候，就看到周末朝著正門的方向走了。他也沒遲疑，朝著後門的方向走過去。

這所學校是省裡的重點學校，每個年級一班跟二班都是重點班，周末在一班。他沒進去重點班，目前在七班，班級的位置靠近後門，所以直接走後門比較近。

想當初，杜敬之在國中的時候，也有點小聰明，課業也是中上等水準，平時還能考進學年前五十名。他在考高中的時候，也是卯足了勁，努力複習了幾個月，還真壓著分數線，跟周末進入了同一所高中。

他還真高興過一陣子，就連杜衛家都對他和顏悅色了一段時間。結果開學後不久，他就覺得自己在這裡，簡直就像一個傻子。

在一群好學生裡，他顯得格格不入，考試的成績也成了墊底的那一批，如果不是他畫畫還不錯，真不知道學校裡還會不會容忍他這種成績一般，作風還不太好的學生。真不知道周末那個非人類，是怎麼在這種學霸雲集的地方依舊保持第一名的成績的。

杜敬之剛進入教室，就聽到了被踩了雞脖子似的尖叫聲，他忍不住蹙眉，站在後門往教室裡看。班長推了推眼鏡，嚷嚷著讓值日生去值日，值日生老大不情願。他聽著這些人吵架進入教室，回到自己的座位，這才算明白了怎麼回事。

劉天樂早上吃的是熱乾麵，還十分臭不要臉地在講桌吃，結果撒了一地。班長要劉天樂自己打掃，結果碰上了厚臉皮，死活就不幹。班長沒辦法，就只能讓值日生去，結果值日生也老大不情願，還說班長欺軟怕硬。

七班班長有點敏感且神經質，似乎是被值日生說到了痛處，才這樣誇張地罵人，聲音尖銳得刺耳。

他就很討厭這種，越是這樣強調，越證明班長心虛，怪沒意思的。

劉天樂就坐在他的斜前方，他抬腳踢了踢劉天樂的椅子腿，說道：「趕緊去收拾了，別不要臉。」

劉天樂原本還樂呵呵地觀戰，見是杜敬之發話，也就悶頭去收拾了，一句廢話沒有。杜敬之剛取出杯子準備倒水，班長就到了他身邊，他仰起頭來看著班長說：「不用謝了。」

「不是，今天你是戶外分擔區的值日生。」班長根本沒謝他的意思。

他尷尬地清咳了一聲，把書包放好走了出去，路過五班門口的時候看到了熟人，聊了能有十幾分鐘。取出手機看了一眼時間，已經到檢查整潔的時間了，這才不緊不慢地往負責的區域走。

周末手裡拿著本子，在各個區轉悠查看整潔，然後打分，這是他身為學生會會長的任務。身邊還跟著學生會另外一個成員，也算是他的好朋友程樞，一個總是說自己成熟的傢伙。

「六班這還行，不過七班這裡是怎麼回事，根本沒收拾吧，地上一堆零食袋。」程樞看著地面，忍不住嘟囔了一句。

周末正準備記上，就聽到一聲口哨聲，隨後朝聲音發出的地方看過去。

杜敬之拎著掃把站在拐角處，身體靠著牆壁，用手指了指分區，又指了指自己。周末沒多看，很快收回了目光，在本子上記錄下來：七班，優。

程樞探頭過來看：六班，良；七班，優。再看看分區的樣子，畫面帶著十足的嘲諷。他忍不住感嘆了一句：「不是吧你，這都給優？」

「垃圾可能是風吹過來的。」周末十分淡定地回答。

程樞看了看周圍，哪有一點風？接著指了指欄杆：「那裡都有灰塵了吧？」

「估計是打掃完落下來的吧。」周末回答完，將本子合上，直接往下一區走了，留下程樞一個人懷疑人生。

002

上課的時候，杜敬之的腦袋嗡嗡直響。

他滿腦子都是我為什麼要在這裡？我在這裡幹什麼？學了這些我能拯救世界嗎？不然我幹嘛要遭這個罪？

想了一會，歎了一口氣，繼續記筆記了。

他坐在教室的後排，同桌叫黃雲帆，是一個十足的胖子，個子跟杜敬之一樣高，體重卻是杜敬之的一倍還多。平日裡，黃雲帆跟劉天樂叫他老大，算是跟著他混的，三個人是班級裡的一個小團體。

這個小團體在別的班還能叫來幾個人，湊在一塊十幾個人，都是每個班級裡不老實的學生，在好學生雲集的學校裡稱王稱霸。杜敬之其實也明白，刻苦學習的學生們不屑與他們為伍，他們也就能在這個學校裡混混，殺傷力都不如他國中的那幫人。

黃雲帆沒怎麼聽課，在書堆的掩護下偷偷照鏡子。別看黃雲帆胖，卻比誰都臭美，沒事就喜歡感嘆自己的美貌：「杜哥，我發現我最近有點雙眼皮了。」

杜敬之看著黑板，隨手記著筆記，同時心不在焉地小聲回答：「熬夜熬得眼睛腫了吧？」

「我也覺得我眼睛有點腫，消腫了，說不定眼睛跟你一樣大。」

「嗯，你的眼睛像小蝌蚪一樣可愛，眼神特別迷人。」

黃雲帆瞥了杜敬之一眼，對於他那種並不真誠的誇獎很是不喜，略微不悅地感嘆：「謝謝您了，沒說我的眼睛像受精卵。」

前排的劉天樂靠著椅背，晃著椅子聽課，聽到他們兩個人聊天之後，忍不住笑出聲來。站在講臺上講課的英語老師立即停下講課，聲嘶力竭地咆哮：「你們三個給我滾出去！」

杜敬之把手裡的筆一扔，抿著嘴，給了黃雲帆一個「和善」的眼神，就晃晃悠悠地從後門走出了教室，另外兩個人則是沉默地跟著他，魚貫出了教室。

站在走廊裡，還能從走廊窗戶看到後面的體育場。杜敬之雙手拄著窗臺，朝下面看，幾乎是立即就看到了兩條長腿，擺動得就像無敵風火輪。

周末的校服褲子特別好笑，學校裡的校服不能訂做，他只能穿最大號，結果褲腿正好，卻肥得像麻袋，尤其風一吹就鼓起來，褲腿裡就像鑽進去了兩隻泰迪熊。周末乾脆又買了一身肥瘦合適的，然後去洗衣店給他的褲腿續了一段。

到了夏天，周末就會把校服褲腿捲起來，這樣還能避免尷尬。

黃雲帆順著杜敬之的目光往體育場看，忍不住感嘆了一句：「一班的那群人，跟我們根本就不是一個世界的，有的時候真想把他們解剖了，看看裡面是不是比我們多點什麼。」

「他們的腦袋裡多沒多什麼東西我不知道，反正你的腦袋裡肯定多一坨屎。」

「屎是不確定的，但是我覺得我腦袋裡有毒，不然怎麼會長這麼多痘痘？」

杜敬之只是冷漠地回答了幾個字：「少熬夜，多喝水。」

劉天樂站在一邊跟著看，忍不住問了一句：「杜哥，聽說你認識一班的周末？」

「不認識。」他直接否認了，毫不猶豫。

杜敬之跟周末在學校裡經常會裝成不認識，從國中開始，他們倆就達成了這樣的默契。

他們倆在一塊時間久了，總會有老師找周末談話，要周末少跟杜敬之這個壞學生來往，弄得杜敬之跟紅顏禍水似的，跟周末在一塊，就會吸了周末的精元。

還有就是，總有人跟杜敬之說：「你跟周末關係不錯，怎麼就不能跟人家學學？」這種話聽多了，他就煩了，後來乾脆告訴周末，以後咱們倆在學校就裝成不認識，有什麼事回家說。

周末最開始不願意，後來發現杜敬之真的不搭理他了，他也就妥協了，盡可能配合杜敬之，跟他裝成陌生人，免得杜敬之回家了都不理自己。

第六節課下課，有人到七班門口通知他，體育老師找他，要他去體育館一趟。他是班級裡的體育委員，被通知去體育館也不奇怪，他沒多想，直接去了。

剛出教學大樓，就看到外面狂風四起，他記得中午天氣還很好，怎麼就天氣突變，難不成這是一陣妖風？

他突然想起周末早上發給他的訊息，想著估計是要下雨了，於是將手插進校服口袋裡，貓著腰小跑著往體育館走。剛走進去就看到周末在體育館裡拍著籃球，真別說，長得帥外加個子高，拍籃球的畫面還挺帥的。

杜敬之沒理他，徑直往裡走，就聽到周末喊他：「小鏡子，是我叫你的。」

他的腳步一頓，隨後回頭就朝周末罵：「滾蛋，告訴你多少遍了不許這麼叫我！」

「怎麼了？小鏡子這個外號很可愛啊，你不也叫我圓規哥哥？」說完，對他露出暖暖的笑容，讓他瞬間沒了脾氣。

他從來沒跟別人說過，他有多喜歡看周末笑。周末的眉眼俊朗，還是天生的笑眼，笑的時候露出潔白的牙齒，笑容那麼甜，顯得整個人毫無雜質。

有的人天生適合冷漠，有的人則是天生適合微笑，周末屬於後者。

杜敬之的性格缺陷很明顯，可能是家庭影響的緣故，也可能是後天形成，總之就跟河豚似的，一碰就炸，唯獨到了周末面前就會變得沒脾氣，就跟被周末馴服了一樣。

「找我幹屁？」他語氣不善地問。

「我怕你穿這個褲子冷，想到了一個方法。」周末說著，放下籃球，在一邊取來了一卷寬的透明膠帶來。

他難以置信地睜大一雙眼睛，看著周末扯著膠帶朝他走過來，連退了五六步，失聲叫著：「別告訴我你要用這玩意把乞丐褲的洞堵上。」

「小鏡子你可真聰明，你也覺得這個方法不錯對不對？」

「滾滾滾！」他連連擺手，就好像在趕蒼蠅，語氣極其不耐煩。

杜敬之碰到周末總沒脾氣，就跟個紙老虎似的，周末也從來都不怕他，所以被拒絕也不在意，扯著膠布就朝他追了過去。他趕緊扭頭要跑，結果，周末從後面把他攔腰抱住了。

他的心猛地跳了一下，趕緊用手肘撞周末的身體，迫使周末鬆開，嘴裡還在罵：「滾蛋，我不貼，貼完不得跟個傻逼似的？」

「身體重要還是面子重要？」

「要臉不要命，要錢不要臉！」

「那我就不鬆手。」周末這個人的性格確實特別倔，只要他不妥協，周末真就能在這個體育館裡跟他死磕到底，上課都不回去。

他的身體瞬間變得很熱，尤其是臉，不是因為天氣。

他想要拒絕，再開口，發現下嘴唇都在抖。兩個人身材相差很大，他一個勁地掙扎，卻好像是被按住了的小雞崽子，根本甩不開周末。

「我告訴你，你再不鬆手我就打死你！」他幾乎是抖著音說出這句話來的，這是受了某種刺激造成的。

「你看你都發抖了，還說不冷？」周末似乎沒察覺到他的不對勁，在意的依舊是杜敬之冷不冷。

他重重地吞了一口唾沫，決定豁出去了，也不掙扎了，停下來妥協地說道：「你速戰速決，我可沒耐心。」

周末一聽就樂了，立即屁顛屁顛地拿著膠帶，給他的乞丐褲上的所有洞都貼上了補丁，模樣就像一個慈祥的奶奶。

他低著頭，看著蹲在自己身前的大個子，抿著嘴唇，鼻子裡呼哧呼哧地喘著粗氣，也不知是剛才掙扎累的，還是因為氣的。如果不是他瞭解周末的為人，他甚至可以認定這種事情是一場惡作劇，乞丐褲穿成這樣，簡直穿成了一段傳奇。

貼完了膠帶，周末站起身看著他生氣的樣子，忍不住笑得更燦爛了：「小鏡子，我總覺得你生氣的時候特別好看。」

他毫不猶豫，撿起地上的籃球就朝周末砸了過去。

回去的路上，兩個人沒有一起，周末的教室遠先離開了，他想在後面撕開膠帶再離開，結果剛準備動手，就收到了周末的訊息：回家我會檢查的，如果沒穿，我就……

省略號，比告訴他即將要怎麼懲罰他還讓他難受，他看著訊息，氣得咬牙切齒，最後硬著頭皮往回走。好在已經打了上課鈴，這所高中的學生上廁所都跑步前進，沒有多少在走廊裡逗留的，所以沒多少人看到他這副熊樣。

從後門進入教室，嘴賤的黃雲帆第一個注意到了他的褲子，一看就樂了，感嘆了一句：「喲呵！杜哥走路的時候自帶 BGM，厲害啊！」

「少廢話。」他沒好氣地罵了一句，回到座位坐下，從書桌裡掏出校服褲子，準備套在乞丐褲外面。一抬腿，就看到膠帶上還貼著幾根他可憐兮兮的腿毛呢，不由得翻了一個白眼，認定周末是讀書讀傻了。

放學的時候，果不其然下雨了。

杜敬之跟黃雲帆擠一把雨傘往車站走，走的時候把黃雲帆的手臂抬起來，搭在了自己的肩膀上，同時說道：「黃哥哥，借你結實的臂膀一用，來做我的依靠吧。」

「你他娘的就是想用我胳膊擋雨，你個賤人。」黃雲帆忍不住罵了他一句。

「怎麼跟你哥說話呢？」

黃雲帆立即改口：「沒，我是怕把杜哥單薄的小肩膀壓塌了。」

「沒事，盡情地蹂躪我吧，哥扛得住。」

劉天樂走在一邊忍不住罵人：「操，你們倆真噁心，我寧願淋雨。」說話的時候，杜敬之的眼睛餘光掃到身邊有兩條大長腿走了過去。他沉默了一下，然後繼續跟兩個哥們貧嘴。

兩個哥們跟他不坐同一班車，到了車站他們就分開了。下雨天坐車的人尤其多，許多選擇騎車上學的學生也會改坐車。杜敬之覺得自己的腸子都要擠出來了，下了車他忍不住長鬆一口氣，然後開始在雨裡狂奔。

一路狂奔到家，剛進入社區周末就追了上來，喘著粗氣問他：「你跑那麼快幹什麼？我帶傘了。」

說著還抬腳看了看自己的運動鞋，因為在雨裡奔跑，難免地濺上了雨水。就算這樣，他還是跟著杜敬之跑了一路，不知道是不是因為傻。

「我怕我跑慢了，你嫌我頭頂淋雨，給我纏一腦門膠帶。」

周末嘿嘿直笑，伸手去拍他的校服褲子，問：「膠帶解開沒啊？」

「滾一邊去。」說完首先上樓，沒有回答這個問題。

周末也不生氣，反而笑迷迷地跟了上來：「你這人，總是彆彆扭扭的。」

到了六樓，周末沒回自己家，在杜敬之開門之後，跟著蹭進了杜家。杜敬之進門就把書包往沙發上一扔，打算上樓。周末跟著他，卻把他的書包拎了起來，跟著他上樓，同時念叨：「你又不打算寫作業了？」

「寫個屁啊，我現在開窗不敢開燈，開燈不敢開窗，悶都悶死了。」

「今天下雨沒事，你就是不願意寫作業。」說著轉折了一下，「如果你平時熱了，就去我家寫唄，我房間有空調。」

「不去，去你家壓抑，坐在你旁邊寫作業，就覺得我的腦袋只是用來喘氣的。」

「你怎麼能這麼說自己，你的腦袋當擺飾也不錯，至少好看。」

杜敬之聽到這句話，立即停住腳步，站在樓梯中間回頭看向周末，居高臨下，舉起拳頭示威：「你欠打是吧？」

「別別別，打我手疼。」周末笑迷迷地將他的拳頭按了下去，推著他繼續上樓。

兩個人剛進他的房間門，周末就把兩個人的書包放在了房間門口，伸手去拽他的校服褲子：「我要檢查一下。」

他理所當然地反抗：「你檢查的意義何在？我現在穿兩層褲子，不比你穿一層的暖和？」

誰知周末立即扯開了自己校服褲子的腰，讓他看：「我今天特意穿秋褲了。」

他看到周末的秋褲沉默了好一會，覺得這位可真是給媽媽省心的好孩子，卻還不願意被周末扯褲子，一個勁掙扎：「我都到家了，反正不冷，你不用檢查。」

周末不依不饒非要拽他的褲子，還把他抱起來扔在了床上，說什麼也要把他的校服褲子脫下來。

兩個人正周旋呢，杜媽媽就出現在了門口，嘴裡問著：「敬兒，你回來了？」然後就看到兩個人彆扭的姿勢。

結果杜媽媽也是個人才，看到周末就樂了：「周末過來玩了啊？」

「嗯，我過來跟小鏡子一塊寫作業。」

「那你們寫吧，我自己去買鹽。」剛要走，就又想起來問其他的，「周末，你留在這吃飯吧，你想吃什麼，阿姨做什麼。」

「阿姨妳做什麼我吃什麼，反正妳做什麼菜都好吃。」

「我就願意跟你聊天。」杜媽媽笑呵呵地說完，扭頭就走，還真是自己去買鹽了，如果是平時，肯定是使喚杜敬之去的。

「每次聽阿姨叫你敬兒，我就有種進入了武俠片裡的感覺。」周末一邊說，一邊不懈努力地拽他的校服褲子。

「總比你的那個稱呼好。」他拽著自己的校服褲子不肯鬆手，還用腳踢周末，結果周末依舊不依不饒，終於把校服褲子拽了下來。

果然，乞丐褲上的膠帶全部被撕下來了。

他清咳了一聲解釋道：「咳咳，那個膠帶簡直有脫毛功能，我掉了一片腿毛。」

周末這才露出恍然的表情，半天沒說話，然後就樂了。隨手將校服褲子扔到一邊，坐在書桌前的椅子上，去看他這幾天在畫的畫。

其實周末一直都知道杜敬之的脾氣，認定了他不會老老實實地貼著膠帶，還會為了糊弄自己，穿上校服褲子。直接讓杜敬之穿上校服褲子是不可能的，周末才出此下策。

周末只是怕他在放學的時候穿乞丐褲會冷，絞盡腦汁想了一上午，才想到這麼一個法子曲線救國。

至於為什麼要檢查……

周末看著面前的水彩畫，揚起嘴角微笑起來，許久才說了一句：「這個畫得滿好看的。」

杜敬之在床上喘著粗氣，調整了一個姿勢乾脆躺下了，隨便地應了一句：「我哪個畫你都說好看，你看什麼東西都好看。」

周末回過頭來看向他，回答：「嗯，確實特別好看。」

他被周末看得心口一顫。

003

周末坐在杜敬之的書桌前，取出課本來寫作業，筆尖狂舞，沒有停頓的時候。

杜敬之就坐在周末的身邊，屍體一樣地癱在椅子上，仰著臉，一臉的癡呆樣，時不時發出哀怨的聲音來，猶如瀕臨死亡的待宰豬。

「你得看書，我們都高二了，你高考的時候準備怎麼辦？」周末一邊寫，一邊跟杜敬之念叨。

「隨便考個美院唄，實在不行三流大學、大專、職業技術學校，要不乾脆就直接工作。我們這些學畫畫的，出來之後當個上底漆的小工，上手都快。」

周末停下筆回頭看了他一眼，有點恨鐵不成鋼的模樣，歎了一聲氣，乾脆把筆一丟，任由筆在桌面上骨碌碌地亂滾也不管，跟著杜敬之一塊癱：「那我也不學了，以後跟你一塊刷底漆去，我還能幫忙你。等上手了我們倆弄個底漆傳奇組合，在市場說不定還能成為偶像。」

「可別啊，這不耽誤棟樑之才了嗎？」

周末突然探過身來，指著自己左邊臉：「這邊臉寫著無怨。」又指著右邊臉，「這邊寫著無悔，你看著沒？」

「我只看到橫跨你整張臉的三個字：缺心眼。」

沒一會，杜媽媽就喊兩個人下樓吃飯了。

吃飯的時候，杜媽媽一個勁地給周末夾菜，眼睛裡有著掩飾不住的喜歡。杜媽媽是打心眼裡喜歡這個「別人家的孩子」，對周末一向十分歡迎。

杜敬之坐到了餐桌前，來回看了看，問道：「奶奶呢？」

「跳廣場舞去了吧，不用管她，她愛吃剩的。」

他也知道杜媽媽昨天剛跟奶奶吵了一晚上，心裡還有著怨氣呢，也就沒接話。

杜媽媽在這個時候問周末：「我聽說，你家裡在三環邊上，給你買了個小別墅，寫的你的名，都快裝修完了，這是要搬家了？」

杜敬之不知道這件事，聽了不由得一愣，跟著看向周末，喉嚨裡哽著一口氣，吐不出咽不下。

「買是買了，不過一時半會不會去住，那裡上學不方便。」

「那就這麼空著？」

「最近的房價漲得厲害，家裡怕以後再買就買不起了，也就提前買了，實在不行就轉手出去。」

「確實挺有先見之明的，當初我們這個房子就買晚了，想起來我就生氣。」

杜家現在住的房子，買的時候還挺波折的。

他爸杜衛家是出了名的軟蛋加沒出息，買房子也沒什麼眼光。結婚的時候家裡給了些聘禮，杜衛家不肯給杜媽媽，就自己在手裡握著。本來商量著是要付首付買房子的，結果杜衛家堅持說，最近有消息傳出房子要降價，過陣子再買才划算。

以至於他們兩個人租房結婚了，在三年後，房價不但沒降，還比當初貴了一倍還多，杜衛家手裡的錢卻比之前還少了幾萬。杜媽媽娘家坐不住了，願意添錢，讓他們倆先把房子買了，畢竟杜敬之以後還得上學，沒房子肯定不行。

這回杜衛家說不出什麼了，只能認命買房子，這才買了這裡，歪打正著跟周家成了鄰居。

在這之後，他的爺爺去世，奶奶成了寡婦，跟著住在了這個房子裡。

一個家裡只能有一個女主人，杜敬之在國中就開始懂了這個道理，每次看到媽媽跟奶奶吵架，他就煩得要命，心裡更加怨恨父親。

「挺好的，我們還能成鄰居，每次想想，我都覺得自己特別幸運。」周末吃著飯，還順便哄杜媽媽開心，這傢伙說漂亮話從來不心虛，也是一種本事。

「你家裡這是給你準備結婚用的房子了吧，真好，我家還不知道什麼時候能給敬兒準備好婚房呢。」

「以後讓小鏡子跟我一塊去住唄，反正房子大。」

「這哪能行，淨瞎說，讓敬兒去給你添亂啊？」

「他如果去了，可以成為一件好看的擺飾。」周末笑嘻嘻地說，同時還偷看了杜敬之一眼，果不其然，回應他的是巨大的白眼。

杜媽媽根本沒當回事，畢竟周末說話一向好聽，也就當成玩笑話一聽一過了，同時問起了其他問題：「周末你喜歡什麼樣的類型？跟阿姨說說，這幾年幫你籌劃著，畢業了就給你介紹。」

「長得好看的。」周末幾乎沒猶豫，直接回答了，要求特簡單也特膚淺。

杜媽媽給周末夾了一塊排骨，開始了長輩的勸說：「我這些年算是摸索出來了，長得好看真心沒用。你杜叔叔年輕的時候就好看，不過有什麼用，你看看我現在的日子。」

杜衛家沒什麼優點，就是長得帥，杜敬之多半是隨了父親，有一張可以靠臉吃飯的臉。這爺倆還都不是什麼好脾氣，不過整體看起來，杜敬之還能強一點。

杜媽媽是一個標準的顏控，當初就是因為杜衛家的臉，才要死要活地嫁給了杜衛家。這方面她這麼多年也沒見好，每次誇周末的時候，首先誇的肯定是周末長得好，接下來才說其他的方面。

這也是杜媽媽這麼喜歡周末的原因吧。

聊起感情話題，還把周末說得不好意思了，他偷瞄了杜敬之一眼，這才回答：「所以就得想辦法找到自己喜歡的，盡可能從小帶大，這樣就是按照自己的標準養大的媳婦了。」

杜媽媽跟著點頭：「嗯，想法不錯，你現在就可以去小學裡找喜歡的女孩子了。」

「得了吧，再被當變態抓起來。」杜敬之咧著嘴接了一句，一臉的嫌棄。

周末往杜敬之的碗裡夾了一塊排骨：「你也多吃點，太瘦了。」

「我覺得吃排骨我容易惡性循環。」

周末先是不解，隨後看向他排骨一樣的身材，這才笑了起來。

說話期間，門打開了，杜衛家跟杜奶奶一同進了屋子。

餐廳就在一樓，一進門就能看到他們三個人。杜衛家看到周末，下意識地往後退了一步，身體瑟縮了一下才走了進來，悶頭換鞋。

杜奶奶臉上的嫌棄就很明顯了，一臉不悅地看著周末，周末沒理，繼續吃飯。

杜媽媽帶著怨氣呢，沒理他們倆，依舊跟周末聊天：「周末，你前段日子報的那個補習班怎麼樣？老師教得認真嗎？」

誰知杜奶奶聽到這句話，就跟被開了閥門似的，突然就開始爆發了：「打聽什麼補習班？妳生的這個玩意什麼樣，妳又不是不知道，浪費那個錢幹什麼？不是那塊料，非得往重點學校裡鑽，結果弄了個吊車尾，丟不丟人！寧當雞頭不當鳳尾，懂不懂?!還有當初也根本不該開始學畫畫，每年的花費那麼多，我也沒看學出個什麼樣來！」

杜媽媽一聽就火了，直接嚷嚷起來：「確實，什麼樣的媽生什麼樣的兒子，你兒子已經沒出息了，我不能讓我兒子也沒出息！再說補課的錢也不指望你們拿，我自己拿，妳囉唆個什麼勁啊！」

「當初就說讓妳家裡拿錢，開個店做生意，衛家也不至於這樣！」

「憑什麼是我家拿錢?你們自己兒子怎麼不拿錢？」

「我家的錢用來買房子了！」

「這個房子的首付，我們家占了大部分好嗎？」

杜奶奶見杜媽媽一直不肯退讓，立即氣得渾身發抖，指著杜媽媽繼續破口大罵：「妳……妳這個潑婦，我兒子娶你到底有什麼用，專門來氣我是不是？」

「妳可以搬出去，那樣我根本氣不著妳，我都不願意看到妳！」

原本在沉默的杜衛家在這個時候終於開口了，一開口就是在指責杜媽媽：「妳怎麼跟媽說話呢？有沒有點禮貌，家裡沒告訴妳不能跟長輩頂嘴嗎？」

他們家裡的模式就是這樣的，一般挑起事端的，都是杜奶奶，用尖酸刻薄的模樣，挑剔杜媽媽的不是。杜媽媽一開始也忍了，還跟杜敬之說過，現在奶奶喪夫，心情不好，容忍奶奶一些。

結果，沒兩年杜媽媽就忍不下去了，開始了跟杜奶奶吵架的生涯。

杜衛家卻始終如一，總覺得自己媽喪夫很可憐，只能依靠自己這個兒子，再說杜奶奶養大他不容易，他的媳婦應該孝順自己的媽。每次看到杜媽媽頂嘴，杜衛家就會不管原因，就是斥責杜媽媽不孝順，要讓著自己媽。

杜奶奶因此覺得自己有靠山，越發耀武揚威，還特別喜歡找碴，這幾乎成為了杜奶奶生活中最大的樂趣。

有的時候，杜敬之會護著自己媽媽說幾句。然後杜奶奶就爆發了，對著杜敬之破口大罵，說他沒家教，跟長輩說話不尊重，是杜媽媽教得不好，最後還是杜媽媽挨罵，杜敬之也就不管了。

周末覺得這飯吃得有點尷尬，於是停下筷子，筷子在碗上一放，發出一聲脆響。接著，周末回過身看著剛進門的兩個人，手臂搭在椅背上，模樣淡然。

杜衛家一下子閉了嘴，遲疑了一下，推著杜奶奶就往屋子裡走，同時說道：「妳自己反省一下，我跟媽為什麼不在家吃飯，而是出去吃。」

杜媽媽一聽就樂了：「因為我根本就不會做你們倆的份！你的薪水還完欠的債，目前吃飯都費勁！」

杜敬之覺得這飯吃得悶，又吃了一口飯，才嘟囔著：「你們這樣有意思嗎？這種局面，離婚可破。」

誰知杜奶奶又炸了：「你這個孩子，就是你媽私底下亂教的，怎麼這麼沒良心，心思惡毒，哪有勸自己父母離婚的？」

杜衛家根本不會離婚，因為離婚了，沒有杜媽媽支撐這個家，杜衛家跟杜奶奶都要喝西北風。就算這樣，杜奶奶依舊不肯收斂，依舊是家中女主人的派頭。

杜衛家推著杜奶奶進了屋，關上門就沒再出來了。

杜媽媽則是氣得吃不下去飯了，大概是覺得自己剛才沒發揮好，而且最後一句沒來得及頂回去，正懊惱呢。

杜敬之則是看了周末一眼，見周末已經重新拿起了筷子，也沒再說什麼，跟著繼續吃飯了，畢竟這種吵鬧，在杜家十分正常。

他總覺得，杜衛家害怕周末。

還記得小學五年級有一次，杜敬之非得要一個遙控車，杜衛家不同意，他鬧了一陣，結果被杜衛家打得鼻青臉腫，好幾天都沒辦法上學。事發後第三天，杜衛家就從樓梯間摔下去了，還斷了腿。

那時候，杜衛家非得跟周家過不去，說是周末把他推下樓梯的。附近知道杜衛家跟周末為人的，都不相信周末會這麼做，也不相信杜衛家的話，覺得杜衛家是覺得周家有錢，想訛錢，這事最後杜衛家也沒落得什麼好。

不過杜敬之還是覺得有些可疑。

因為他記得，在自己被揍之後，周末來看了他，還哭了一場，那模樣就好像他被打得快死了似的。

周末當時還認真地跟他說：「小鏡子，以後我會保護你的。」

第二天，杜衛家就摔下樓梯了。

在那之後不久，周末就開始學習跆拳道，到現在都沒停下，還練得一副好身材。不過具體的實力怎麼樣他就不知道了，因為他從沒見過周末跟誰動手，甚至沒見過周末跟誰吵架。

追根究柢，是周末脾氣太好了。

吃完飯，周末就回家了。

杜敬之多少有點心情不好，回到房間裡，躺在床上發呆。自我否定不算傷人，被親人否定，才是真的心灰意冷，尤其是被奶奶說是「這個玩意」，不由得更氣不順，總覺得自己的親人都沒把自己當人看。

過了半個小時，就聽到有人敲他的房間門，不是通向樓下的那個門，而是通向露臺的門，不用猜就知道是周末跳牆過來了。

他起身去開門，周末也就十分自然地進了他的房間，手裡還拎著半個西瓜，以及一個大碗：「我特意頂著雨跑到樓下去買的，咱倆一塊吃。」

杜敬之喜歡吃西瓜，這事周末知道。

不過今天他沒太給周末面子，直接拒絕了：「沒胃口。」

周末也不在意，到了書桌前，將桌面上的東西收拾了一下，空出地方來。然後將西瓜跟大碗放在桌面上，從口袋裡取出一個小勺子來，站在桌子前挖西瓜。

這個勺子是周末特意買的，可以挖出一個個西瓜球來，勺子另外一邊是鋸齒的，一般用來雕花，他則是用來把挖出來的西瓜球上面的西瓜籽去掉。挖出來的西瓜球放進大碗裡，剩的一些邊角，就自己全吃了。

忙碌了十分鐘左右，周末一邊吃，一邊挖了一大碗的西瓜球，放在了桌面上。然後取出手機看了一眼時間，又將剩下的西瓜皮裝進了袋子裡，抽出幾張紙巾將桌面擦乾淨後，跟他說道：「我得回去寫作業了。」

說完，也不停留，直接拎著垃圾走了。

他坐起身來，還能從窗戶看到周末翻過矮欄杆，跳回自己家露臺時的樣子。然後，他看著桌面上的一大碗西瓜發呆。

周末瞭解他的脾氣，他總是彆彆扭扭的，一個勁地讓他吃，他反而不會吃。現在就這麼放在這裡，周末也走了，過一會他自己就吃了。

估計是周末覺得他聽了奶奶的話，心裡不舒服，故意買一個西瓜來哄他的。

他坐在床邊拍了拍臉，讓自己清醒一些，然後坐在桌子邊，發現周末連牙籤都幫他插好了，大碗旁邊還放了兩根可樂味的棒棒糖。他直接吃了一塊西瓜，發現還挺甜的，這一整塊連籽都不用吐。

又連續吃了幾口，他又忍不住想罵人，還不是因為想起周末跟媽媽聊天的內容生氣，等哪天周末跟哪個女人結婚了，他豈不是要鬱悶死？那個女的得多好運，才能撿了個這麼大的便宜？

周末，他惦記了快十年了，可這人註定要跟別人在一起。

因為性別。

畢業後，周末家就會搬走了嗎？那個時候，他恐怕連鄰居這個便利條件都沒有了，真不知道到那個時候，他們兩個還能不能有聯繫。

他囫圇吃完西瓜，把大碗一推，去樓下洗了手，回到房間繼續畫畫。

杜敬之喜歡畫畫，並且有點天分，這些年都沒有丟下，是愛好，也是他之後要奮鬥的目標。

說起來挺神奇的，他是一個急性子，且點火就著，偏偏有耐心去畫畫。有的時候，去畫一幅大的建築圖全景圖，需要一筆一筆地去勾勒細節。平時需要上課，多半是放學後開始努力，一幅畫畫完，恐怕需要一個月的時間，他也能耐著性子去完成。

畫畫需要買各種材料，還要報班去學習，往往在周末去參加補習班的時候，他則是去學畫畫了。

他覺得有點乏了，放下畫筆伸了一個懶腰，取出手機看了一眼時間，已經十二點三十七分了。他走出房間去洗漱，回來後關了燈，下意識地朝著周末的房間看，在他關燈後不久，周末也關燈睡覺了。

別人都當周末是個天才，他卻知道周末有多努力。從小就在參加大大小小的補習班，每天都複習到深夜，有幾次他去周家吃飯，吃飯的期間，周爸爸都在考周末英語單詞。

躺在床上，從枕頭邊摸來扇子給自己扇風，腦袋裡還在想著事情。

這個時候，他已經不在意奶奶說了什麼了，只是在想關於周末的事。

想著想著，就睡著了。

004

似乎是到了多雨的時節，小雨淅淅瀝瀝地持續了幾天的時間。

雨沒有之前大了，卻一陣陣的，時不時就來騷擾一下，弄得人心煩。面對老天爺鬧失戀，動不動就哭一場，杜敬之還是挺無奈的，只能每天都帶著雨傘，不然真怕周末來給他的頭頂纏膠帶。

早上剛到學校，就看到黃雲帆、劉天樂跟五班的幾個男生，在後門附近踢球呢。估計也是被雨鬧的，不能出去撒野，就在室內過過癮。

他也有點心癢癢，抖了抖手裡的雨傘，撐開放在了班級門口，把書包放進教室裡，然後走過去跟著一塊踢。

不過因為條件限制，他們玩得也不盡興，就和小學生「小皮球用腳踢」似的小遊戲，就是來回傳球，再踢給另外一個人，有些像踢毽子，只是換了道具。

「來來來，往那邊去點，別砸到人。」杜敬之算是這群男生裡的小頭目，別看身材不夠高大，但是那種自帶的氣質，讓他在眾人中脫穎而出。加上性格的原因，讓他有點派頭，自然而然的，大家就願意聽他的。

學校後門進去之後，往西走是教室，往東走是多媒體教室、物理實驗室，此時都關著門，沒有學生過去，在這裡踢球並不礙事，也不會碰到什麼人。

踢了沒一會，就有來砸場子的人了。

謝西揚帶著學生會的兩個小弟，氣勢洶洶地奔著後門就來了。

這個謝西揚跟周末一樣，都是學生會的，周末是學生會會長，謝西揚是副會長。周末能夠競選上，是因為他人緣好外加品學兼優。謝西揚能選上是因為功課好，外加後臺硬，屬於學校高官的親戚，一路被推薦上去的內定人選。

謝西揚一直不服周末，覺得周末整天笑呵呵的，裝老好人，實則什麼事也不管，在學生會裡就是個負責協調的，根本不如他。他也是卯足了勁，想要幹出點什麼事來證明自己，然後就盯上了杜敬之他們。

杜敬之他們在學校裡囂張慣了，看到學生會那群人，從來沒給過面子，覺得這群人就跟高主任屁股後的狗腿子似的，就會嘰嘰喳喳地亂叫，煩人。

「你們幾個，別在這踢球，回教室等著上早自習。」謝西揚指著他們這群人就大聲嚷嚷起來，那語氣就像是在命令，讓人聽了渾身不舒服。

杜敬之抬頭看了謝西揚一眼，沒搭理。其他幾個人互相遞了個眼神，都沒人搭理他。

在謝西揚看來，這是對他的一種不尊重，簡直就是人格上的侮辱。

杜敬之他們呢，就是想讓謝西揚知難而退，誰知這小子根本不為所動，依舊站在旁邊嚷嚷，還取出手機照相，揚言要告訴高主任，給他們幾個通通記過。

杜敬之聽得很煩，抬腳就照著謝西揚踢了過去。其實他故意踢偏了一些，球直接砸在了牆壁上，結果彈到了謝西揚的面門上。

黃雲帆看到之後，立即歡呼一聲：「好球！」

也是因為黃雲帆這聲歡呼，謝西揚認定杜敬之是故意的，氣得手指直顫，指著杜敬之就說了一句：「你廢了，我告訴你，咱倆沒完！」

「我不是故意的。」杜敬之無奈地解釋了一句。他確實不是故意的，剛才那一腳，他還是挺有把握的，只是入射角反射角沒學好，沒想到能彈到謝西揚臉上去。原本只是想警告一下，沒想到，現在直接正面懟了。

「你放屁！你……你給我等著！」

周末到達案發現場的時候，杜敬之一眾跟學生會的乖乖牌們正劍拔弩張，一副要一起群毆的架勢。不過他們群毆，最後會挨批的，絕對是杜敬之一眾，「學生會」三個字就代表著正義，被學校老師們護著，不可能有事。

杜敬之原本跟謝西揚道了歉，可惜謝西揚不吃這一套，說什麼也要告訴高主任，外加他叔叔謝主任，拽著杜敬之就往德育處走。

杜敬之這個人，一直都不是什麼好脾氣，先是解釋自己不是故意的了，之後又道歉了，還攔著自己的人別動手後，謝西揚愣是湊過來拽他的胳膊往德育處去，推搡期間還踹了他一腳，杜敬之這才惱火了起來。

周末快步走過來的時候，就看到杜敬之一腳踢了出去，謝西揚的身體以一種詭異的弧度一扭，接著斜飛出去。

杜敬之不解氣，還準備再揍幾下，就被周末拽住了。

「你跟我過來！」周末提高音量說了一句，拽著杜敬之就進了教務處，接著把門一關，其他人都被關在了外面。

兩方頭目，杜敬之進了辦公室，謝西揚被踢得傻了眼，嘴角有些抽搐，似乎是要哭卻在強忍著。

其他的人面面相覷，竟然一時之間都安靜下來。

杜敬之一眾看著門口，不知道該怎麼辦。學生會的則是湊過去扶謝西揚，謝西揚起來就要跟著進辦公室，結果發現門被反鎖了。

正敲門呢，就聽到黃雲帆帶頭唱了起來：「最美不過夕陽紅……」

謝西揚只覺得氣得他眼前一黑。

周末拽杜敬之進入辦公室之後，就開始捏杜敬之的肩膀，好聲好氣地哄：「消消氣消消氣。」說得語速很快，發音聽起來就像在說「小氣小氣」。

杜敬之甩開周末，看了一眼辦公室，注意到老師還沒來上班，直接坐在了沙發上，問周末：「怎麼，會長大人準備教育我一下？」

「是該教育。」周末一邊說，一邊走到杜敬之身邊，「下次你就該手腳俐落一點，碰到謝西揚那種神經病就躲得遠點，看現在弄得多晦氣，還把你氣得夠嗆。」

他被周末這種「拉偏架」的態度弄得火氣消了不少，卻還是反駁：「憑什麼躲著他？我怕他嗎？明明是他找碴。」

「就是，你說他這個人怎麼這麼賤呢，以後我找機會幫你收拾他。」

「就該揍他一頓。」

「是該揍，不過他親戚是老師，影響不好。以後找機會套麻袋揍，回去我教你兩招跆拳道，包你揍得更疼。」

「你說他那種人，長得醜，性格也惹人討厭，世界上怎麼有這麼討人厭的人？」

「可不就是，如果世界上都是小鏡子你這樣的小天使，這簡直就是美麗新世界了。」

「滾你妹的小天使。」

「不是小天使，是男神。」

杜敬之還想再罵兩句，張了張嘴，卻發現自己有點沒詞了，看著周末愣了會神，咂了咂嘴，這才點了點頭，沒再說什麼。

周末見他冷靜下來了，才開始跟他講道理：「謝西揚這個人是討厭，我每次看到他都煩，但是能有什麼辦法呢，好漢不吃眼前虧，你說是不是？而且，你們在走廊裡踢球確實不對，他讓你們回去也對……」

周末還沒說完，他就瞪了周末一眼，周末趕緊妥協：「是謝西揚態度不好，他那種性格步入社會早晚被打死！不過呢，你確實是用球砸了他的臉，你也知道，他一個男生，鼻子塌成那樣，真醜，你還砸臉，他不生氣也就怪了。而且，男生都是要面子的，你這麼一下，他肯定心裡不舒服，你說是不是？」

「所以你想我跟他道歉？」

「嗯，說一句，走走形式，為剛才你那精彩絕倫的一腳道歉，其他的咱們秋後算帳。」

杜敬之十分不樂意，坐在沙發上不說話，模樣不情不願的。謝西揚要面子，他不要面子的？

「我看你昨天晚上畫畫到挺晚，眼睛都有紅血絲了。」周末突然說起了其他的事情，然後從口袋裡取出了一個盒子，「我今天早上特意去藥店買的眼藥水，我給你滴上，你緩解一下。」

他立即拒絕了：「不用。」

周末則是直接開封了眼藥水，走到了杜敬之身前，一隻膝蓋跪在沙發上，傾身過去他的面前，一隻手已經伸到了他的臉上，去扒他的眼皮。

他抬著臉，只覺得周末一下子壓了過來，兩個人靠得那麼近，周末溫熱的呼吸噴吐在他的臉上，柔柔的，一種無名的暖將他包圍，讓他忘記了反抗，只是被周末擺弄。

兩個人的褲子摩挲著，校服上衣疊著，周末好像再低一點頭，就要吻上了，卻一直沒再低頭，只是幫他滴眼藥水，一邊一下。滴完眼藥水後，周末就退後了一步，讓他鬆了一口氣，很快就覺得眼睛火辣辣地疼。

「我去……你這是給我滴的辣椒水吧？」他問，眼睛疼得幾乎睜不開。

「不知道啊，藥店的阿姨推薦的，你覺得怎麼樣？」

「不怎麼樣。」

周末把眼藥水給了杜敬之，還順便從口袋裡掏出兩塊糖，放在了杜敬之的手心裡，抬手揉了揉他棕色的頭髮：「乖，道個歉，之後的事情交給我。」

杜敬之是含著眼淚出的辦公室，不是哭，而是眼藥水的酸爽讓他流出了大量的眼淚，就像剛剛大哭了一場，就連鼻頭都紅了。

黃雲帆一看，當即罵了一句：「我操！欺負我杜哥。」說完擼起袖子就要去揍周末，戰爭眼看著一觸即發。

就在這個時候，杜敬之冷漠地掃了謝西揚一眼，說了句：「對不起。」接著直接往教室走。

黃雲帆看著氣得不行，對周末說了狠話：「你給我等著！」說完跟著杜敬之就走了。

杜敬之一眾走了以後，留下學生會的人沉默地站在原處，看著周末。

程樞第一個先開口了：「看不出來啊周末，還知道擒賊先擒王！這個杜敬之可是學校裡出了名的校霸，你居然把他給教育哭了？有兩下子啊！」

周末沒理程樞，只是看向謝西揚，面帶不善地開口：「事情我幫你擺平了，你也少挑事，你看看學生會裡被你鬧得拉幫結派，烏煙瘴氣的。你現在這個職務能幹就幹，不能幹就拉倒！」

「你說我幹什麼啊？難道這幫學校裡的渣滓不該管嗎？學校就應該把這群人全開除！」

聽到有人說杜敬之是渣滓，周末眉頭忍不住蹙起，冷笑了一聲，立即反駁：「先管好你自己吧，成事不足敗事有餘，什麼事都幹不好，只會惹一大堆麻煩。你如果沒有你叔叔，你在這個學校算個屁？如果你再惹事，弄得學生會一群好學生跟其他人差點群毆，你就跟我一塊去你叔叔面前去，看看是他廢了你的職務，還是開除我?!」

說完也不再囉唆，直接對其他人說：「散了，該幹嘛幹嘛去！」

周末一向是個老好人，很少有人見過他生氣，今天卻有點動怒了，這群人一下子沒了言語，都默默地離開了。

就連程樞都閉了嘴，看了一眼周圍其他人，趕緊灰溜溜跟著走了，一句玩笑不敢開。

謝西揚則是被說得顏面掃地，當著學生會的眾人，直接點明了他是靠叔叔進學生會的，一點面子都沒留。之前被杜敬之的球砸中臉，其實沒多疼，倒是現在，臉臊得火辣辣地疼。

其實道歉這種東西真的很賤，一個人道歉了，被道歉的人還要裝出慷慨的樣子原諒對方。現在的處境就是杜敬之含著眼淚道歉了，謝西揚只能原諒，不原諒就是他愛找碴，原諒了，他還不舒服。

現在，還被周末數落了一頓。

謝西揚很想正面懟，可是他沒底氣。

他叔叔很喜歡周末，每次都拿周末做例子教育他，還說讓他做副會長的時候，多跟周末學學。他也是因為這個，才特別討厭周末，急於做出點成績來證明自己，偏偏還因此惹了事。

現在，他被罵了，周末又因此得了好名聲，還因為周末一下子就把學校裡的校霸罵哭了，這威信立得簡直飛出天際了，他恨得牙癢癢。

杜敬之回到教室裡，黃雲帆不依不饒地詢問，周末到底怎麼欺負他的，不然他也不能哭成那樣。

他沒搭理，從口袋裡取出眼藥水，又往眼睛裡滴了一次，再次被酸爽得渾身顫抖。那股勁過了，他又滴了一次，感覺就輕了很多。

也不知道是不是賤，他還覺得這種感覺挺上癮的。

把眼藥水放進書桌裡，又從口袋裡拿出一根棒棒糖扯開包裝吃了起來。

黃雲帆還在跟劉天樂商量放學去堵周末呢，見杜敬之就跟沒事人似的，立即說起來：「我說杜哥，我們群情激昂的，你倒是有點反應啊！」

「有什麼反應？這事就這麼過了。」

「不能這麼過了，不然就讓學生會那幫子覺得我們好欺負了，以後的日子就不好過了。」

「放心吧，學生會那群，一個兩個的，不敢跟我們叫囂，他們都是好學生。也就謝西揚那種傻逼，願意跟我們過不去，再招惹我們，就幹他的！」

「可是心裡這口氣過不去，我們老大被人欺負了，這口氣咽不下去。」

「那就幫我盯著周末，如果他有什麼事，立即告訴我。」

黃雲帆立即取出手機，打算傳訊給群組，下達老大發出的號令，還很是狗腿地說：「哦了！不過……我們都盯什麼事？比如？」

「比如……他……他談戀愛了啊，哪個女生喜歡他啊什麼的。」

原本坐在前排寫作業的周蘭玥聽了，忍不住樂了。

周蘭玥是班級裡的小美女一個，個子高眺，長得也好，聲音尤其好聽，每次杜敬之聽完，都覺得渾身癢癢，就覺得這小聲音賊帶勁！

周蘭玥笑完，回頭小聲跟杜敬之說：「你這是打探敵情吧？」

杜敬之吞了一口唾沫，沒出聲。

他害怕周蘭玥，總覺得這個女的特別可怕，因為這個女的是全世界唯一一個知道他喜歡周末的。

周蘭玥是個腐女，深度研究過一些亂七八糟，杜敬之都不好意思看的東西，還是個死宅，別看她長得挺漂亮，但是現實生活一塌糊塗。但是她厲害就厲害在，她自己沒談過戀愛，卻很有研究，什麼都說得頭頭是道的。

周蘭玥從他平時喜歡在操場找周末的身影，以及他看周末的眼神，分析出了他對周末有意思，不過他一直沒承認。

不過周蘭玥的分析也挺不靠譜的，因為她還分析，周末也喜歡他。瞎扯淡吧，他跟周末認識這麼多年了，他自己都沒看出來周末喜歡他，周蘭玥都不認識周末，怎麼看出來的？

所以杜敬之一直認為，周蘭玥只是腐眼看人基，歪打正著瞎對了他喜歡周末這個事。

不過，他還是怕她，因為他心虛，他是真喜歡周末。所以每次周蘭玥說什麼，他都會做賊心虛到不敢反駁，怕越描越黑，於是只是煩躁地說：「滾蛋！」

周蘭玥也是條漢子，直接友好地回答了一句：「好啊，死給（gay）。」

005

週六一早，杜敬之就早早起床，收拾好了東西，準備去畫室上課。

下樓的時候，杜衛家似乎剛醒不久，打著哈欠在屋子裡亂逛，看到他下樓後，立即擺了擺手：「臭小子，給我做份早飯。」

「我得去畫室呢，沒空。」杜敬之想都沒想就拒絕了。

「去個屁畫室，就你能畫出個什麼來，考試能加分啊？還不是吊車尾一個，還以為你考個重點就出息了呢，結果還是隔三岔五就被請家長。」杜衛家十分不相信杜敬之的實力，認為他畫畫，就是小孩子亂塗亂畫，結果還要去花錢學，簡直有病。

杜敬之學畫畫這麼多年，杜衛家都沒看過一眼他的作品，卻從未停止過對他的打擊。

其實杜敬之都想不明白，杜衛家怎麼好意思鄙視他？畢竟杜衛家這麼大歲數了，依舊一事無成，年輕的時候也是大學畢業，長相還行，卻不太願意工作，嫌累。到現在，兒子都高二了，他還是懶散得要命。

如今的工作還是杜媽媽找的，商場看管監控設備的，早晚輪班，現在這時間估計是剛下班回來。賺到手的薪水，不夠他還賭債，生活費還得杜媽媽補貼。

杜敬之往外走的腳步一頓，隨後妥協似的放下畫畫用的工具，扭頭去了廚房。

見他老老實實地給自己做飯了，杜衛家這才滿意，坐在餐桌前，姿勢十分隨意，盤著腿摳著腳，還在催促杜敬之快點。

杜敬之進入廚房，先是回頭看了一眼杜衛家，這才關上了廚房的門。

他往手上吐了點唾沫，然後搓了搓手，接著從吸油煙機廢油槽裡刮出了一些髒兮兮的油來，放進了鍋裡，黏糊糊的模樣他看了就有點噁心。然後在廚房的垃圾桶裡撿出來了點菜根，一臉嫌棄地摘了幾下，也不洗，就往鍋裡放。

接著從電鍋裡盛飯出來，就這麼炒了一碗炒飯，怕杜衛家不吃，還特意炒到味道合適，鹽都是放得正好的。

做完之後，他把炒飯盛出來給杜衛家送了過去，結果杜衛家十分不滿意：「怎麼都不放個雞蛋？」

「雞蛋還得花錢買，你也就配吃個剩飯。」杜敬之說完，扭頭就走。

杜衛家被他氣到了，抬腳甩出了自己的拖鞋，結果沒砸準。

因為沒砸到，杜衛家開始罵人：「你個小兔崽子，讓你媽教成臭流氓了，哪有這麼跟長輩說話的，你跟你媽一樣沒教養。」

「是，誰讓我有爹生沒爹養呢。」他背著東西，回答了一句，就開門走了出去。

杜媽媽在對杜敬之的教育上，從來沒含糊過，並且一直沒有放棄。她給杜敬之找的畫室老師是本市很有名的一位，獲得過多個大獎。

而且這位老師對杜敬之他們也挺好的，會根據每個人的風格進行單獨的輔導，從基礎到深入，講得很認真，杜敬之對這位王老師的印象還不錯。

畫室屬於小班授課，因為這位老師是國內一線美院畢業的，而且獲獎很多，是這間畫室收費最高的老師，杜媽媽的收入有三分之一都用來給杜敬之學美術了。

也是因為心疼媽媽，杜敬之學得也很認真。

今天畫室裡招了模特兒，是一位三十幾歲的女人，長相端正，眉眼有自己的特點，身材算是勻稱，亮點就是皮膚白皙。在模特兒脫掉上衣，坦然地面對學員們展示自己的身體後，有一個男生尷尬地清了清嗓子。

杜敬之拿著筆，看著模特，沒什麼特別的感覺，只是開始構圖，繼續畫畫。

他自己也說不清楚，他是不是天生就是取向有問題，只知道自己從懂得感情起，就喜歡周末，這些年裡都沒有改變過。

他也會覺得周蘭玥的聲音很好聽，也會覺得周末的偶像蔡依林很漂亮，但是不會對異性產生什麼想法，看到裸體都十分淡然。

仔細想想，只在周末靠近他的時候，他才會覺得身體出現了些許反應。

「你今年就升高二了對不對？」王老師到了杜敬之身邊，去看他畫的畫。

「嗯。」他平時比較懶，有的時候會用手指塗抹，今天卻覺得畫得有點尷尬，於是改用了橡皮。

「你可以開始考慮高考針對班了，畢竟畫室裡是小班教學，資源有限，每年只招六十個學生，先付定金，還能預訂一個位置，不然就會耽誤了，畢竟資源緊缺。」

他的筆稍微停頓了一下，這才回答：「嗯，我會回去跟我家裡提的。」

「你也可以瞭解一下協議班，可以確保聯考成績在二二〇分以上，前二十名報名，還能有八折優惠。」說著，把宣傳單遞給了他，之後並沒有多談這個，直接開始指導他的作品了。

等王老師走了，他才拿起宣傳單看了一眼，看到學費是二十五萬元，寫生、材料費、餐費另算，就將宣傳單隨便放進了包裡，沒再仔細看了。

離開畫室，剛到門口就看到了熟悉的身影。

周末拿著單字卡坐在門口的椅子上背著單詞，注意到有班下課，就往他們這邊看了一眼，一下子就看到了杜敬之。周末立即將單字卡放進口袋，站起身來到了他面前，伸手接過了他背著的包。

包裡不少都是畫畫用的材料，挺沉的，周末背在肩上卻顯得挺和諧：「你是不是把石膏像放你包裡了？」

「何止啊，我要是學雕塑，裡面說不定放了塊漢白玉呢。」

「那我就得送你來畫室了，怕把你的小身板子壓塌了。」

「可不就是，本來就不高，別再壓垮了。」說著扭頭看向周末，「你多高了？」

「一百六十七公分。」周末回答。

「滾蛋。」

「反正沒你高，因為你在我看來特別高大。」

杜敬之沒好氣地白了周末一眼，他現在的身高是一百七十五公分，周末比他高半頭多，估計能有一八百十五公分，不過從剛才他話裡的意思來看，現在應該是一百八十七公分。

「你是不是靠拍馬屁當上學生會主席的？」杜敬之往外走的時候，周末遞給他一根棒棒糖，他也就沒客氣，直接撕開包裝吃了起來。有的時候，他看到周末都有後遺症，看到那張笑臉就牙疼。

「可能是靠氣質吧。」周末用正經八百的語氣回答。

他被逗樂了。

周末不是第一次來接杜敬之了。

到了週六、週日，一般都是周末去補習班，杜敬之去畫室。補習班在下午三點半就散了，畫室持續到四點半，這段時間差，正好讓周末能夠到畫室去，再在門口等半個多小時，兩個人一塊回家。

一次兩次的，杜敬之會讓周末別來，沒必要接他，又沒什麼大不了的。次數多了，杜敬之就懶得客氣了，目前已經習以為常，懶得客套了。

「有點想吃小學門口的涼皮。」周末往外走的時候，突然提起了這個。

「被你這麼一說，我也想吃了。」杜敬之被周末引來了饞蟲，突然也特別想吃了。

杜敬之吃了這麼多年的涼皮，總結發現，小學門口的涼皮跟之後吃的那些味道都不同。

那家涼皮，是一個老太太開的店，其實就是搭了一個棚，擺三張桌子的簡陋店鋪，但是生意特別好。能在那裡吃，就坐在店裡吃了，沒有座位了就打包帶走。

店裡的涼皮是老太太每天凌晨三點鐘起床，自己動手做的，涼皮白並且均勻透亮，很有嚼頭。

店裡另外的一大特色就是辣椒油，用辣椒、花椒等一些香料碾碎了，倒入菜籽油中，外加幾種調料調和均勻，用大火熬出來，火候、時間都很有講究。精心製作出來的辣椒油色澤鮮紅，打開蓋子，就能夠聞到一陣誘人的香味。

趕上好時候，還能吃到剛出鍋的辣椒油，吃到嘴裡，唇齒留香，帶著餘味的辣，在口中微微顫抖著，挑逗著人的舌頭。

兩個人上了公車，因為是周末，車上的人不多，兩個人上去之後，就在後門有位置坐下。杜敬之坐在裡面，周末捧著兩個人的包坐在外面，十分自然地打開畫夾問：「你們今天畫了什麼？」

杜敬之突然反應過來，想要阻止周末看，就發現周末已經看了一眼之後，又悄無聲息地把畫夾合上了，然後就聽周末說道：「呃，抱歉……我手賤。」

他笑了笑，沒說什麼，只是單手拄著下巴，看著車窗外發呆。

周末坐了一會，覺得沒意思，就扭頭問他：「你想什麼呢？」

「你說，我學完畫畫，畢業以後能幹什麼呢？」

「畫家。」周末不假思索地回答。

「能有幾個出名的？不太現實。我總怕我畢業了之後，找了一份一個月頂多二三萬薪水的工作，那樣的話，我頂多夠自己生活的，我怎麼報答我媽呢？她在我身上投的錢，要比這些多多了。有的時候想想，養孩子真是不划算，投入永遠大於回報。」

周末不知道杜敬之為什麼突然說這個，不由得一愣，緊接著立即回答：「你已經很厲害了，我聽說好多給遊戲畫圖的人，一張圖就幾千打底。」

「主要我沒自信，我看了一眼宣傳單……我媽一年薪水才不到四十萬塊錢，但是我考前一年的花費，就得二十五萬了。」杜敬之十分沮喪地說了起來，在家裡總被父親跟奶奶否定，使得他多少有點自卑。

自卑是一種特別複雜的情緒，會進行自我否定，低估自己的實力。這影響了他的自信心，讓他覺得花母親的錢來學習畫畫，都是浪費錢，內心有著強烈的愧疚感。

周末看到杜敬之現在的樣子，多少有點難過，伸手想要握住他的手給予安慰，又覺得他肯定會拒絕，這才抬手拍了拍他的肩膀：「小鏡子，你很優秀，你還很孝順，阿姨如果聽到你的這些話，估計覺得，付出再多也值了。既然你這想法，就得更加努力才是，之後才能報答阿姨，讓阿姨過上好日子。」

「優秀個屁啊……」

「每次看到你的畫，我都覺得你超級厲害，總覺得，你的內心一定有一幅錦繡山河，不然怎麼能畫出那麼大氣的作品來？」

「還錦繡山河，頂多有幅清明上河圖！」

「那也厲害！」

杜敬之覺得跟周末說這些沒用，這小子滿嘴跑火車，就會說好聽的話，也就不再聊了。

周末則是在這個時候表示：「別想這些了，我打算在吃涼皮的時候，再買幾根肉串，算是對你辛苦一天的犒勞。」

他笑了笑，開心地點頭同意了，同時表示：「下次我請你。」

結果，他們倆涼皮倒是吃上了，可惜，肉串被周末一個人吃了。

原本一切都挺好的，兩個人到了小學後街，周末去別的攤子前買肉串，杜敬之等涼皮。結果，突然碰到了劉天樂跟他女朋友。

「杜哥！」劉天樂看到杜敬之之後，立即走了過來，「我還當我眼花了呢，沒想到真是你。」

他沒見過劉天樂的女朋友，只是聽說過幾次，兩個人是在公車上認識的。劉天樂的女朋友是隔壁七中的，七中是市重點高中，比三中差多了，但是美女帥哥不少。他偶爾跟著去七中打籃球，就注意到了不少顏值不錯的。

劉天樂的女朋友看到杜敬之之後還挺驚訝的，畢竟這種長得像韓國男子組合成員的帥哥，平日裡挺少見的，不由得多看了幾眼。不過人挺規矩的，只是得體地問好，之後就不會盯著杜敬之看了。

「我……」杜敬之說的時候，扭頭朝周末的位置看了一眼，剛巧跟周末對視了，兩個人眼裡都有無奈。他歎了一口氣，回答，「我住在這附近，身後是我小學。」

劉天樂看了一眼，並沒多在意，他對小學並不感興趣，只是突然湊過來，小聲說：「欸！一班的周末，我去，個子高是吃得多，你看他，買了那麼多串，還來吃涼皮。」

杜敬之尷尬地乾咳了一聲，沒回答，他跟周末一塊過來的，哪用得著劉天樂提醒他周末在附近。

劉天樂的女朋友回頭又看了周末一眼，忍不住感嘆：「你們學校帥哥這麼多啊？」

「是吧，你老公帥吧。」劉天樂臭不要臉地把自己也算進去了。

「嗯，厲害，功課好，長得也好看，太完美了。」說著，還拍了拍劉天樂的臉，看那甜蜜勁，估計是熱戀期還沒過去呢。

周末拿著一堆串坐在了隔壁桌，低沉著聲音跟老太太說：「阿姨，把我的那碗放這桌。」

周末就這樣，稍微年輕點的叫小妹妹，阿姨級別的叫姊姊，奶奶級別的叫阿姨，誇女性漂亮張口就來。

老太太看了周末跟杜敬之一眼，沒說什麼，只是把周末的涼皮，端到了周末面前，周末悶頭吃著涼皮，然後再幽怨地看杜敬之一眼。原本是他最開始想吃涼皮的，結果現在吃上了，卻覺得沒什麼味道了，面前的肉串也跟塗了蠟一樣，都沒味道了。

杜敬之還當劉天樂跟他打完招呼就能走呢，結果劉天樂說什麼也要給他介紹女朋友。從他女朋友手機裡找出合影來給他看，說是讓他挑一個，到時候他女朋友給介紹。

「真不用。」杜敬之看都不看就拒絕了。

「你果然喜歡周蘭玥，對不對？」

「你扯淡呢吧？」

「我總看到你們倆說悄悄話。」

「我給你三分鐘的時間，不，一分鐘時間，消失在我眼前。」

「別別別，我老婆在呢，給我點面子。」

「五十九。」

「杜哥。」

「五十六。」

「行行行，我走。」說完拉著自己女朋友就走了。

他女朋友還忍不住湊到他身邊問：「你這個同學是不是不好交往啊？」

「其實也不是，他看到女生就容易害羞緊張，不然這麼帥，怎麼可能單身到現在。」劉天樂替杜敬之辯解，其實不願意承認杜敬之是不歡迎他。

「確實挺帥的。」他女朋友感嘆完，忍不住又回頭看了一眼，隨後害羞得捂嘴，「這麼好看的男生，一定有男朋友。」

「哈？」劉天樂沒聽懂。

「沒事。」他女朋友趕緊搖頭，推著劉天樂離開了。

杜敬之再回頭的時候，發現周末已經賭氣似的把肉串都吃了。

回去的路上，兩個人都不太高興，杜敬之因為沒吃到肉串，周末是因為吃撐了。

到了六樓，周末沒回自己家裡，而是跟著杜敬之去了杜家，杜敬之原本想去網咖玩會遊戲，也被周末攔住了：「我把補習的內容教給你。」

這已經是常事了，杜媽媽沒資金支付杜敬之兩份補習費，總是一副惋惜的樣子。後來周末解決了這個難題，就是每次補課回來，都把老師教的東西歸納總結成筆記，然後到杜敬之這邊教他。

當年杜敬之能考上重點，也多虧了周末不厭其煩地幫著補課。

這也是杜媽媽特別喜歡周末，周末每次來，都會加菜的原因。

「我不是那塊料，別教了。」杜敬之頹然地拒絕。

「你就是那塊料，一邊畫畫，一邊課業也沒落下，一般人是做不到的。」說著，就推著杜敬之上樓了。

杜敬之在心裡一個勁地想，自己得是多喜歡周末啊，才覺得跟周末在一塊就很高興，竟然能捨棄玩遊戲，也願意聽周末講無聊的課？

006

因為沒吃到肉串，杜敬之覺得，他跟周末之間出現了原則性問題。所以在周末講題的時候，他重複了三次這個問題。

他們生活在一天三頓小燒烤才是幸福快樂日子的城市裡，尤其是小學後街的烤肉串，更是一絕。羊肉串，一般選用的是羊後腿肉，算是一隻羊的精華所在，從小他就知道，動物身上會動的部位肉是最好吃的。羊肉串通常在烤之前就經過醃製，中間夾著筋，筋跟肉相連，撒上辣椒跟孜然，小學後街的烤羊肉串還會加上其他的佐料，算是一種獨特的風味。

肉串剛出爐的時候，肉上面還在發出「滋滋滋」的聲音。表面有一層油膩，那是肉被烘烤過流出來的油脂，就好似天然的醬汁，讓肉更加鮮嫩可口，更是散發著誘人的香味，相隔很遠都能聞到。

杜敬之越想越饞，越饞越生氣，越生氣就越想吃。

杜敬之單手拄著下巴，盯著周末開口：「一張嘴就一股燒烤的味道。」

第一次提，周末還納悶了一會，從包裡掏出口香糖吃了起來，繼續講題。

第二次，杜敬之趴在桌面上，沮喪地表示：「沒吃到肉串，根本聽不進去。」

周末這次算是明白了杜敬之的小心思，抿著嘴唇笑，抬眼看了他一眼，眼裡有些寵溺。抬手揉了揉他柔軟的棕色頭髮，安慰道：「這點小事，圓規哥哥明天再請你吃。」

他強打起精神，點了點頭，跟著周末學了一會，很快又靠著椅子癱倒了：「不行，我的內心是抗拒的，我恐怕要等到明天才能提起幹勁。」

羊肉串，一個磨人的小妖精。

這一回，周末終於有了動作，歎了一口氣之後起身，拎著他的衣領說：「今天肉串就算了，帶你去買零食吃，回來再把考卷寫完。」

他立即把周末的手推走了：「不用拎，恢復行動能力了。」

周末跟杜敬之一塊下樓的時候，就覺得自己去接了一個剛剛放學的小朋友，杜敬之還心情很好地哼著歌：「baby 怎麼會這樣，再也不能睡同床，寂寞的我怎麼度過夜……」

周末聽了，忍不住問他：「什麼破歌？」

「嘖，你也就願意聽蔡依林的歌。」

「周杰倫跟孫燕姿的也可以。」

他聳了聳肩，不再說什麼。他的歌單裡都是類似這樣的歌，這時期是網路歌手正興起的階段，前幾天劉天樂還給他聽了一首叫《嫁衣》的歌，聽得他渾身難受。

到了樓下的連鎖超市，進去之後杜敬之又開始糾結了。

每一種飲料，都有屬於它的靈魂。

可口可樂跟百事可樂相比較，他更喜歡可口可樂，口味中帶有一種厚重感，就好像土石流一般，從高處俯衝下來，衝擊著體內每一處感官。喝可樂的時候，就好像這種液體在對身體進行一場轟炸、進攻，氣勢磅礡，就好像卸掉了所有的負擔，放肆發洩了一把。

呵出一口氣，覺得暢快淋漓。

蘋果味跟橘子味，都各有千秋，好像一個是美得帶有攻擊性的貂蟬，一個是帶有魅惑魔力的妲己，兩方鬥豔，各有媚態，平分秋色，讓人難以選擇。

周末站在他身邊，有點無奈地看了半天，拿了一瓶可口可樂，隨後對他說：「這瓶我的，你自己選一瓶。」

在蘋果跟橘子中間，展開了一場無聲的戰爭。

這一場沒有硝煙的戰鬥，在他將手伸向蘋果味後，終於結束。

好像一切都沒有開始，就這樣無聲無息地結束了。

他喜歡吃黃瓜口味的洋芋片，這是每次去超市都一定會選擇的東西，算是他後宮佳麗中的寵兒，常年被翻牌子，躺在貨架上，帶著一種有恃無恐的淡然。

之後，要選擇的就出現了難題，鹹口跟甜口需要合理安排，再來就是乾果類、果乾類需要挑選能夠搭配得當的口味。

就在他糾結的時候，周末提著籃子走了過來，把他看得比較久的零食通通裝進了籃子，隨後問：「還有什麼想吃的嗎？」

周末一直都知道杜敬之有這個毛病，就是選擇困難症。

杜敬之從小零花錢就少，這使得他必須用有限的零用錢，選擇自己最想吃的口味，不然就會吃了不太想吃的，還想吃自己最想吃的那款。

選擇困難症的起因就是——窮。

周末這種有錢人跟他就很不一樣了，就是想吃什麼，就都買了，回去之後一個個吃。

當年，杜敬之還沒有超市的收銀台高的時候，盯著檯子上的棒棒糖，好半天選擇不出來究竟買哪個口味的好，盯到後來，都快上課了。

周末比他高一些，把每種口味的棒棒糖都買了一根，給了他。那個時候，周末就像一個英雄一樣，讓他暗暗決定，以後再也不討厭這個「別人家的孩子了」。

現在，周末跟他在一塊，就是一個雷厲風行的風格，直接跟杜敬之說，自己想吃什麼，問杜敬之想不想吃，如果不想吃，就再換一樣，大多是從平時摸索出，杜敬之喜歡吃的那幾種裡挑選一樣，總會有杜敬之今天想吃的。

就好像，周末早就知道他最喜歡喝可口可樂，喜歡可樂味棒棒糖，喜歡黃瓜味洋芋片，還有涼皮、烤肉、牛排、火鍋，火鍋的時候一定要有魚豆腐。

周末還知道，如果他想吃什麼，沒吃到，在那之後會惦記好久，直到吃到了為止。所以周末就盡可能地滿足杜敬之所有要求，免得杜敬之茶不思飯不想的。

臨走的時候，還在冰箱裡拿了兩個冰淇淋，這才去門口結帳。

回到家裡，杜敬之終於老實了下來，一邊吃冰淇淋，一邊聽周末幫他補習，還忍不住拍馬屁：「我覺得你有當老師的潛力。」

周末笑了笑，卻否定了：「算了吧，我對別人沒耐心。」

「我怎麼覺得你挺適合做幼稚園老師的？」

「其實你能這麼覺得，也是對我的一種認可。」周末隨手抓了一片洋芋片放進嘴裡，吃了一片就不吃了。這些東西都是按照杜敬之喜歡的口味買的，他不太愛吃，卻沒表現出來，只是說起了其他的事情：「下週學校舉辦秋遊爬山，聽說今年的獎品不錯。」

學校每年舉辦秋遊，其實是為了讓高三的學生放鬆一下，免得學習過度過勞死，順便帶上高一跟高二的學生。

去爬山之前，學校的老師會在小林子裡插紙條，就是在小紙條上寫上幾等獎，然後蓋個戳，捲成小筒，塞進林子裡的樹幹中間等位置，讓學生在途中尋找，也算是一種獎勵，讓學生能夠參與進學生們私底下傳說：越是衝在前面的，收穫越多，越是靠近山頂，收穫越大。

大獎，一般都被安排在山頂，山下的獎品，大多等於謝謝參與。

「今年什麼獎啊？」杜敬之隨便問了一句。

「第一有一萬元現金。」

不是獎學金，也不是學校舉辦的比賽，爬個山就給一萬元，夠大方的！他忍不住睜大了一雙眼睛，難以置信地問：「學校今年大出血啊？」

「嘖，刺激高三學生多運動呢，每年都是讓高三的學生先上山，高一跟高二的在後面。」周末說完笑了笑，「還不是因為去年的高考狀元是省實驗高中的，學校上級受刺激了。」

「爬山跟高考成績……有什麼關係嗎？」

「有病亂投醫唄。」

杜敬之歎了一口氣，搖了搖頭：「所以我們也只是聽聽，大獎沒我們的事，頂多領個鍋碗瓢盆回來孝敬我媽。」

周末沒接話，把英語書扔在了他面前：「順便把單詞背了。」

「……」

周末喝了一口可樂，隨手放在了身邊。

杜敬之背著單詞，抬眼看了可樂一眼，問：「我能喝一口嘗嘗嗎？」

「哦，喝吧。」

他沒多想，拿來可樂就擰開喝了，「咕咚咕咚」喝了一大口，然後很爽地打了一個嗝。周末原本是盯著他喝水的動作，然後又盯著可樂的瓶口，在他喝完之後，周末接過可樂，又喝了一口。

知道杜敬之要去爬山，杜媽媽提前一天就去了超市買了一包小零食，外加一個大瓶的可樂。

杜敬之這個人有點懶，不過平日裡背著畫具是因為喜歡，也就忍了，今天因為背的是零食，也忍了。於是，他跟小學生春遊一樣的，背著一堆零食就去學校了。

到了教室裡，就看到黃雲帆坐在椅子上塗防曬乳，還問他：「杜哥，你來點不，我姐從日本給我帶回來的。」

他走過去，幫黃雲帆把後脖頸給塗勻了，還忍不住嘴賤數落：「你這塊頭，還挺浪費防曬乳的。」

「嘁，我都無法想像，我如果瘦成你那樣，會帥到何種地步。」

「嗯，簡直不敢想像。」

「來來來，我幫你塗，順便摸摸我杜哥這吹彈可破的白嫩小肌膚。」

「肌膚就肌膚唄，還小肌膚。」

「那嘰嘰就嘰嘰呢，為啥好多人說是小嘰嘰？」

劉天樂突然回頭接了一句：「聽說胖子的都跟唇膏一樣，女胖深男胖短。」

黃雲帆一聽就不樂意了：「放屁，至少粗！」

在他們倆吵架的工夫，杜敬之自己就拿來了防曬乳，替自己塗上了。

之後就是去操場集合，按照順序搭乘大客車去風景區。

杜敬之剛下樓，就看到周末了，畢竟那個身高很好找。周末的身邊圍著學生會一眾，估計正在安排任務，有幾個女生正高興地跟周末聊著天。

周末一直很受歡迎，學生會的女生也覺得能近水樓臺先得月，結果周末單身到現在，連個緋聞女友都沒有。

杜敬之他們幾個就是不挑事就渾身難受的人，路過這群人的時候，高聲唱著《最美不過夕陽紅》過去的，氣得謝西揚一個勁瞪他們。

周末看了杜敬之一眼，然後叫住了他們：「你們幾個等一下。」

氣氛一下子劍拔弩張起來。

這些人，還因為當初周末「罵哭」杜敬之，心裡憋著一口氣呢。就算杜敬之解釋說自己是滴了眼藥水的演技派，他們也不信，因為他們覺得周末不會容許杜敬之有這樣的小心機。

現在周末又找他們的事，他們不介意在山上搞點什麼小動作，收拾收拾這個學生會主席。

周末朝黃雲帆走了過去，從一個袋子裡取出了一個帽子遞給了黃雲帆：「喏，大號的，把你的那個給我吧。」

因為爬山，學校統一發放帽子，紅色的，這樣方便在山上辨認，也能遮陽。回來之後，學校還會統一回收。

黃雲帆這個氣啊，周末這不是罵他腦袋大嗎？

「用不著！」黃雲帆立即拒絕了。

「那你把你手裡的這個帽子戴一下我看看。」周末十分平淡地又說了一句。

「我愛戴就戴，不愛戴就不戴，你管得著嗎？」黃雲帆的語氣已經十分不好了，這個周末真是得寸進尺，給臉不要臉了。

杜敬之在一邊看著，忍不住問：「你找碴嗎？」

聽到杜敬之的聲音，周末才回答了一句：「有嗎？」

周末一直都是一個會秋後算帳的人，別看是個好學生，但是多少有點睚眥必報的性格，屬於壞心眼。杜敬之左思右想，只想到他從德育處裡出來的時候，黃雲帆跟周末說了幾句不好聽的，也不至於周末單獨刁難他吧。

為了防止氣氛惡化，杜敬之從周末的手裡接過那個大號的帽子，又把黃雲帆手裡的帽子給了周末，說了一句：「謝了。」然後就勾著黃雲帆的肩膀走了。

黃雲帆還有點氣，回頭又惡狠狠地瞅了周末半天。

其實黃雲帆長得有些凶，體格還壯，生氣的時候更是兇神惡煞的，有點嚇人。不過對於這個凶胖子，周末是一點也不怕，只是淡然地看著他們離開。

到了山上，爬了才一個小時，杜敬之就扛不住了，覺得腳疼，到中間休息站脫了鞋一看，白色的襪子上都沾了血了。

黃雲帆忍不住感嘆：「我操，杜哥，你這也太細皮嫩肉了吧，才走這麼幾步，腳都磨出血了？」

「我為了爬山特意穿的新鞋，結果不合腳。」

「那怎麼辦，我們在這陪你吧，等他們下山了，再跟著大部隊回去。」

「你們繼續爬吧，大獎一萬元呢，他們就算到山頂了也不一定能找到，學校肯定恨不得塞地縫裡不被找到。你們還是有希望的，實在不行，你們多領幾個盆，走的時候分我。」

黃雲帆跟劉天樂也沒反對，直接同意了，還把自己比較重的東西都給了杜敬之，叮囑了他好半天，才背著水就繼續爬山了。

杜敬之在休息站的傘下面坐下，拿出洋芋片跟可樂，就開始愜意地曬太陽了。

結果沒一會就覺得不舒服了，因為太陽升起來了，陽光毒辣，讓他渾身難受，手臂都曬紅了。

他不得不抱著一堆東西，繞到了後面的小涼亭裡休息，在黃雲帆的書包裡掏了掏，還掏出了一把防曬傘。別看黃雲帆凶，但是他最臭美，這些東西肯定有準備，只是爬山太累，肥胖的身材多少讓黃雲帆有點累，最後沒拿走。

頂著傘，坐在涼亭裡繼續吃，沒一會，他就發現了不對勁，周末跟一個女生一塊從山下上來了。

杜敬之趕緊收了東西，彎著腰到了欄杆邊，扒著欄杆往周末來的方向看，只能看到他們兩個人，女生蹦蹦跳跳的，周末則是一直在跟她說話，他的位置根本聽不清說了什麼。

「要不然妳一會去休息站休息一下吧。」周末跟這個女生提議。

女生是學生會文藝部的，是個多才多藝的女孩，長得很漂亮，而且，十分明顯的對周末有意思，總會主動接近周末。

「其實我挺想繼續爬的，想上去看看風景。」女生回答。

「嗯，那妳加油。」

「可是……腳崴了，好疼啊，你能扶我一下嗎？」

「算了吧，挺熱的。」

「……」女生有點尷尬，不知道該說什麼了。

這個時候，周末又開口了：「我不太想爬了，要不你繼續努力，我去休息站歇會？」

「啊？」

「妳真是一個堅強的女孩子，我就沒有妳這種堅持的勁頭。」周末笑了笑，用帽子給自己搧風，同時繼續往上走了幾步。

女生有點手足無措，她是裝成崴腳的樣子，故意在隱蔽的地方等著，等到周末上來了，才把周末喊了過來。沒想到，周末一點都沒有憐香惜玉的樣子，只是把她扶起來了，一點售後服務都沒有。她剛才說了要爬山，結果周末就說不爬了，她現在怎麼辦？是繼續做「堅強」的女孩繼續爬，還是留在周末身邊？

好尷尬啊……

周末走向涼亭，看到杜敬之賊眉鼠眼的模樣之後腳步一頓，隨後忍不住笑了，這一次才是真的笑進了眼底。

007

女生原本糾結著，是繼續留在周末身邊還是繼續爬山。看到杜敬之後，嚇得一哆嗦，趕緊往後退著走兩步，然後苦笑著跟周末說：「吶，周末，我先繼續爬了，你休息吧。」

周末的注意力全在杜敬之身上，只是隨意地「嗯」了一聲，就進了涼亭，根本不理會女生到底走沒走。

杜敬之清咳了一聲，走回原來的位置坐下了。

等那個女生走了，杜敬之才主動開口：「你跟那個女生……」

「她崴腳了。」周末回答。

「套路，都是套路！」

「嗯？」周末不解地問。

「啊……沒事。」杜敬之乾笑了幾聲，坐在涼亭裡繼續休息。

周末看了看他身邊放的東西，又看了看他的模樣，忍不住問：「我剛才看你走路有點瘸的樣子。」

「別提了！」他立即氣惱地說了一句，「我今天穿的是新鞋，外加我媽準備工作充足得有點過頭了，怕我爬山腳臭，往鞋裡倒了不知道有多少的小蘇打。我這腳也不知道是被小蘇打泡的，還是新鞋磨的，都出血了。」

周末蹙著眉，走到了杜敬之身前蹲下身，去脫他的鞋子。他下意識地縮腳，連帶著推周末：「沒事沒事，我能挺住。」

「我看看。」周末沒理會他的拒絕，知道杜敬之的拒絕就跟欲拒還迎似的，都是虛假的客氣，依舊我行我素地脫了杜敬之的鞋，然後就看到白色襪子上的血跡，以及大腳趾處的破洞。

杜敬之「嘿嘿嘿」地傻笑了兩聲，緩解尷尬氣氛。

周末沒在意，直接小心翼翼地脫掉了他腳上的襪子，去看腳上的傷。腳底板被泡得有些發皺發白了，前腳掌兩側出現了些許破損的傷口。

緊接著，周末放下自己的包，毫不在意地直接放在了地面上，從裡面拿出一瓶礦泉水，擰開之後幫杜敬之沖洗腳，然後從包裡拿出了幾個透氣繃，幫他貼上了。之後又用同樣的方法，幫他處理了另外一隻腳。

這回，沒有鞋的束縛，杜敬之覺得好多了，活動著腳趾，看著周末蹲在一邊，拿著他的鞋往外倒小蘇打。

「剛才跟你一塊的那個女生，我以前罵過她。」杜敬之突然在這個時候說了一句。

周末沒太在意，杜敬之的脾氣不太好，罵過的人不少，不過女生倒是很少罵，於是問：「她欺負你了？」

「你覺得有幾個女生敢來欺負我？」

「也是。」

「剛入學的那學期的元旦晚會，她不是跳了一段舞嘛，然後黃雲帆就看上她了，一個勁地叫她是女神，開始追求人家。他們倆在一塊，就跟童話故事似的，翻版的美人與野獸。」

周末弄鞋的動作頓了頓，接著問：「你是因為那個胖子追那個女生才罵她的？有點過分了。」

「哪啊，我閒的啊管這個，主要是那個女的不誠實，不答應黃胖子吧，還不拒絕，就一直吊著，還讓黃胖子給她買這個買那個的。黃胖子也不是有錢人，後來乾脆偷他爸的錢給那個女的買東西，讓他爸給打了一頓。在這之後我先是把黃胖子收拾了一頓，然後又去把那個女的罵了一頓，那女的現在看到我就跑。」

「你那個胖子朋友也是蠢。」

「確實蠢，跟吃了迷魂藥了似的，什麼事都幹，我就跟他說，會讓你誤入歧途，不往好方向奔的，就不良配，都是婊子！以後找女朋友也是，要找那種喜歡你越來越好的，而不是騙你錢的。劉天樂女朋友就不錯，瞅著順眼也規矩。」

「嗯，你做得對。」

「不過看剛才那個意思，那個女的好像看上你了，黃胖子要是知道了，肯定得更討厭你。」

「用不著他喜歡。」

杜敬之突然想起了什麼來，立即問周末：「我發現你有點針對黃胖子啊，你這樣我插中間很難辦的。真要是黃胖子哪天集結人手去揍你，你說我是攔著還是幫忙？」

「你注意點，別被傷著就行。」

「我問你話呢，你是不是故意針對他啊？」

「有嗎？」

「感覺……有點，你對他跟對別人不一樣。」

「我對別人什麼樣？」

「中央空調，到處送溫暖的那種。」說完還唱了起來，「只要人人都獻出一點愛，世界將會變成美好的人間……你就是個『人人』。」

周末笑了笑，不置可否。

把鞋子處理完了，周末給他送了過去：「你先這麼休息會吧，等一會我背你下去。」

「不用，我沒那麼嬌氣，再說貼完透氣繃舒服多了。」

「我心疼。」

杜敬之老臉一紅，趕緊罵了一句：「滾蛋，你這中央空調。」

周末覺得自己有點冤枉，卻不知道該怎麼解釋，最後只能歎了一口氣，在書包裡翻找起來，最後找出了一個指甲刀。

杜敬之看了忍不住問：「你爬山還帶這個？」

「平時就帶，因為經常檢查個人衛生，碰到指甲不合格的就要他們剪了。」周末說完，坐在了杜敬之身邊不遠處，拎著他的腿，讓他的腳搭在自己腿上，低下頭幫他剪指甲。

他有點不好意思，下意識地縮了縮腳，卻沒拿回來，說道：「以前就我媽這麼給我剪腳指甲。」

「以後有我呢。」

「你說話怎麼這麼肉麻呢？怪噁心的。」

「會嗎，不覺得。」

他有點搞不懂現在的天氣，就跟抽風了似的，忽冷忽熱的。前幾天下了幾場雨，氣溫下降了不少，就在大家開始多加衣服之後，又連續晴了幾天，氣溫又回升了。

此時的太陽，就像更年期的婦女，爆發著脾氣，陽光毒辣到不講道理，曬得人皮膚疼。

山上的涼亭只能擋住一部分的光，杜敬之的手裡有傘，就往前遞了遞，讓陰影能夠罩住周末。周末抬頭看了他一眼，然後嘴角噙著笑，什麼都沒說，繼續幫他修剪指甲。

杜敬之的腳指甲並不長，但是剪得很隨意，就像狗啃過一樣，很容易刮壞襪子，周末就是幫他修整得整齊一些。

山上不算安靜，時不時有鳥叫聲，以及學生們大聲呼喊的叫聲，聽說老師會集合高三學生到山頂喊一喊釋放一下，聽著怪讓人鬧心的。抬頭往山上看，經常可以看到紅色的帽子，猶如流動的水，朝著四處散著。

杜敬之看了看山上，聽著「呀擦呀擦」的聲音，突然有種安靜下來的感覺。

嗯，跟周末在一塊，就會很安心。

「你不爬了嗎？」杜敬之問周末。

「沒意思，還挺熱的。」

「那豈不是白來了嗎？」

「沒白來，能陪著你。」周末幫他修剪完指甲，站起身來整理了一會，他也就在這個時候重新套上襪子，穿上鞋，起來活動了一下身體。

周末也在涼亭周圍晃了一會，隨後回到涼亭裡取出水瓶喝了一口水，水瓶直接空了。

他看著有點不好意思，周末的水都用來給他洗腳了，他立即遞出自己的可樂，說：「你喝我的吧。」

周末沒拒絕，喝了一口，才一臉糾結地說：「你這瓶可樂，目前跟可樂薑湯相比，就差點薑。」

「沒辦法，打開這麼久了，氣早就跑了，而且天氣太熱了。」說著跟周末飛眼，「你穿秋褲了嗎？」

「所以我才說熱的。」

他沒忍住笑，覺得周末不比自己強到哪裡去，這山爬得夠艱難的。

周末喝完水，指著一根樹杈跟杜敬之說：「那裡有個紙條。」

杜敬之一聽就興奮了，當即站起身來，定睛在樹杈上找紙條，果然看到了一個，伸手拿過來，還在嘟囔：「還有意外收穫。」

「嗯，可能是你比較幸運。」周末跟著說。

他打開紙條，看了一眼，突然愣了，抬頭看了看周末，又看了一眼紙條，這才說了一句：「我操！」

周末湊過來看，看到紙條上寫著的是一等獎，旁邊還有印戳，立即說了一句：「恭喜啊！」

他都有點傻了，左右看了看，這才有點惶恐地說：「這連半山腰都不算，怎麼就有一等獎？」

「估計是學校覺得學生們摸清套路了，所以改變策略了唄。」

「這個是你發現的，歸你。」他毫不猶豫地將紙條遞給了周末。

周末只是微笑，卻不接：「別了，我去領獎，學生們肯定覺得獎品是內定的。」

「那……我領獎，之後錢我們倆一人一半。」
「你留著吧，我不差這些錢的。」
「那不行，肯定得一人一半，這是原則問題。」
「那就改成你請我吃飯吧，把錢留著給阿姨，你之後用錢的地方多著呢。」
這回他動搖了。
杜衛家總說，奶奶帶大自己不容易。杜敬之也覺得，母親幾乎是在喪夫的狀態下把他養大的，也十分不容易，他很心疼自己的媽媽，所以這筆獎金，的確可以緩解一些媽媽的壓力。
見他把紙條收起來了，周末也沒在意，坐下之後又喝了一口可樂，接著看了一眼手機上的時間，這才說道：「學生會有任務，我不能多待了，你在這等我，下山的時候我背你下去。」
「不用你，一會黃胖子跟劉天樂還能來找我，你忙你的去吧。」
「那個黃胖子背你？」
「不用他背，他肯定一身臭汗，我自己走下去。」
周末又看了他一會，模樣有點猶豫，最後還是同意了。
杜敬之在涼亭又等了大概兩個小時，黃胖子跟劉天樂才回來，離得老遠黃胖子就在喊：「全軍覆沒！」
杜敬之休息得很舒適，只是等得有點不耐煩，看到他們過來了很開心，直接問他：「怎麼了？」
「山頂上翻了個遍，也沒人翻到一等獎，不少人都說，一等獎就是個傳說，估計學校沒這麼大的手筆。」黃胖子回答，到了涼亭裡，從包裡取出濕巾來擦汗，還忍不住罵了幾句學校太賊。

杜敬之笑迷迷地保持神秘感，只是在兩個哥們整頓好了之後，跟著他們一塊下山了。

山底下就有一個兌獎點，那裡圍了不少人，估計是找到「謝謝參與」獎品的學生，在那排隊領獎呢。

周末在一個檯子前跟著幫忙，看到杜敬之之後沒有特殊的反應，只是繼續發獎品。

他們三個人排在後面，到他們領獎的時候，周圍的學生都是圍觀的模式，似乎是想看看都有誰拿了大獎。之前最大的獎，恐怕是那兩個隨身聽。

黃胖子跟劉天樂的收穫也挺大的，領了四枝2B鉛筆，兩套大三角板的尺，一個洗臉盆，一個隨身碟，一個音樂盒。

劉天樂只要了音樂盒，要送女朋友，其他的東西，杜敬之跟黃胖子平分。杜敬之沒參與多少，要了臉盆，隨身碟給了黃胖子。

正要走的時候，杜敬之取出紙條領獎。

黃胖子跟劉天樂都看傻了，緊接著就是歡呼，十分得意地跟周圍人顯擺，最後大獎讓他們拿了。周圍有學生議論紛紛，不少人都覺得，杜敬之估計是從別人手裡搶來的，他沒搭理。

等杜敬之離開了，領獎處也沒多少人了，程樞湊到周末身邊嘟囔：「獎怎麼讓他拿了啊，還以為內定給你了呢。」

「哪能這麼不講究啊，還內定。」

「學校第一天不講究嗎，謝西揚不就是一路內定上來的嗎？」

「是嗎？」

「嘖……那小子真夠幸運的。」

杜敬之沒注意到，學校的學生是在當天早上集合的時候，學校宣佈後才知道獎品。周末卻是在很早，就知道了一等獎是一萬元現金。

不起疑也不奇怪，多半是當成學生會的成員內部是知道的，外加被喜悅沖昏了頭。

領完獎回去後，杜敬之請黃胖子跟劉天樂吃了幾根烤串，就算慶祝完畢。這兩個哥們也知道他的家庭情況，都沒怎麼獅子大開口，都是點到為止。

回去之後，杜敬之一個人就跑去商場了，打算給自己媽媽買個包。自信從容地進了奢侈品店裡，看到那些包都是五位數後，又灰溜溜地出來了，就跟觀光旅遊似的，完全低估了這些包的價格。

在商場裡逛了一圈，稍微好點的包也有五千多元的，他看著也喜歡，可是有點捨不得買，畢竟是想給媽媽減輕負擔。但是一兩千的包，又覺得有點送不出手，最後坐在大廳裡，一個人獨自沮喪。

最後逛到了化妝品區域，走了一圈，就被漂亮的看板吸引了。站在一個牌子前看著一個女明星半天，然後跟店員指著說：「這個女人的口紅顏色，是哪個？」

店員立即給他介紹了，說女明星是某某韓劇裡的女主角，這個色號是最近的熱門色，口紅是一千六百元，他掂量了一下，覺得可以，就讓店員包起來了，同時問：「能包成禮物嗎？」

「送女朋友？」店員忍不住多看了杜敬之一眼，覺得這麼帥的小男生，會談戀愛也不奇怪。

「給我偉大的母親買的。」他正經八百地回答，把幾個店員都逗笑了，然後態度很好地送給了他一個禮盒，還打上了蝴蝶結。

買完給媽媽的禮物，他又去文具用品區域逛了一圈，因為選擇東西糾結，只能玩著手裡的東西，臉盆被他拍得啪啪作響，周圍的人直瞅他。

這份禮物是給周末選的，走了一圈，拽掉了幾根頭髮，還是沒選出來，於是又跑到休息區休息了半天。選擇不到合適的東西，他開始自己跟自己生氣。

眼看著時間有點晚了，這才咬著牙，又去了一趟書店，最後給周末選了一本英語大辭典，有他腦袋大小，然後去結了帳。

回家之後，就看到杜媽媽坐在餐桌前，正在看報紙，見他進來，抬頭看了一眼客廳裡的時鐘，這才說起來：「怎麼這麼晚？爬山之後還有活動？」

「沒有，我去了趟商場。」

「去商場幹什麼啊？」

杜敬之樂呵呵地從包裡取出口紅的禮盒來，放在了餐桌上：「我給妳買的。」

杜媽媽一愣，接過盒子看了一眼，然後就看到杜敬之又拿出七千五百元錢來放桌子上，跟媽媽顯擺起來：「我跟妳說，我今天爬山，拿了個大獎！第一等獎，一萬塊錢！厲不厲害？」

誰知，杜媽媽看了看口紅，又看了看錢，臉色就變了。緊接著，一巴掌拍在桌子上，大聲喊了一句：「你給我站起來！」

他被嚇了一跳，不明所以，直接站了起來看著杜媽媽，問：「妳喊什麼啊？」

「這錢哪來的？」杜媽媽指著錢問。

「我爬山找到小紙條，得了一等獎……」

「你……你是不是勒索同學了?!」

「啥玩意？」

「你！你要氣死我是不是，我們家雖然窮，但是得有志氣，我就怕你學壞，總是不讓你打架，你從來都不聽我的，現在倒好，不學好了，去打劫小學生了是不是？」

他有點被氣笑了，無可奈何地又解釋了一句：「我真的是爬山……」

「杜敬之，你不可以跟我說謊。」

杜敬之被咆哮的媽媽嚇到了，看到媽媽憤怒的樣子，他知道，媽媽是真的在生氣，非常生氣，氣得身體發抖，雙目赤紅。

他有點慌了，不知道該怎麼解釋，最後快速從口袋裡取出手機，準備給周末打電話，把周末叫來，讓周末跟媽媽說。

杜媽媽一把搶走了他的手機，直接出了門，應該是去找周末了。這樣的話，杜媽媽可以去找周末套話，且不用擔心他們兩個之間通過氣。

他站在餐桌前，身體僵直，低頭看向桌面上的錢，一眨眼睛，眼淚就掉下來了，狠狠地砸在了衣襟上。

自己的媽媽不相信自己，有什麼比這更讓人心疼的嗎？

008

杜媽媽到了周家的時候，周家剛吃完飯，周爸爸正在收拾碗筷，是周媽媽開的門。

「快進來，好久沒跟妳聊天了。」周媽媽還是很歡迎杜媽媽的，兩個人的年齡差不多，還是鄰居，平日裡經常往來，雖然職業沒有共同語言，卻也算談得來。

「可不就是，最近太忙了，沒時間過來。」杜媽媽一邊說，一邊換鞋進屋，眼睛在屋子裡尋找周末，問，「周末回來了嗎？」

「早就回來了，正收拾廚房呢。」周媽媽說。

周末從廚房裡探出頭來看，叫了一聲：「阿姨。」

杜媽媽調整了一下面部表情，微笑著走了過去，問：「周末啊，你看到我們家敬兒了嗎，到現在還沒回來呢。」

「還沒回來？大概是……慶祝去了？」周末沒跟杜敬之一塊回來。

學生們下了大客車解散的時候，學生就一窩蜂地走了，杜敬之跑得尤其快，周末連他的影子都沒看著，不過猜測是跟那幾個哥們慶祝去了。

「慶祝什麼？」

周末笑了笑，依舊是他那招牌式的溫暖笑容：「我就不跟您說了，我猜他想給您個驚喜。」

杜媽媽似乎猜到了什麼，手指尖微微抖了一下，卻還是強裝鎮定地問：「什麼驚喜？他領了什麼獎品了？」
「嗯，爬山的獎品，一等獎被他找到了，估計帶著同學去慶祝了。」
杜媽媽聽了之後沉默了一會，這才又問：「一等獎是什麼？」
「現金，一萬呢，多吧。」他說著，話鋒一轉，「之前小鏡子還跟我討論以後工作的事呢，老怕以後工作不好了，不能好好孝敬您，您說您怎麼教了這麼一個好兒子呢？真幸運。」
她有些愣神，隨後苦笑著點了點頭，之後又跟周媽媽客套了幾句，又匆匆離開了。
在她離開之後，周媽媽有點納悶地走到廚房門口問：「小鏡子媽媽是不是有點不對勁？」
「是有點，不過估計沒事，小鏡子有分寸，阿姨也是個好媽媽。」
「嗯，你最近還幫小鏡子補課呢？」
「是啊。」
「挺好的，也能幫你複習複習，還能幫幫小鏡子。唉，寧拆十座廟，不毀一樁婚，不然真想勸小鏡子媽媽離婚。」
「媽，別在我洗碗的時候提這個，影響我心情。」
周媽媽笑罵了周末兩句，就離開了。周末洗碗的動作一停，想了想，還是繼續洗碗了。
杜媽媽回到家裡的時候，就看到杜敬之已經不在餐廳了，錢跟口紅還放在餐桌上。她把錢收起來，放進口袋裡，然後拆開口紅盒子，取出口紅看了看，到鏡子前塗了試試。
年紀大了，很久沒試過這麼粉嫩的顏色了，塗上之後，顯得氣色挺好的。
她把口紅放好後，才上了樓，去了杜敬之的房間門口。

門緊緊地關著，她敲了敲門，杜敬之沒理，屋子裡也一點聲音都沒有。

杜敬之覺得自己特沒出息，好心被當成驢肝肺，之後就是委屈得淚流不止，現在還在哭鼻子，躺在床上一動不動。聽到敲門聲，也不想理。

杜媽媽又敲了敲門，這才在門外說了起來：「這次是媽媽錯怪你了。」

他依舊沒出聲。

「我也是第一次做媽媽，挺多不懂的，有的時候也會衝動之下做錯事。現在家裡這個情況，你也知道，你是我唯一的寄託了。養兒子，就怕兒子誤入歧途，尤其你這個性格，我整日提心吊膽的，怕你學壞了。越是怕什麼，就越會想什麼，所以看到你拿錢回來，第一個想到的，就是這個方面。」杜媽媽說著，自己也哽咽了。

他翻了一個身，看著門口，擦了一把眼淚，依舊倔強地沒吭聲。

杜媽媽繼續說了下去：「我不指望你給我拿多少錢，就想你健健康康，平平安安的，我用心思養你了，你朝著夢想努力了，等哪天你長大了，回憶過去，我們都不會有什麼遺憾的，就可以了。媽媽不怕你沒錢，養不起媽媽，只是怕你學壞了。如果是因為我把你教壞了，我會自責後半輩子。」

他聽了媽媽的話之後，沉默了一會才說：「嗯，我知道了。反正……那個……妳以後別往我鞋裡倒小蘇打了，我腳都要爛了。」

「嗯，行，媽媽知道了，你先等會，媽媽給你熱菜去。」說完，就聽到了杜媽媽下樓梯的聲音。

他坐在床上擦了擦鼻涕，隨便擦了一把臉。

五分鐘左右的時間後，杜敬之就下了樓，從包裡取出了那本英語大辭典來，來回翻看，恢復平常的樣子跟杜媽媽顯擺：「看，高端大氣高上檔次，低調華麗有內涵，適合送給周末。」

杜敬之對自己親媽一般不記仇，生氣久了也沒用，還讓媽媽擔心，不如就當個快樂的小傻瓜，當什麼事都沒發生過。

杜媽媽往餐廳裡探頭看了一眼，然後問：「就買了個詞典？」

「這一本五百來塊錢呢，我這輩子都沒看過這麼貴的書。」

「行，挺好的。」

吃了飯之後，杜媽媽就趕他去把書給周末送過去，她收拾碗筷就行。杜敬之遲疑了一下，還是把畫室宣傳單放在了餐桌上，這才上樓回了房間。

杜媽媽過來收拾的時候，看到了宣傳單，特意多看了幾眼，緊接著就給王老師打電話了，想要諮詢一下協議班具體是怎麼個情況。

其實杜敬之也是思量了一陣子，才決定把宣傳單給杜媽媽看的，畢竟前期報名能省百分之二十的費用。他這麼藏著掖著，反而會耽誤了杜媽媽的好意，還不一定能省錢。

杜敬之上了樓，打開陽臺門，踩著花盆就要翻過矮圍欄，跳到周末家的露臺上去。正爬著呢，周末就開了門走了出來，到了圍欄邊將雙手伸到杜敬之的腋下，把他拎到了自己的那邊。

他有點無語，覺得周末這下子像抱孩子似的乾淨俐落。

他站穩後，周末就鬆手了，說著：「等哪天我給你那邊準備個小梯子。」

周末腿長，翻這個欄杆一點都不費力，現在說給杜敬之弄個小梯子，有點怪怪的，他沒多高興，撇了撇嘴：「你怎麼不直接在中間開個門呢？」

「早就想過了，就怕你家家長不同意。」

「行，你厲害。」他說了一句，就直接進了周末的屋。

周末剛進去，就看到杜敬之把書往周末的書桌上一放，發出一聲巨響，然後就是杜敬之得意的大笑聲：「怎麼樣，我買的禮物霸氣不霸氣？」

周末走過去看了看，表示了認同：「這次選得不錯。」

「那可不，我選了兩個多小時呢。」

周末似乎想到了這個選擇困難症在選禮物時那種糾結的模樣，不由得笑得暖暖的，然後抬手揉了揉他的頭髮：「嗯，真厲害。」

「嘿嘿嘿，作為感謝，作業給我抄抄。」

「不借。」

「我這次是……」杜敬之還想繼續解釋。

「沒有例外，這個不能妥協。」周末的態度十分堅決。

杜敬之也知道周末那股子倔勁，也不再堅持，只是坐在了椅子上跟周末吐槽：「我媽剛才去你家了吧？」

「嗯，來了。」

「我把錢給她，她居然懷疑我去打劫小學生了，我是那種人嗎？」

「不是，你是充滿正義感的好學生。」

「可不就是，我沒事就做個好人好事，只是不宣揚罷了。」說完，就奔著周末的電腦去了，動作俐落地開機，然後等待著開機。

周末一般不太玩電腦，於是只是坐在他旁邊看那本英語大辭典。因為兩個人經常在一塊寫作業、複習，兩個人的房間裡都放了兩個椅子，家裡的人也習慣了正門沒來過人，鄰居家孩子卻出現在家裡的局面。

杜敬之玩了會遊戲，伸懶腰的時候左右看了看，接著問周末：「我發現你的床是不是變大了？」

「嗯，個子高了以後，家裡給我訂做了一張床。」

「你看看你，這就是你的不對了，因為你這兩條腿，家裡多花了多少錢。」杜敬之說完起身，到了床前，用雙手按了按感嘆，「這床墊不錯啊。」

「那你在這睡一晚上吧，地方夠。」

「不要，我更喜歡在我的那張床上肆無忌憚地磨牙、放屁、砸嘴。」

「在我這也可以。」

「算了吧，我知道你睡得淺，有點動靜就醒。」

周末沒再堅持，只是朝電腦上看了一眼，然後用滑鼠點擊了幾下，隨後皺眉，問：「這個人怎麼用你的相片做頭像？」

杜敬之回頭看了幾眼，隨後回答：「哦，是黃胖子，他玩勁舞團，說用帥哥的相片做頭像受歡迎，就用我的了。」

周末看著螢幕上那份用戶資料，頭像上是杜敬之中二裝頹廢的相片，因為長相好，拍得還滿有感覺的，做頭像很好看。不過，周末的表情卻不太好看。

009

杜敬之回到家裡的時候，就聽到了杜媽媽崩潰大哭的聲音。

他從未聽過媽媽這麼撕心裂肺的哭聲。

他的心裡一慌，趕緊下樓去看情況，就聽到杜衛家的罵聲：「妳他媽的哭個屁，哭喪呢？不就是三十萬塊錢嗎？至於嗎？要妳命了？」

杜媽媽一邊嚎哭，一邊話語不清晰地罵著：「那是我……我給敬兒存的。」

「給他花那個錢有個屁用，全打水漂！」

「你……你這個渾蛋！」杜媽媽幾乎哭得缺氧，說話上氣不接下氣，聲音都在發顫發啞，整個人都接近崩潰。她一個人跪坐在地面上，身體越發顯得單薄，單手扶著沙發，哭得額頭冒出青筋來，臉上鼻涕跟眼淚混合著，模樣十分狼狽。

杜敬之幾乎沒有思考，直接過去猛地推了杜衛家：「你怎麼欺負我媽了？信不信我弄死你？」

杜衛家怒極反笑，指著杜敬之的鼻子罵：「你個小兔崽子，翅膀硬了是吧？你覺得有那個姓周的小子給你撐腰我就怕你了，我告訴你，他也成年了，現在不能像當初那麼肆無忌憚了。」

「沒人撐腰你也不能這麼欺負我媽，你當我是死的？」

「你就沒當我是你爸是吧？」

「我當你是狗屎！」

杜衛家抬手就要打人，然後被近乎於發瘋狀態的杜媽媽推開，一個勁地撕扯杜衛家的衣服、頭髮，用手撓，甩巴掌，就像一個發了瘋的潑婦，發出一陣詭異的咆哮聲。

杜敬之被媽媽這種狀態嚇到了，卻還是隨時看著，看到杜衛家要跟杜媽媽動手，趕緊過去，用雙手扣住杜衛家。然而杜媽媽此時真的是瘋狂了，連杜敬之都被撓了幾下，手臂出現了一道道血痕。

杜衛家有點被這架勢嚇到了，用盡全身的力氣把他們兩個人甩開，還抬腳猛地踢了杜媽媽一腳。杜媽媽的身體立即向後仰去，身體撞到了茶几，接著趴在地面上。

杜敬之趕緊去扶媽媽，杜衛家在這個時候一邊罵，一邊跑出了家門。

這個時間是杜奶奶跳廣場舞不回家的時候，所以這次吵架，只會是杜衛家跟杜媽媽的矛盾。

杜敬之扶起杜媽媽的時候，杜媽媽還在大哭，好半天停不下來。

這一次她是真的崩潰了，好像日子再也沒有希望了。

她一直都知道杜衛家渾蛋，是個媽寶，賺得少，不務正業，還經常賭博，這都是她年輕的時候沒有實力，卻想養小白臉付出的代價。以至於她把全部的希望都放在了杜敬之的身上，一心只想兒子有出息。

她幾乎是一個人養大了杜敬之，自己賺錢養兒子的同時，還要時不時貼補杜衛家母子。這些年過去了，才存了三十萬元，這是她全部的積蓄了。

剛才看到宣傳單，她動了心思，打算花二十萬塊錢給杜敬之報一個協議班。結果準備匯款，提前給杜敬之預訂位置，順便省下一部分錢的時候，發現存款全沒了。

幾乎是瞬間，她就想到了杜衛家，仔細一查，果然是杜衛家拿出二十五萬去還賭債了，還有五萬他拿來給杜奶奶花了。花了她的錢，還美其名曰，是花錢買了她跟杜敬之的平安日子，不然催債的肯定來家裡鬧。

明明債務都是他欠的，他怎麼好意思說得出口？

杜媽媽從未這麼絕望，她現在什麼都沒有了，只有這個月的薪水，其他的，全沒了。

三十萬元錢，在別人看來不多，但這是杜媽媽的全部。

正哭著，感覺到杜敬之抱住了自己，然後看到他流著血的手臂，她才終於冷靜下來。

不，她還有兒子，她的兒子很好，雖然性格暴躁，卻是生活在這種家庭自我保護的表現，不然，他只會被父親跟奶奶欺負。

杜敬之很孝順，也很帥氣，她總覺得自己的兒子是最優秀的。

她擦了擦眼淚，隨便整理了一下頭髮，站起身來去櫃子裡找醫藥箱。打開抽屜才覺得手疼，仔細一看，發現是無名指的指甲斷進了肉裡。

杜敬之也跟著過來，從裡面取出透氣繃，幫媽媽貼在了手上，然後杜媽媽沉默地幫他處理傷口。

杜媽媽不說原因，杜敬之就不問，他們的這種沉默，似乎是達成了某種默契。

處理好傷口，杜媽媽拍了拍杜敬之的手臂：「你先上去吧，我沒事。」說話的時候，她的聲音都啞了。

「我……」杜敬之想要跟媽媽說，自己不學畫畫了也沒事，但是怕刺激到媽媽，最後思量了半天，還是沒說出口。

他不會哄女人，所以現在顯得手足無措，思量了一會，還是沉默地上樓，讓媽媽自己冷靜一下。

杜媽媽去洗手間整理了一下自己的儀表，再次出了門，去了周家。

到了周家，杜媽媽好半天不好意思開口。

周媽媽似乎很早就看出來了，也隱隱約約地聽到了隔壁的吵鬧聲，那麼大聲，不可能聽不到。

「有什麼事妳就直說吧，妳家裡的情況我們都知道，我們更心疼妳。」周媽媽主動開口。

杜媽媽剛忍住的眼淚，瞬間又流了出來，周媽媽趕緊幫她擦眼淚。

杜媽媽也調整了一會情緒，這才開口，說了杜敬之畫室報班的事情，外加杜衛家拿了她積蓄還賭債的事。最後希望周媽媽能借給她二十萬元錢，讓她先把杜敬之的學費交出去，無論如何，不能耽誤孩子。

周媽媽聽著，忍不住握住了杜媽媽的手，這才說了起來：「不是我不願意借妳錢，妳需要，我可以直接拿三十萬給妳，只是想給妳一個建議。」

「好，妳說。」杜媽媽不是不講道理的人，周媽媽也是個明白人，所以願意聽她的意見。

「這個協議班，我覺得不用給小鏡子報，我相信小鏡子的實力，不用報什麼協議班，報一個高考備戰班就行，一期是四萬元，打八折是三萬兩千元，加上其他的費用，估計五萬元以內就夠了。這個妳還是跟小鏡子商量吧，看看他的意見，不要自己一個人背起大包袱，其實你們可以一起努力。」

杜媽媽被說得動搖了，她總想著，就算自己沒什麼實力，也要努力給杜敬之爭奪最好的資源，卻忽略了杜敬之的意見。於是她點了點頭，表示：「好，我回去問問敬兒。」

「嗯，還有一句話，我想跟妳說，一個人只要沾上黃賭毒，這輩子就算是廢了。而且，他這麼賭錢欠債，欠的屬於夫妻共同債務，到時候妳是需要幫他還債的。現在妳無所謂，以後連累了小鏡子怎麼辦？他可是一個好孩子。」

「我早就想要離婚了，只是一直沒有下定決心，總怕離婚了影響了敬兒的狀態，總想著等他高考結束了再說。」

「妳覺得妳家裡現在這個狀態，就不影響小鏡子了嗎？」

杜媽媽想到了今天的事情，還有杜敬之身上的傷，終於沉默了下來。

「這樣吧，夫妻共有財產需要平分，你們倆是婚後買的房，我借妳一半的房錢，妳拿去給那個賭徒，讓他放棄房子，在房產證上除名，以後房子是妳跟小鏡子的。需要錢了跟我說，反正這個婚得離，無論怎樣，不能耽誤了孩子的前途。」

杜媽媽擦了一把眼淚，似乎是瞬間下定了決心，這才說了起來：「謝謝妳，不過我還是決定，直接賣了現在這個房子，到時候得到的錢都用來培養敬兒。不然手裡沒有錢欠一堆債，住這麼一個空殼子有什麼用？那個死鬼說不定會三天兩頭地跑回來鬧，糟心！」

周媽媽也覺得這是一個好方法，不過也有一瞬間的悵然若失，似乎沒了這麼一個鄰居，還有那麼點捨不得。

兩個人又聊了一會，最後杜媽媽想到的就是明天就請假，跟杜衛家去辦離婚手續。杜衛家不同意就起訴離婚，反正這個日子是沒法過了。

在這之後就是賣房子，不管當初誰拿的多還是少，只要能夠離婚，她願意平分賣房款。

如果杜衛家還鬧，她就帶杜敬之回娘家過一段時間。

周媽媽同意杜媽媽的想法，但還是勸她盡可能地多爭取一些錢，也算是為杜敬之的以後著想，畢竟杜衛家是不會支付杜敬之的撫養費的。

做好了決定，杜媽媽就回家了，周媽媽坐在屋子裡，忍不住歎氣。

周末從樓梯間站起身來，抖了抖腿。他怕發出聲響來，特意穿著襪子下來的，沒有穿拖鞋。現在偷聽完，就沉默著上樓了。

他的表情有點僵。

周媽媽聽說杜家會離開，頂多是有一瞬間的失落。周末不然，他的心臟都在一瞬間打結了，暗暗地握緊了拳頭，嘴唇緊抿著回了房間。

原本很高興的一天，現在變得糟糕透頂！

010

杜媽媽坐在杜敬之的房間裡，模樣顯得有點不自然。

周媽媽跟她傳授了經驗，就是不要把孩子當成是小孩子了，孩子已經大了，有了自己的思想，也有自己的想法。有時候就該跟孩子，像兩個大人一樣地談談心，交流一下，這樣才能減少矛盾。

所以她聽了，也來了杜敬之的房間，卻有點不知道怎麼開口。彆扭了一會，才歎了一口氣，跟杜敬之說了起來。

首先說了今天吵架的起因，還有她想問杜敬之是想報協議班，還是集訓班。

杜敬之聽了之後，沉默了一會才說：「其實做藝術生，要比其他的學生多一次機會，就算藝術考試沒考好，之後靠文化課，也能考上大學。我在學校裡雖然學習不算頂尖好的，但是，如果換到普通的高中，肯定是中上等的。老師說過很多次，能夠進這所高中的，除非考試失誤巨大，不然都沒有考進三流大學的，基本都是一流，百分之四十左右才是二流。對我來說，二流也可以了。」

「我也聽說了，你高三上學期幾乎就不去上課了，集訓班就要奮鬥到夜裡。等藝考結束回到學校裡，不一定能跟上他們的進度了，尤其是重點學校，高三更是衝刺得厲害。你畫畫已經堅持這麼久了，不能就這麼半途而廢，所以，我總覺得報協議班，是不是會安全一些。而且他們說，如果最後到不了二百二十分，會退部分學費。」

「這個，主要看個人了，如果我努力了，上個集訓班就可以。如果我不願意努力，報什麼班都沒用。」

「這個媽媽明白。」

「我覺得，一個集訓班就可以，我會努力不辜負妳的期望。」

杜媽媽聽到這裡，忍不住紅了眼睛，算是一種欣慰，也是一種孩子懂事，自己卻不爭氣的心酸。

「有的時候啊，我也在感嘆，周家那種家庭氛圍，才能教出周末那種性格的男孩子。我們家的這個氛圍，你不出去打家劫舍我就謝天謝地了，我就總怕你會學壞。我啊，想當一個好媽媽，但是有的時候真急了，會使錯勁，讓你不舒服，我也憋著一股子氣。」杜媽媽說著，開始哽咽起來。

有的時候她真羨慕周家，家庭氛圍和睦，家裡的兒子孝順，還特別懂事會照顧人。再看看杜敬之，從小就瘦瘦小小的，性格敏感偏激，動不動就生氣，人也總出去惹禍。

真要論起來，家庭原因有，她帶孩子方法不對的原因也有，她想想也覺得心裡難受。

杜敬之承認自己的媽媽確實很好，存款只有三十萬，卻願意花二十萬給他報班。他一直都知道，媽媽對他很好。

「我……我覺得我挺正直善良的。」杜敬之憋了半天，才低聲說了這麼一句。

杜媽媽本來想哭，又「噗哧」一聲笑了。

她擦了擦眼淚，突然感嘆起來：「你說當初媽媽傻不傻，就看到你爸帥了，還是倒追的。那個時候看到他什麼都喜歡，他這個性格，我覺得是桀驁不馴，放蕩不羈，多帥！他對他媽媽那樣，我覺得是孝順。現在看來，都是個屁！」

「現在認清還來得及，及時止損，離了得了。」

「是得離。」杜媽媽笑著說了出來。

這是難得的輕鬆。

終於做了這個決定，杜媽媽沒有傷心，只有釋然，心中的巨石落下了，肩膀也輕鬆了，讓她忍不住笑了起來。

杜敬之還是第一次看到杜媽媽下定決心說離婚，不由得一怔，隨後跟著笑。

杜媽媽看著他，繼續說道：「現在我覺得這段婚姻，唯一不虧的是有你這麼一個兒子，尤其是長得還挺帥的。」

「那就行了唄，離了吧，我們都輕鬆。」

「有的時候想想，如果最開始我忍一忍，不就是你奶奶嫌棄我每天都洗澡，嬌貴嘛。嫌棄我從來不吃剩飯，太浪費嘛。如果我最開始忍了，你奶奶也不會這麼多事，沒事就找碴，我跟杜衛家也不會變成現在這樣，你也不會受影響。」

「拉倒吧，你沒必要為了我受委屈，而且，那老東西就是愛找碴，你還想用善良感化他們？杜衛家賭博也是怨妳每天洗澡跟不吃剩飯？不挨邊的事。離了挺好，就怕他們纏上妳，不好離。」

杜媽媽跟著點頭，也覺得話匣子打開了，順便說了離婚後的想法。

「我想換一下我的工作內容，以前一直有一個很好的工作機會，我沒要，因為需要經常出差，我沒法照顧你，拒絕了。現在我想爭取一下，這樣，還能更有底氣一些。」

「嗯，挺好的，我能照顧我自己。」

「還有房子，我打算賣了……」

杜敬之直接擺了擺手：「房子是你們的，錢也是你們的，我雖然是妳兒子，但是你們願不願意給我花錢，是你們自己的自由。不給我，我不怨，給我了，我感謝，也就這麼回事。所以之後這些事妳就不必跟我商量了，妳想怎麼做都行。」他說完又想了想補充，「不過我可以幫妳參謀參謀，妳別自己乾著急上火什麼的。」

「行。」

兩個人又聊了一陣之後，杜媽媽就離開了。

杜敬之坐在書桌前練習速寫，畫了一會，發現自己總是恍神，總是畫幾筆之後，就開始進入放空自己的狀態。

其實跟杜媽媽聊完，他的心情反而沉重了幾分。他總是比同齡人想得多一些，心思多一些，所以總怕杜媽媽離婚之路會不順利，害怕杜衛家那個渾蛋又欺負媽媽，

畫完一幅速寫卻畫得亂七八糟的，乾脆一扔，關上燈睡覺了。但沒睡著，一直在想東想西。

這個時候，有人敲露臺門。

他撇了撇嘴，知道是周末過來了，躺在床上裝睡，不想理。

等了一會，周末沒再敲門，他還當周末回去了，結果就聽到一系列的動靜，他疑惑地翻身看過去，就發現周末打開窗戶爬進來了！

「我操！」杜敬之嚇得坐了起來，看著周末已經進了屋，從書桌上跳了下來，還用袖子去擦自己踩過的地方，在夜色裡對著他微笑。

他之前一直在想事，窗戶一直沒關，開著一條縫透氣呢。結果因為忘記關窗，把周末放進來了。

「你來幹屁？」杜敬之十分不歡迎地問，語氣十分不好。

「來看看你。」

「我有什麼好看的。」

「你特別好看。」

杜敬之也不管了，重新躺下耍無賴，背對著周末擺了擺手：「回去吧，我打算睡覺了。」

周末沒走，反而在夜色裡幫杜敬之收拾起了書桌，然後到了床邊，窸窸窣窣了一會，爬上了杜敬之的床，還十分自然地進了他的被窩，從後面抱住了他。

他原本蜷縮著身子，縮成一團，周末這樣一抱，抱得正正好好，整個人都在周末的懷裡。周末把下巴搭在他的頭頂，小聲嘟囔了一句：「阿姨對你挺好的，而且你還有我陪著你呢，別亂想了。」

他眼睛一熱，卻緊閉著眼睛，沒讓眼淚掉下來，也沒有掙脫這個有治癒效果的擁抱。

緩了一會，才說：「我這個人的自我調節能力挺強的，過了那個勁，自己就好了，你非過來幹什麼啊？」

「想讓你好得快點。」

「有病。」

「你長得白，有黑眼圈不好看。」

杜敬之長歎了一口氣，這才跟周末吐槽起來：「你說，家裡這樣我能怎麼辦呢？我看著我媽這情況乾著急，卻無能為力。而且，那個人多操蛋，也是我親爸啊！我去打他嗎？每次看到他，小報復一下還行，可是真動手……我還下不去手。」

「這不是你的錯，出身是我們無法選擇的，而且你還年輕，擁有無限潛能。」

「我特別怕我以後一事無成，那樣我媽該多傷心？」

「別給自己那麼大的負擔，首先你很優秀，其次，你健康快樂才是阿姨最想看到的。」

他沉默了一會，沒再說什麼。

房間裡靜悄悄的，家裡沒有人吵架了，鄰居們似乎也都睡了。兩個人擠在一張單人床上，挨得那麼近，似乎只要稍微動一動，周末就會掉下去，明明小時候兩個人一塊睡的時候，還挺寬鬆的。

不知不覺都長大了，到了這麼關鍵的時期了。

他稍微挪了挪身體，忍不住說了一句：「有點熱。」

「我覺得挺舒服的。」周末說著，還把手往他衣服裡伸，「你怎麼還這麼瘦？吃得也不少啊。」

「滾蛋，別上下其手的。」杜敬之趕緊把周末的手推開了。

「小小一隻，感覺特別可愛。」周末依舊死皮賴臉地抱著他。

「我可愛你妹夫！小心我揍死你。我比你年輕，我還能長個呢，你等著。」

「嗯嗯，會長的，長到一百八十公分。」

「你怎麼老跟哄小孩似的？」

周末笑了笑沒說話，只是改為老老實實地抱著他，這樣他也能抱得久一點。

他也沒再掙扎，之前煩心事已經被他放下了，此時就在想，他現在是不是也算是睡過周末的人了？

在周末看不到的地方，他忍不住偷偷笑了起來，無聲無息的，有點占了便宜後的小得意。

011

離婚果然沒有那麼順利。

這反而是正常的，如果杜衛家直接就同意了，杜敬之反而會擔心，杜衛家是不是欠了一筆巨債，等著跟杜媽媽談條件，她還債才離婚呢。

杜媽媽第二天就請了假，說什麼也要跟杜衛家去離婚，杜衛家乾脆鬧起失蹤來，公司都沒去。在晚上回家之後，就開始向杜媽媽道歉，甚至還下跪，痛哭流涕，自我懺悔。

杜媽媽態度堅決，就是要離婚。

杜敬之都看不下去了，不由得有點生氣，他在二樓憋著尿呢，現在下去合適不合適？杜衛家不能回屋裡跪嗎？

思考了一會，他還是下了樓，特意從杜衛家面前走過去了，能給杜衛家添麻煩，他都不在意會不會折壽了。上完廁所出來，就看到杜衛家不跪了，卻還在道歉，看到他之後還說了一句：「小兔崽子你過來，趕緊過來勸勸你媽。」

杜衛家永遠不知道，如果他先哄好了杜敬之，杜敬之跟著一塊哄杜媽媽，說不定還會有用。但是現在……

杜敬之撇了撇嘴，沒搭理。

周末，杜媽媽跟杜敬之一塊去了畫室，給杜敬之預訂了集訓班的位置，理所當然地享受了前幾名的優惠。交完錢，杜媽媽還有心情跟他感嘆：「媽媽手裡就剩二千五百塊錢了，距離我下次領薪水還有十天，你最近節省點。」

「嗯，成。」

「幸好你得了獎，拿回來七千五百塊錢，不然我們連這二千五百塊錢都沒有。」

「嘿嘿，還是周末幫忙找到的，我給他，他不要。」

杜媽媽應了一聲，沉默了半晌，才突然說了一句：「周末這孩子挺好。」

「你兒子也不錯。」

「嗯，我兒子更好。」

杜敬之覺得杜媽媽是真的變得開朗多了，整個人都比之前積極樂觀多了，脾氣也好了。

出了畫室，杜敬之到處找了一圈，沒看到周末，不由得一愣。

周末一般是在週六這天補習理科，週日上午補習英語，下午去練會跆拳道，就算這樣，周家還想著，給周末找一個家教，晚上教他呢，最後被周末拒絕了。

今天周末沒來，他也省了錢不用請客了，晃晃悠悠地回了家。

星期一。

上了早自習，劉天樂跟黃雲帆都沒來，他不由得有點納悶，一個沒來也就罷了，兩個都沒來算怎麼回事？

等到下了第一節課都沒來，他就開始疑惑了，到處打聽了一圈，都沒問出來。他開始向劉天樂跟黃雲帆發簡訊問情況。

結果剛發完簡訊，劉天樂就來了，模樣垂頭喪氣的。

「怎麼回事啊你們倆！」杜敬之趕緊問。

「別提了。」劉天樂坐下之後，就長歎一口氣，「週日那天去網咖玩遊戲，被高主任帶著學生會那幾個抓了個正著。我當場被抓住了，黃胖子從後門溜，結果碰上一班那個學生會主席堵門呢，倆人打起來了。」

「啥？黃雲帆被揍得夠嗆？」杜敬之知道周末會跆拳道，所以怕周末把黃雲帆揍慘了。黃雲帆雖然塊頭大，但是就是自學的，哪裡打得過故意練過的？

「哪啊，那種書呆子能打得過黃胖子？被黃胖子揍得夠嗆，最後被高主任按住了才停手。也因為黃胖子把那個大長腿給揍了，學校非要給黃胖子大處分，好像還要開除，現在黃胖子家長都來了，正處理呢。」

杜敬之有點搞不清楚狀況。

周末被黃胖子揍了？是黃胖子用體力壓制，還是周末沒有實戰經驗，真動手了，其實沒多厲害？

他腦袋一陣迷糊，趕緊追問：「怎麼回事？你說清楚，學校怎麼能鬧到去網咖抓你們？」

劉天樂一聽就有點生氣：「黃胖子玩勁舞團，開語音跟人家罵起來了，在網咖裡叫喚自己是三中的！然後，不知道被誰給舉報了，高主任就帶著人來了。」

「那你問沒問黃胖子是怎麼回事？周末訓他了，然後他怒了打人？」

周末確實喜歡說教，就跟杜敬之慈祥的老父親似的，杜敬之喜歡周末能忍，黃雲帆不是那種能忍的人。
「不知道，黃胖子打了人，直接被通知了家長才被領走，他爸什麼樣你不是不知道，超級狠，手機估計被沒收了，我打電話直接關機。今天來了之後，就在辦公室裡了，我都沒跟他照面。」
「那你什麼情況啊？」
「沒什麼事，被黃胖子這麼一鬧，都忽略我了，應該是寫份檢討書就行了。」
杜敬之還想追問，可惜上課後就不能聊天了。他想發訊息給周末，問問是怎麼回事，突然想起周末的手機幾乎是擺設，放在口袋裡當手錶用的，上學的時候靜音無振動，能接到電話基本靠緣分。
現在已經上課了，估計正認真聽課呢。
杜敬之又開始胡思亂想了。
他確實覺得，周末有點針對黃雲帆似的，兩個人見面會打架，周末肯定不是第一個動手的那個。但是周末只要說話帶刺，或者有什麼舉動激怒了黃雲帆，黃雲帆就有可能動手。
他有點怕這兩個人有矛盾，畢竟他們兩個人，都是他的好哥們。
周末有好學生這個身份的保護衣，黃雲帆什麼都沒有，如果他真被開除了，那真就是毀了。
杜敬之給周末發了訊息，周末一天都沒理會，這並不奇怪，因為教室裡有時鐘，他就不會拿出手機來了……
這群好學生真是好學到與世隔絕。
放學回家之後，杜敬之走到靠近社區的路上，故意等了周末一會。
周末下車之後，手裡還拿著單字本，一邊念念有詞，一邊往回走，看上去一切如常。杜敬之想在周末身上找到被打慘了的模樣，愣是看了半天都沒發現。

看到杜敬之之後，周末遲疑了一下，見他真的是要跟自己說話，他這才走了過去，問：「在等我？」

「週末是怎麼回事？」他說完，見周末一臉茫然，這才反應過來，補充，「週六、週日在網咖，是怎麼回事？」

「哦，你問你的那個同桌？他的處理結果怎麼樣？」

「我一天都沒看到他的人，我還想問你是怎麼回事呢！」

「哦，週日那天，我剛出補習班，高主任就給我打電話，讓我幫個忙去網咖抓學生，結果就碰到你那個同桌了。結果，他脾氣好差啊……」

「你氣他了？」

「我沒做什麼，他就突然特別生氣。」

「周末你跟我說實話，你是不是特別針對他？我認識你這麼多年了，特瞭解你，我看得出來，你別跟我裝。」

周末看著杜敬之嚴肅的表情，沉默了一會才突然承認：「沒錯。」

「但是鬧得這麼大，你是不是有點過分了？」

「是我讓他去網咖的？」

「可是劉天樂也就寫份檢討書就行了，黃胖子說不定要被開除，你知道嗎？」

周末看著他，微微蹙眉，突然有點想發怒的樣子，卻又很快忍住了，抬起右手拍了一下自己的額頭，讓自己別衝動。
調整好語氣，周末才再次態度平穩地開口：「所以你是因為那個人，跟我生氣？」
「你覺得這是小事嗎？」
「你覺得這是我的錯？」
杜敬之被問住了，想要解釋：「你……你是不是哪裡做得……所以他才跟你動手的，你……」他可能是有點著急，說話的語氣有點急，氣到周末了。
「杜敬之，你居然說你瞭解我。」周末冷笑了一聲，不再理會杜敬之，直接繞開他離開了。
杜敬之心裡一慌，因為周末很少叫他全名。
他想要去追，走了幾步又頓住了，因為口袋裡的手機開始振動，取出手機，就看到是黃雲帆打來的，他立即接聽，問：「你怎麼樣了？」
「記大過，還能怎麼樣，以後只要隨便犯點事，估計就直接開了。」
「你到底怎麼回事？怎麼跟周末打起來了？」
「我跟勁舞裡的人吵架，結果那人真沒品，直接把我給檢舉了，高主任直接就殺來了。我看到就趕緊從後門跑了，結果碰到周末了。周末看到我還愣了一下，然後跟我笑，說了一句：『怎麼是你啊。』」
「然後呢，你們怎麼打起來的？」
「我看到他就生氣，總覺得他笑得挺噁心的，還有那句話，話裡帶刺，我就罵了他幾句，他跟個假人似的，也不生氣，就讓我走，還讓我快點跑，我就去把他揍了。」

「你……是不是落了什麼細節，他讓你跑，你揍他幹什麼啊？」

「他笑呵呵地讓我快點跑，不就是笑我胖？這傢伙以前還欺負過你，還嘲諷我幾次，我就打算新仇舊恨一塊算了，直接就去把他揍了。最氣人的是，這小子特別能躲，還不還手，其實我都沒打著那傢伙幾下。就是高主任到後門的時候，看到我拿著棒子追著那小子到處跑就怒了，說事情極其惡劣。」

杜敬之這個無語：「你有病吧？」

「你甭謝我。」

「謝你妹啊！你腦子裡果然有屎！」

「那小子老笑迷迷的，真氣人！」

「人家笑你也生氣，你氣球啊？」

「看著就來氣。」

「你活該！」

「安慰我一下不行啊？我現在都鬧心死了。」

「沒空！」

杜敬之掛斷電話，翻了一個巨大的白眼，然後垂頭喪氣地往家走。

他隱約地覺得……周末有點生氣了，這該怎麼哄？

012

杜敬之這個糾結啊，該怎麼賠禮道歉呢？光想一想，就覺得自己的腦袋要炸了。

畢竟周末這個人是出奇地脾氣好，他性格差勁成這樣，周末都沒跟他紅過臉，這次居然有點動怒了，這是最讓他感覺內疚的地方。一定是他的話刺激到周末了，他怎麼能心思這麼壞呢，惡意揣度周末的心思。

他在房間找了半天，乾脆給周末一根棒棒糖？不行不行，太沒創意，那……該怎麼辦？

他站在露臺，掐著腰往周末的窗戶裡面看，半天沒看到人。

他的房間，書桌靠著露臺的窗戶，跟周末的房間擺放不一樣，如果周末在寫作業，他這個方向是看不到的。

最後，他乾脆在自己家露臺花盆裡，摘了一朵花，然後就爬過矮圍欄，到了周末那邊。

周末坐在書桌前，桌面上平攤著試卷，他只是轉著筆，沒有答題。

此時，周末處於自我反省階段，是不是有點跟杜敬之說話太狠了？剛才那種態度有沒有嚇到杜敬之？他要不要去主動找杜敬之，跟杜敬之解釋清楚，他對杜敬之的朋友根本沒有太大的惡意？

他雖然看到杜敬之跟黃雲帆關係好，確實十分不爽，他總覺得，他應該跟杜敬之關係最好才對。但是不至於毀了杜敬之的朋友，做會讓杜敬之生氣或者難過的事情，他絕對不會做，真的是黃雲帆莫名其妙地就動手了。

正思考著，就聽到有人敲了敲他的窗戶。

他趕緊站起身，知道只有杜敬之會從這個地方來找他。結果一眼看出去，卻沒看到窗邊有人，仔細一看，就看到視窗那裡晃著一朵杜鵑花，打開窗戶，就看到花被舉得更高了。

他拄著窗臺，朝下看，忍不住笑了起來。

杜敬之蹲在窗戶下面，手裡舉著一朵杜鵑花，似乎是察覺到他開窗了，當即說了一句：「圓規哥哥，我為我的衝動以及……以及不瞭解你道歉。」

周末探過身，只能看到杜敬之棕色的頭髮，以及紅彤彤的耳朵，最顯眼的，還是他手裡那朵花。

周末經常過去，知道這朵花是杜家陽臺上開得最好的一朵，現在被杜敬之摘了，估計會把杜媽媽氣得夠嗆。

不過，周末現在只在意杜敬之，笑彎了的眼眸裡全是寵溺。這麼可愛的傢伙，哪裡捨得跟他生氣？

好想抱抱他啊……周末克制得有點難受。

周末沒說話，杜敬之也有點尷尬，然後就開始唱歌。周末喜歡蔡依林，於是他開始唱蔡依林的歌哄周末開心：「當我才發覺，就是愛，世界變了。當你在傳達，你愛我，手牽著我。當我正想你，就是愛，天空晴了。當我抬起頭，你在眼前了。」

杜敬之唱的時候，下意識地抬頭，發現周末真的在眼前了，不由得尷尬地乾咳了一聲，覺得自己有點選錯歌了，讓氣氛變得有點微妙，立即紅了一整張老臉。

「所以，你不覺得是我有錯了？」周末問他，說話時還在含著笑，根本遮掩不住。

「我錯了，我犯了滔天大錯。」

「那你準備怎麼彌補？」周末借坡下驢。

「呃……」杜敬之想了一會，想不出，於是仰起頭傻乎乎地看著周末。

周末朝下看著，杜敬之仰起頭後，四目相對，看到了周末微笑著的眸子，他當即放下心來，然後說：「要不你揍我一頓？」

「不捨得，換一個。」周末立即否決了。

「那……我請你吃飯？」

「本來就該請我吃飯。」

「我想不出了。」

「那這樣吧，以後我叫你小鏡子，你不許生氣。」

杜敬之一咬牙，強忍著同意了：「行吧！」

「進來。」周末說完，退回房間裡去開門。

杜敬之屁顛屁顛地起身，到了門口，在周末開門後就走了進去，結果看到周末套上了外套，於是問：「你要出去？」

「我們要出去。」

「哦，我們要去哪？」

「出去透透氣，剛剛有點悶。」

杜敬之立即覺得，是他氣到周末了，才讓周末壓抑的，也就沒拒絕。跟著周末下樓，才發現他穿著的是自家的拖鞋，怎麼出門？

周末想了想，從鞋櫃裡取出了一雙自己的鞋遞給了杜敬之，杜敬之一踩，撇了撇嘴：「最起碼大兩號。」

周末這才給杜敬之拿了一雙人字拖，放在了他腳邊，這回才算是可以了。

下樓之後，兩個人在社區裡亂逛，周末問起了杜敬之他家裡的事情：「你父母離婚的事情怎麼樣了？」

「不太順利，杜衛家不同意離婚，完全不配合。我媽在聯繫律師，準備起訴離婚。」

「如果是起訴的話，估計是一個漫長而且磨人的過程，這期間你好好陪陪阿姨。」

「嗯，我會的，我都不知道我還能自在多久，我要比你們提前半年就進戰場了。」

「考完了，都是自在日子。」

「我說你是怎麼維持的，你這樣的人，是不是煩惱只是選華大好，還是北大好？」

周末聽了，忍不住笑了笑，然後也跟著歎氣：「唉，我壓力也好大的，老師的目標是讓我衝刺高考狀元。」

「聽起來好厲害的樣子。」

「你知道的，我這個人競爭心不強，所以這個……真的是給了我無形的壓力。」

說起來挺氣人的，周末沒有什麼競爭意識，只是在答題的時候很認真而已，然後就成了第一名，真是……人比人氣死人。

「我覺得你可以。」

「小鏡子是在鼓勵我？」
「我只是真的覺得你行。」
周末忍不住笑了起來，抬手想揉一揉杜敬之的頭髮，想了想，還是半路改了動作，指了指超市：
「為了你的這句鼓勵，請你吃雪糕。」
兩個人買了兩個雪糕，到了社區裡的長椅坐下。
杜敬之蹺著二郎腿，整個人看起來吊兒郎當的。周末則是把腿伸得老長，或者說，只是兩條腿隨便擺，都顯得特別長。
他還記得，周末不喜歡坐那種座位縫隙密集的車，擺不下腿。家裡的車都是大空間的ＳＵＶ，不然周末坐進去會不舒服。
他看著周末的腿，周末看著他。
兩個人又在外面坐了一會，才一同回家。

第二天，杜敬之一進教室，就看到了黃雲帆，這胖子正坐在座位上，跟其他的學生吹牛，說自己是如何的神武，追得學生會主席到處跑。
杜敬之看到黃雲帆就氣不打一處來，過去就給了黃雲帆一腳，感嘆：「黃哥哥最近好厲害啊！」
「哎喲，杜哥怎麼一大早就這麼大的火氣？」黃雲帆趕緊躲了躲，跟杜敬之討饒。
「這麼大的火氣？昨天我為了你找周末的碴去了，結果到最後，是你這個死胖子胡亂發飆，亂打人？」

「真的假的？他沒欺負你吧？」

「被他威脅了。」

「他怎麼威脅你的？」黃雲帆有一瞬間的緊張。

「他讓我好好學習，天天向上！」

黃雲帆一聽就樂了，過來拍了拍他的肩膀：「杜哥果然夠意思。」

「屁啊！滾蛋，看到你就想揍，你就是沒事找事型的。」

「別打別打，不然學校還以為我又打架了呢，那就直接被開除了。」

「你他媽活該！」

他十分不爽地坐回到了座位，剛坐下，黃雲帆就跟著過來了，跟他絮絮叨叨地說起了勁舞團裡那群人有多麼的不要臉，技術不如他什麼的。

他沒怎麼搭理，拿出振動的手機，看了一眼簡訊，是周末發來的：這回我把手機放在書桌裡了，會時不時拿出來看看，不會再錯過你的資訊了。

看完簡訊，他忍不住笑，單手掩著嘴，幾乎笑出聲來，今天沒吃糖，卻覺得甜到了心坎裡。

前排的周蘭玥回頭看了杜敬之一眼，湊過來問：「你老公給你暗送秋波了？」

他聽了一愣，問：「什麼玩意？」

周蘭玥一臉「我懂，別騙我」的表情：「你笑得這麼猥瑣，肯定是因為一班那個吧？聽說你昨天找他去了？是不是沒吵成，反而有新進展了？」

周蘭玥雖然可怕，但是不知道杜敬之跟周末私底下的關係，只是看了個表面，所以聽到了杜敬之昨天找過周末，就瞬間燃起了八卦之魂。剛想搭話，就看到杜敬之那甜到讓人牙疼的笑容。

「沒有。」杜敬之立即否認。

「你心虛了。」

「真沒有。」

「眼神別飄。」

杜敬之乾脆不吱聲了。

周蘭玥又看了杜敬之半天，看他故作鎮定的模樣，突然忍不住激動得直跺腳。

杜敬之特別不解，忍不住問：「妳發瘋了？」

「在現實裡，居然能碰到這麼養眼的一對，這個高中讀得無憾了。」

「妳傻了吧，妳當 gay 是遍地都是的，還真能碰上？」

「這你就不懂了，有一種說法是蝴蝶效應，你們倆在一塊發生了化學反應，不知不覺影響了另外一個人。而且，你們有可能本身不是喜歡男人，只是喜歡的人，碰巧是個男的。」

杜敬之被周蘭玥一套一套的說得直愣，黃雲帆就湊了過來，問：「你們倆說什麼悄悄話呢？」

「說你厲害呢。」杜敬之回答。

周蘭玥沒搭理黃雲帆，直接轉回頭去了。

黃雲帆則是猥瑣地笑了，一副「我懂，你們倆搞曖昧呢」的表情。

杜敬之特別想讓周蘭玥看看，黃雲帆的笑，才是正經八百的猥瑣笑容。

到了下午自習課，杜敬之正認真地寫作業呢，就被高主任叫了出去。

現在他看到高主任就頭皮發麻，他總覺得高主任有神經病，非得盯著他們幾個，沒事就來敲打敲打，生怕他們影響了學校裡的其他學生似的。

「你是藝術生是吧？」高主任一開場就問了這麼一個問題。

「啊……是啊。」杜敬之看著高主任面色平和的樣子，不由得覺得有點奇怪，總覺得這慈祥的模樣裡，透著某種陰謀。

「你這幾天的自習課，抽空把學校的壁畫畫一下。」

「壁畫？」

「嗯，多媒體樓一樓的那個。」

杜敬之聽完，就覺得眼前一黑，多媒體一樓有一處壁畫，不過時間久了，有些掉色了，已經看不出什麼。前段時間去上課，發現牆面被重新粉刷了一遍，估計是打算請人重新畫一個吧，結果……來找他了？

那壁畫，有兩個黑板大小了好嗎？高的地方還得踩梯子去畫吧？

可是高主任的語氣，就是在通知，而不是在詢問他願不願意畫。

「我沒畫過那玩意。」杜敬之試著拒絕，但一回頭，就看到劉天樂跟黃雲帆正在賊眉鼠眼地偷偷瞅他呢。

「可以試試看，沒有硬性要求，也算是幫學校做點貢獻。」

「算了吧，挺累的。」

「是學生會有人推薦你的，別辜負了人家的期望。」

提起學生會，杜敬之下意識想到周末，心裡暗罵周末怎麼瞎給他攬活啊？真打算讓他練練刷油漆的技術？

不過，還是隨口問了一下：「誰推薦的啊？我可真得謝謝他。」

「謝西揚。」

得，他懂了，這是謝西揚那個賤人又開始找碴了。

其實最近杜敬之有點想發奮努力學習的，自習課都主動寫作業，沒聽音樂了，結果主任強行給他安排活。正說著呢，班導就來了，聽了之後，也幫著勸杜敬之，說這是好事，體現他實力的時候到了。

體現個屁！他去那裡能畫個美少女戰士。

結果，他拒絕到沒詞的時候，高主任直接說了：「圖我們都找好了，你照著畫就行。」

得，美少女戰士都畫不了了，他畫這玩意還有什麼樂趣？

想了半天，最後歎了一口氣，妥協了，他可怕這幾個人沒事就來勸說他。

拿著圖，杜敬之就忍不住想吐槽，高中學校裡，畫個山水圖幹什麼呢？有點像中老年那一輩喜歡的電視背景牆，一看就是老師或者上級選的圖，他拿著圖，一陣無奈。

高老師看杜敬之嫌棄的表情，忍不住樂了：「是不是挺土的？校長選的。」

「猜到了。」

「我也覺得不好看，要不你試試看自由發揮？提前把草圖給我們看看，我們好給你準備顏料。」

「行吧。」杜敬之勉為其難地答應了，最後也沒打算畫美少女戰士，肯定不能同意。

他懶得構圖，那玩意怪浪費時間的，他也就能省就省點時間，把手機給高主任看，他有一個相冊裡全是自己畫的圖，讓高主任選一個。

最後高主任選了一張圖，杜敬之一看就傻了。

圖片是以天空之城為主題，畫面裡有晚霞、略微陰霾的雲朵，下面是鏡面的海，倒影著天空。畫面正中間有一名少年，只是一個背影，甚至可以稱之為輪廓，朝遠處走著，在身後留下一串漣漪。

杜敬之的構圖以及主體畫面，一般都很大氣，有種狂放的感覺。在細節處，又有很多精心勾勒的細節，看似隨意，卻處處體現著他的繪畫功底。

這圖是沒問題，他也能再次畫出來。

可是，畫裡的少年是周末啊！那大長腿，就算只是一個背影，熟悉周末的人都能一眼看出來。

他拿著手機有點遲疑，最後還是同意了，打算再畫的時候，改改人物，這樣就不那麼明顯了。

結果剛要離開，高主任就再次開口了：「我看這個挺好看，沒想到你畫畫是真不錯，這個人物是誇張了吧，這腿長得有點……呃，不過好看，壁畫就照著這個比例畫。」

杜敬之看著高主任，覺得高主任應該是忘了自己的得意門生周末了，不過也沒說什麼，直接點了點頭。

學校裡有些顏料的庫存，之後不夠了，學校可以再去買。

開工以後，他終於發現，這次的壁畫幾乎是他一個人操刀了，一個人抬著成桶的壓克力顏料往多媒體教學樓抬，也沒有手推車，顏料就搬了三趟。到了之後，又搬梯子，又拎來了一個水桶，接了整整一桶的水。

他還想找個小手帕，結果要了一圈，只要來了一個髒兮兮的抹布，最後也認了。

他第一次畫這麼大的畫，該調多少顏料，讓他有點找不準感覺，蹲在地上，調了半天的顏色，越調越生氣。

藝術生怎麼了？藝術生沒人權的嗎？藝術生就不能上課學習了嗎？

普通學生就可以坐在教室裡上自習課，他就只能蹲在空蕩蕩的樓裡，一個人苦力一樣地幹這種活？學校裡就他這麼一個藝術生了？

「畫你個大頭鬼，老子是苦力啊，給你畫這個？就該畫美少女戰士跟櫻木花道手牽手，超人跟蝙蝠俠嘴對嘴。」他忍不住自己嘟囔起來。

這個時候，突然有人在他的身後問道：「需要幫忙嗎？」

杜敬之一聽到這個聲音就樂了，回頭看向周末。

周末走進來，笑呵呵地看著杜敬之。

「高主任挺捨得下血本啊，居然把你派來了。」杜敬之一瞬間就沒有了不平衡的感覺。

「聽說是你來畫，我就自己請纓過來的。」

「你知道這事，就該跟高主任推薦別人，別把我弄來。」

「我並不知道這件事，是謝西揚嘴賤，跟校長說的，然後高主任就真的找到你了。我也是剛才在教室窗戶看到你搬東西，才知道你被派過來了，這才跟高主任申請過來幫忙，怕你一個人累到。」

其實看到周末之後，他就不覺得這是一件苦差事了，反而心裡暗暗高興起來，這算不算在學校裡跟喜歡的人獨處的時間，仔細想想怪讓人興奮的。

不過，他還是沒表現出來，開始指揮周末：「那你去給我弄塊手帕，這個太髒了。」

周末點了點頭，真的去了。

他跟周末的待遇是完全不一樣的，他進入老師的辦公室，跟老師要手絹的時候，老師都沒怎麼理他，指了指一邊的抹布就打發了。周末一去，老師就幫著各處翻找，最後找到了一條新的手帕，給了周末。

杜敬之站在一邊撓了撓頭，什麼都說不出來。

其實他們倆長得都不錯，只是杜敬之的氣質更盛氣淩人一些，不像周末那麼親和，而且周末的溝通能力也強一些。

「高主任要你畫什麼啊？」周末幫杜敬之打下手的時候問。

他有點心虛，於是含糊地回答：「畫完你不就知道了？」

「哦，好，我能幫你做點什麼？」

「我爬梯子畫的時候，你幫我扶著調色盤，還有，我洗筆的時候拎水桶過來，偶爾遞遞東西。」

「行。」周末是任勞任怨，且態度極好的幫手。

其實到後來，真能用上周末的時間不多，周末就坐在樓梯間看書，杜敬之叫他了，他就起身過來幫忙。

「幫我拎一下水桶。」杜敬之喊了一句。

周末立即起身，過來幫忙，剛涮完筆，杜敬之的手機沒拿穩，掉在了梯子下面，周末趕緊幫他撿起來。

「壞了沒？」杜敬之趕緊問。

「沒。」

「幸好是諾基亞，耐摔。」他伸手要接過手機，卻發現周末正在看手機上的小圖，不由得心裡一慌。

周末看了一會，沒說什麼，就又遞給了杜敬之，表情沒有半分不妥，還挺自然的。

嗯……已經被看到了，估計不用改人物了，這讓他決定，就按照原圖畫了。

臨近放學，杜敬之才回到教室，活動著痠疼的肩膀，還覺得自己身上一股子顏料味，不由得一陣嫌棄。

黃雲帆見他回來趕緊問：「杜哥，怎麼回事？高主任叫你去幹什麼？你威脅周末的事被告狀了？」

「沒有，高主任要我畫壁畫。」

「嚇死我們倆了。」黃雲帆鬆了一口氣，然後開始念叨，「我跟劉天樂提心吊膽兩節課，就怕你也被記過了，那我不得內疚死？」

「你以後老老實實地別惹禍，死活混到畢業就行了。」

黃雲帆認命地點頭，坐在座位上一個勁的發簡訊。杜敬之沒搭理，掏出自己的手機看，居然發現了周末發來的訊息：我想吃自助烤肉了。

他從口袋裡掏出錢來數了數，覺得夠，這才回簡訊：我請你。

周末：是分頭行動，老地方會合，還是一起去？

杜敬之：裝成不認識一起去。

周末：好的，全聽你的。

他趕緊收起手機，一抬頭就看到周蘭玥回頭看他呢，心裡咯噔一下，然後開始裝成沒事人似的假裝看書，書剛拿起來，就打了放學鈴。

「你其實已經戀愛了吧？」周蘭玥忍不住問。

「沒有。」他否認。

「就是沒承認戀愛，卻跟戀愛差不多的狀態。」

「頂多是哥們。」

周蘭玥笑了，笑得特別燦爛。

杜敬之傻了，他居然被套話了……

014

放學後，兩個人達成了一種無聲的默契，一起繞過常去的車站，去了稍遠的一處車站，等著能直達烤肉店的那路公車，只是位置比較靠近七中。

兩個人站在車站裡，穿著三中的校服，有些顯眼。

其實兩個學校挨得近，能夠碰到並不稀奇，只是兩個人的長相出眾，讓他們顯得很特別，自然而然地吸引去了不少人的目光。過了沒一會，就有兩個女生結伴到了杜敬之的身邊，跟他要電話號碼。

他忍不住愣了一下，卻拒絕了，結果兩個女生還是在跟杜敬之聊天，似乎覺得要不到號碼，聊幾句也無憾了。

在三中，杜敬之是問題學生，好學生們不願意跟他為伍，所以算不上多受歡迎，愛慕周末的女生更多。不過在七中裡，杜敬之這種學生要更吸引女生，她們會覺得他很帥，也很有個性。

杜敬之不像周末那樣擅長聊天，於是只是有點愛理不理地跟她們說話。

「杜哥？」突然有一個女生叫了一聲。

他回過頭，就看到是劉天樂的女朋友，這才對她笑了笑：「嗯，妳是劉天樂女朋友對吧？」

「對啊！你在這裡等車嗎？以前都沒見過你。」

「不，今天偶爾過來。」

「這樣啊……那個，杜哥，劉天樂在你們學校的時候……受歡迎嗎？」

這是要跟他打聽自己男朋友的事情了。

杜敬之這個人還是挺夠意思的，對劉天樂的女朋友態度特別好，而且一般是說哥們的好話，讓他女朋友高興了半天。後期兩個人還交換了電話號碼，方便以後有事聯繫。

不得不感嘆女生書包裡零食就是多，劉天樂的女朋友為了討好他，還給了他兩包辣條。他不擅長吃辣，不過也收了，不好讓人家沒面子。

「你們倆不是公車上認識的嗎？怎麼沒看到他過來？」杜敬之把辣條往書包裡一塞，準備明天奉獻給黃雲帆。

「哦……我最近開始補課了，不能一起走了。」

「怪可惜的。」

「我們不像你們學校的那些學霸，不補課也能考上好的大學，我們得笨鳥努力飛。」

杜敬之沒說劉天樂不比這些笨鳥強多少，只是笑了笑。

周末一直站在一邊，看到杜敬之的身邊圍著一群女生。最開始杜敬之態度冷淡，後期居然和她們聊了起來，還跟一個女生換了電話號碼，笑得格外好看，不由得表情越來越冷漠。

他有點後悔自己提出跟杜敬之一塊去吃烤肉了。

上了公車，杜敬之還在跟她們聊天，直到下車，才算是結束了聊天。一群女生友好地跟杜敬之道別，態度極好，「拜拜」說得整齊劃一，甜度極高。

兩個人一前一後朝商場走，杜敬之走在前面，周末跟在他身後，隔著幾步遠的距離，這幾乎成了兩個人預設的行走方式。

陽光下，杜敬之的頭髮似乎是紅棕色的，柔柔的，被風吹拂著。後脖頸白皙得幾乎透明，還有兩個耳尖在發間時隱時現，他背影清瘦，卻是一名難得一見的乾淨美少年。

周末沉默地看著，突然走快了幾步，到了他身邊，似乎這樣才能不那麼焦躁。

杜敬之詫異地抬頭看向周末，又往四周看了看，注意到沒有一樣的校服，這才放下心來。

周末拿過杜敬之的書包，背在自己的肩膀上，隨口說了一句：「現在談戀愛會耽誤課業的。」

其實說這句話的時候，周末的嘴裡迴盪的都是酸味，並沒有多想，後期卻因為說過這句話，鬱悶得想撓牆，真是搬起石頭砸自己的腳。不過周末沒有預知能力，只是想盡可能阻止杜敬之被路邊的花花草草拐跑了。

杜敬之看著周末半晌，才「哦」了一聲，隨後好似不經意地問：「所以……你會在大學談戀愛嗎？」

「也許吧，不知道呢。」

「是啊……現在這個時期挺關鍵的，因為這個耽誤了不好，還是好好學習最重要，尤其是你這樣被寄予厚望的。」

周末突然覺得這個聊天內容有點不對勁，結果還沒想明白，就聽到杜敬之再次開口：「今天我請你吃肉！」

「好。」周末笑著回答。

烤肉，可以列入杜敬之最愛的前三甲。

涮火鍋的時候，杜敬之更喜歡羊肉。烤肉的時候，則喜歡牛肉多一些。

醃制過的牛肉要更有味道，烤過的牛肉肉質柔嫩，味道濃郁，在烤板上就會散發出勾人的香味。

他們這裡的調料分為乾調料跟濕調料，濕調料是麻醬、白糖、些許鹽跟蔥花、香菜。杜敬之一般不要香菜，根據自己的口味加一點醋。

他在吃烤肉的時候，會再點一份生菜，生菜葉包著蘸過調料的烤肉，菜葉會化解油膩，這樣還可以再吃更多的肉。

他跟周末都是看似身材很瘦，卻十分能吃的人，尤其是杜敬之，有著周末感嘆了十幾年的飯量。以至於他們倆吃自助餐特別划算，兩個人也是一家自助烤肉的常客。

他們倆吃烤肉的狀態，就是杜敬之先去占座位，周末去拿來兩人份的食物。這十分考驗熟悉程度，只有彼此熟悉，才能拿來兩個人都喜歡的肉跟菜。在烤肉的時候，周末負責擺放、翻肉，然後夾進杜敬之的盤子裡。

杜敬之吃得差不多了，開始幫周末烤肉，周末這個時候才會開始吃。等周末吃得差不多了，周末會再去取食材，因為這個時候，杜敬之已經歇得差不多，可以吃第二波了。

回去的路上，周末給兩個人買了兩份冰沙，這才結伴回家。

「扶著我點，我覺得我的重心有點不對。」杜敬之胡亂抓了抓周末的衣服說道。

周末扶住他的胳膊，看著他問：「怎麼了？」

「今天有點吃多了，感覺只要身體前傾，就會跌倒，肚子太沉了。」

「多走一走吧，你這樣坐下估計更難受。」

杜敬之撐著自己的腰，被周末扶著走，走了幾步就忍不住樂了，突然靠到了周末身上，小聲嘟嚷：「我們像不像兩口子，我懷著嬰兒，你扶著我散步。」
「這樣啊……那我會對你負責的。」
「人家的身子好沉哦。」
「那我背著你走？」
杜敬之有點困惑，不再靠著周末，只是盯著周末問：「背著孕婦會不會壓到肚子？」
周末這才反應過來，跟著說道：「好像會……」
「哦，不過我沒事，壓到我肚子，頂多擠出屎來。」
周末覺得這個話題談不下去了。

第二天到了學校，下午自習課依舊是杜敬之去多媒體教學樓畫壁畫。去了沒多久，周末就到了，這回居然背著包。
杜敬之看著周末全副武裝，忍不住嘲諷了幾句：「好學生來幹活，就得帶著全部家當是吧？」
周末沒回答，只是到了杜敬之身邊打開自己的包，從裡面掏出洋芋片、可樂等零食出來，然後問：「吃不吃？」
杜敬之特別沒出息，直接回答：「吃！」
「你畫你的，我餵你。」
他立即高高興興地爬上梯子，畫幾筆，周末就把一片洋芋片遞到他嘴邊，張嘴就能吃到，可樂也是打開了之後遞到嘴邊，這讓杜敬之越發覺得，在這裡畫壁畫也不錯。

兩個人在這裡畫了半個小時左右，周末就不再餵了，而是拿著零食轉了個身，自己吃了起來。

杜敬之納悶地看過去，然後再順著周末的目光看，就看到謝西揚朝他們這邊快步走了過來。

謝西揚進入玻璃門，看到周末正站在杜敬之身後，看著杜敬之畫畫，居然還悠閒地吃著零食，立即氣不打一處來。

在謝西揚硬給杜敬之安排工作後，周末也給謝西揚安排了工作，工作量大到離譜。他拿到東西就去了一班找周末，卻被告知周末在多媒體樓監督工作。

「喲，挺清閒啊，還在這吃洋芋片呢？」謝西揚陰陽怪氣地說了起來，同時還在呼哧呼哧地喘著粗氣，被氣得不輕。

「其實也挺忙的。」周末說著，又吃了一片洋芋片，哪有半點忙碌的樣子。

「我看你就是濫用職權，瞎安排工作？」

「我就是在監督你亂安排的工作，對此，你只能接手我被耽誤的工作。」

謝西揚看了杜敬之一眼，沒太在意，他的眼裡看不進去這種人渣，於是指著周末罵：「你算什麼東西，當個會長可把你囂張壞了，真是夠了！我告訴你，你那些活我是不會幹的！滾你的吧！」說著，就把手裡一疊紙往周末臉上甩。

周末往後退了一步，躲開了，等回過神的時候，就看到謝西揚的頭上扣著一個水桶，仔細一看，發現是杜敬之洗筆用的那個。

杜敬之站在一邊，笑得狡黠：「哎呀，手滑了，你沒事吧？」

周末看著杜敬之那壞壞的樣子，忍不住笑了。

015

杜敬之跟謝西揚在上次踢球的時候就算是結上樑子了，結果這個謝西揚真不老實，他沒去找謝西揚的麻煩，謝西揚居然還給他添亂，給他強行安排了一個畫壁畫的工作。

如果不是周末請纓過來幫他，他也不會心情好到把謝西揚這傢伙給忘了。

現在倒好，謝西揚又來到他面前了，還在他面前跟周末嚷嚷，說話十分難聽，這才是最刺激他的。誰在他面前跟周末罵罵咧咧的，等同於是在找死。

杜敬之沒猶豫，拎著水桶就走了過來，直接扣在了謝西揚的腦袋上，新仇舊恨一塊報了。

水桶扣在了謝西揚的腦袋上，水嘩啦一下，把這傢伙淋了個徹底，透心涼，心飛揚。水流了一地，地面上散落的紙張也濕了大半部分，就像突然形成了一條小河。

謝西揚觸電了似的拿下了水桶，大聲咆哮起來：「杜敬之！」

「欸，你爹我在這呢。」

「別他媽不要臉！」謝西揚把水桶往杜敬之所在的位置扔了過去，被他輕易地躲開了。

「喲呵，打架我讓你一隻手，不見血不停手，怎麼樣？」

謝西揚之所以囂張，是因為家裡的親屬是某某官，算是挺有背景的，跟學校的上級還沾親帶故。

但是謝西揚並沒有多少實力，身材是個弱雞，身高估計也就一百七十出頭，長得不帥還鷹鉤鼻，看起來有點像電視劇裡的反派角色。

他敢跟杜敬之嚷嚷，是覺得杜敬之會怕他。

但是杜敬之這個人混了這麼多年了，打人從來不問對方家庭背景，都是打完了再說。真碰上硬茬，謝西揚也不想吃眼前虧，畢竟是自己沒實力，靠家庭背景硬裝逼。膽怯歸膽怯，卻也咽不下這口氣，竟然氣得發抖。

周末在一邊看著，準備隨時助陣。

等了一會，兩個人也沒打起來，就蹲下來撿那些還算乾的紙，收拾完了之後，拿在手裡翻看了一下，這才平靜地說道：「之後我會把毀了的幾張紙重新列印一下，給你送過去。」

謝西揚這回算是明白了，明顯的，現在這兩個人算是統一戰線了。

「你們給我等著。」謝西揚喊了一句，扭頭就跑了。

杜敬之看著謝西揚離開，忍不住「嘖」了一聲，也沒提醒謝西揚臉上有顏料的事情。壓克力顏料也對皮膚有些損害，不過……謝西揚那樣的，毀容等於整容。

「找高主任去了。」周末是笑著說的，根本沒害怕，反而覺得挺好笑的。

「他也就這點能耐，真正衝突了，就去找後臺，看著煩。」

「高主任不會太護著他。」

「怎麼？」

「因為高主任會更偏向我。」

杜敬之向周末投去了一個讚賞的眼神，隨後笑迷迷地沒在意，只是去工具室找拖把收拾狼藉了。

等了一會，高主任就遠遠走了過來，步子不急不緩，看樣子是沒帶著火氣過來。

兩個人就這麼靜靜地等著高主任挺著大圓肚子，憨態可掬地走了進來，隨後擦了一把額頭的汗，這才問道：「你們倆，怎麼回事？」

杜敬之正坐在梯子上吃洋芋片，第一個回答：「謝西揚來找碴。」

「找碴你就把桶扣人家頭上了？」高主任不由得提高了音量。

杜敬之還想說什麼，就被周末打斷了：「高主任，我跟您說吧。」

高主任見到周末，就態度好多了，於是問：「怎麼回事？謝西揚風風火火地來告狀，那樣都要哭出來了。」

周末還挺平靜的，直接說了出來：「是這樣的，我過來看著他畫壁畫，就把手裡的工作交給了謝西揚。謝西揚覺得工作量太大，就來跟我鬧。」

「他……這麼幹了？」

「嗯，不僅如此，杜同學去倒水，謝西揚還故意絆了杜同學一腳。」周末又開始了睜眼說瞎話的模式。

「胡扯，絆一下能把水桶扣頭頂上去？我看到謝西揚是渾身上下都濕了。」

「您也不看看謝西揚絆的是什麼人，招惹杜同學，不就是找打，我覺得杜同學的解決方法還挺文明的，至少沒動手。」

「這還文明呢?!」高主任再次提高了音量，扭頭就要向杜敬之教育兩句，結果就被周末打斷了。

「高主任，學生會主席這工作我不想幹了。」周末態度誠懇地說了這樣一句話。

這句話足夠吸引高主任的注意力，高主任不由得一愣，立即問：「怎麼突然不想當了？出了什麼問題嗎？」

「我是您一手帶起來的，高一副會，高二當上主席，然後突然殺出來個謝西揚來。一般來說，有什麼活動，都是他們彙報給我，我再彙報給您。但是他老是不經過我，就去做一些事情，還直接跟校長說，讓我沒有什麼存在的價值了。」

其實高主任也覺得謝西揚這點做得不對。

職場裡，比較忌諱越級行為，員工應該將工作彙報給部門上司，如果有人越級直接告訴了公司總裁，那他的上司一定會不高興。謝西揚這是觸碰了忌諱，不但越過了周末，還越過了高主任。

「這個事，確實該跟謝西揚說，做得有點不對勁了。」

「還有這次，我來幫忙畫壁畫的事，把工作給了他，他直接找到我對我破口大罵，還把這些東西甩我臉上了，我覺得挺侮辱人的。他確實是有厲害的親戚，但是也不能這麼做，我也是有自尊的。」

這回，高主任有點生氣了，問道：「他做得這麼過分？」

「嗯。」

杜敬之樂呵呵地看周末狂打親情牌，裝出一副馬上要哭出來的樣子，看上去特別動人，他恨不得給周末鼓個掌。只不過他吃洋芋片的聲音，有點影響氣氛，他自己卻渾然不知。

「杜敬之，你在這還挺悠閒，還吃零食。」高主任忍不住說了杜敬之一句。

「我為學校做貢獻，學校也不給我加分，還不許我自己吃點東西，補充點體力啊？」

「你的臭脾氣能不能改改？挺聰明一個小夥子，怎麼就不往好地方學？」

「我也想好好學習天天向上，您讓我回去上自習唄。」

「別畫一半放這了，畫完再回去，期末給你發個三好學生。」

「別了，我得了個三好學生怪諷刺人的。」

高主任站在原地看了一會，是訓杜敬之兩句，還是安慰周末，他思考了一瞬間後，就跟周末小聲說了幾句，兩個人直接去門口單獨聊天了，看起來氣氛還挺和諧的。

杜敬之吃完一袋洋芋片之後，拍了拍手，繼續畫畫了。

又畫了一會，周末就走了進來，高主任也扭頭走了。

「怎麼，親情牌成功了？」杜敬之問他。

「也不算親情牌，學生會確實糟心，本來就不想幹了，麻煩，事多，有那些工夫我不如多看看書。」

「不是說幹這玩意挺鍛鍊人的嗎？而且高三之後肯定不會讓你幹了。」

「不稀罕，最開始想當，只是怕你在學校惹事了，到時候方便照顧你一下。」

「哎呀我好感動啊。」

周末笑了笑，走到了壁畫的一邊，說起了別的事情：「你洗手了嗎？就自己吃洋芋片。」

「剛才拖地的時候，順便洗了。」

周末沒再聊這些，只是從包裡掏出書來，突然說了一句：「你背一下《逍遙遊》給我聽聽。」

杜敬之一聽，腦袋都大了，拿著畫筆遲疑了一下，才開口：「我只知道『北冥有魚，其名為鯤，鯤之大一鍋燉不下』。」

「要不我讀，你聽，然後在畫完今天的任務前，把全文背了？」

「換個短點的！」

「你還會什麼？」

「『此情可待成追憶，只是當時已惘然』。」

「這不行啊，你能背下來的太少了。」

「我的十項全能圓規哥哥，放過我吧，讓我安安靜靜地畫完這幅美人圖。」

周末忍不住挑眉，問他：「美人圖？」

「呃……帥哥圖。」

「你覺得帥嗎？」

杜敬之看了周末半晌，他總覺得周末已經看出來畫裡的人是自己了，只是一直裝得很穩重似的，讓他忍不住罵了一句：「我說你這個表情怎麼就這麼賤呢？」

周末只是笑，笑得特別暖，那種笑容似乎可以在這個秋裡引來春風。

兩個人四目相對，在外人看來，恐怕是眉來眼去的，不過兩個人都沒自覺。可能是因為結伴久了，並不覺得這樣有什麼不妥，只是關係比較好而已。

他沒再說什麼，拿起畫筆，繼續畫畫，然後說了一句：「那你讀吧，我跟著背。」

「嗯，好。」

周末似乎是看出了他的心思，知道他也想努力學習，這才打算幫他複習一下，估計這些東西，周末早就熟背了。

兩個人一邊畫畫，一邊複習一些簡單的知識點，都是這個相處模式下，可以互相教的那種。不知道為什麼，他一下子積極性特別高，回去的時候，還真背下了一些東西。

後來想想，可能是跟喜歡的人在一塊，簡直就跟吃了興奮劑一樣，連學習都特別甜蜜吧。

進入教學樓後門，即將分開的時候，周末還偷偷往他的口袋裡放了一樣東西，他不用猜就知道是什麼。

回到教室，把口袋裡的糖拿出來放進書桌裡，就摸到了其他的東西，看了一眼，是一個電棒捲，然後黃雲帆對他飛了個眼。

016

這個時期流行非主流、殺馬特[1]。

黃雲帆玩勁舞團，在這方面更是邪乎，就覺得這群人特別有個性，各種帥。黃雲帆的網路空間各種閃圖，打開之後眼睛直疼，他的號更是「尊敬的QQ會員」以及一排亮晶晶的鑽。

在勁舞團裡，黃雲帆給自己的人物設定是一個帥哥的形象，高貴冷豔，算是一位尊貴的殺馬特貴族。前幾天他還在念叨，自己加入了某某家族，現在成了骨幹成員。

最近黃雲帆已經不滿意杜敬之之前的相片了，雖然帥，但是太小清新了，不夠拉風。於是特意給杜敬之買了一個電棒捲，想讓他把頭髮拉直了，一根根立起來之後，拍幾張照片給黃雲帆。

「你跟我說實話，你是不是冒充我呢？」杜敬之拿著電棒捲，心裡一陣糾結，這都是什麼事啊？

「沒冒充，但是吧……」

杜敬之也聽出了話語裡的轉折，立即追問：「說實話不殺。」

「他們問頭像是不是我，我沒否認。」

杜敬之直接抬腳踢了出去，黃雲帆肥胖的身體穩穩的，顫都沒顫，趕緊湊過來抱大腿：「杜哥，

1　殺馬特：二〇〇〇年代出現在中國大陸的一種次文化，從英文單詞「smart」音譯。外觀上受哥德次文化或視覺系影響，以誇張的髮型為主要特點。

杜哥，你是我親哥哥，我在遊戲裡真厲害，而且有小姑娘給我買衣服，還替我付電話費。」

「臭小子，你這是在冒充我騙錢！」

「這怎麼能說是騙錢呢，我沒逼他們，都是你情我願的事情。」

「你用你那張臉的照片發過去試試呢？」

黃雲帆的表情有一瞬間的抽搐，似乎是說到了他最敏感的地方，整個人的表情都有著掩飾不住的尷尬。

杜敬之也有一瞬間的不自然，他說話沒經過腦子，說出來的話會不會傷人，他也沒仔細想。看到黃雲帆的樣子，忍不住清咳了一聲。

每個人都有自心的敏感地帶，杜敬之也會自卑，被家庭刺激，對自己沒有自信。那麼黃雲帆也自卑，因為容貌，越是自卑，越是在意。

黃雲帆會經常照鏡子，會臭美，就是因為在意自己的外表。而且，他喜歡買各種名牌商品，這也是一種自我保護的表現。喜歡買名牌的人會自卑，他們希望買了這些東西後，能得到其他人的認可。也因為自卑，才會想要得到其他人的誇讚，黃雲帆虛榮心作祟，於是開始下意識地冒充杜敬之。

「杜哥，我……回去之後跟他們解釋清楚。」黃雲帆說了一句，舔了舔嘴唇，然後表示，「我不可能冒充你做壞事，也就是……想占點便宜。你也知道，長得好的人，就是他媽的跟開了一個人生的外掛似的。」

杜敬之也沒多說，只是點到為止，讓黃雲帆好自為之。

他自己都不否認，長得好看會得到眾人的善意。就像杜衛家，都渣成那樣了，杜媽媽都沒特別恨他，有的時候，還會自我檢討。如果杜衛家沒有那張臉，估計杜媽媽早就離婚了，或者兩個人根本就不會走到一起。

他把手裡的電棒捲丟給了黃雲帆，結果黃雲帆又給了他：「給你吧，你沒事的時候整理下頭髮什麼的，我頭髮貼頭皮，留著也沒什麼用。」

「我一般也用不著啊。」

「你別扯了，動不動頭髮就毛毛躁躁地來了，我記得你高一的時候還禿頂呢，怎麼頭髮長得這麼快？」

黃雲帆剛說完，周蘭玥就幽幽地回過頭，說了一句：「這叫呆毛。」說完就扭回頭去了。

杜敬之跟黃雲帆對視了一眼，眼神裡都是「這姑娘有病吧」的眼神。

周蘭玥漂亮是漂亮，聲音也好聽，就腦子不太正常的樣子，多半是廢了，兩個人都有點心疼追她的那些男生。

這也使得原本氣氛尷尬的兩個人，又一齊笑了起來。黃雲帆收拾了一下包，就等著一聲令下，他就抱著書包衝刺出去。

杜敬之也就把電棒捲放回了書包裡，沒再矯情。

回到家裡，杜敬之畫了一會素描。告一段落的時候，他忍不住伸了一個懶腰，轉一轉脖子，竟然能聽到「嘎嘣」的聲音，覺得自己真是未老先衰了。

長歎了一口氣，他站起身來活動身體，然後就看到了書包裡，露出一個角的電棒捲。

在那一瞬間，他有點心癢癢，想在夜深人靜的時候手賤一下……

他每天早上都洗頭，所以前一天頭髮是什麼樣都無所謂，他看著電棒捲有點躍躍欲試，於是拿起電棒捲去了洗手間，對著鏡子熨頭髮。

他沒用過這玩意，有點陌生，反正就是盡可能地讓頭髮立起來，時間短了，頭髮不立，長了吧，還有一股燒焦味。最要命的是手臂老這麼舉著，還挺累人的。

熨一會頭髮，休息一會，他看著突然變大一圈的頭，不明白自己幹什麼要弄這個。

弄了二十多分鐘才算完事，他來回看了看自己，又蹦了幾下，飄蕩的頭髮，讓他想到了「花枝亂顫」這個成語，就覺得自己特別搞笑。

回到房間，他打開檯燈，俯身看桌面上小鏡子裡的自己，結果沒看幾眼，就有人破窗而入，嚇了他一跳。

杜敬之跟突然爬窗戶進來的周末對視了一眼，剎那間，氣氛變得有些微妙，空氣裡都流動著詭譎的味道。

他震驚於周末居然這麼沒規矩地破窗而入，連門都不敲了，這窗戶成便捷通道了？

周末則是盯著他的頭髮，看了好一會，表情變了幾變，最後「噗哧」一聲笑了出來。

「笑個屁，你最近窗戶爬得挺順手啊，上次爬進來之後就爬床，最起碼還給我了個提前示警，這回就直接這麼進來了？」他掐著腰，十分不爽地問了出來。

「不是……老遠看到你頭髮這樣，還當你觸電了，嚇得我趕緊過來了，我家那邊一盆花都被我碰倒了。」

「觸……觸個屁！」他有點不好意思，畢竟自己都覺得這個髮型怪怪的。

本以為在家裡偷偷弄，就沒人看到了，明天洗了就行了，現在……這就很尷尬了。

周末也覺得自己很尷尬，進去吧，老走窗戶還有點彆扭。退回去吧，這都一腳跨進來了，再回去更彆扭。

然後周末就看著他笑了，指了指他的頭髮：「你這個髮型不好看，本來就皮膚白，臉還小，頭髮還是棕色的，這麼一個髮型，看起來就像剝了一半皮的紅毛丹。」

他有點面子上過不去，乾咳了一聲，抬手就要打人的樣子：「你這是想打架吧。」

「不打不打，我膽小打不過，而且我捨不得跟你動手，你揍我跟打沙袋似的，沒意思。」

他也沒打算真打人，就是現在太丟人了，尤其是紅毛丹……

紅你妹！

他一想就更生氣了，想要收拾周末一下，抬手戳了一下周末的腋下。周末正往書桌下跳呢，被弄了這麼一下，腳下一滑，直接摔了下去。

他趕緊去扶，然後抱著周末就後仰了過去，連房間裡的畫架都碰倒了，發出一系列的巨響。他被周末壓得夠嗆，疼得齜牙咧嘴的，正要開罵，周末就雙手支撐著身體，匍匐在他身上緊張地看著他，問：「小鏡子，你沒事吧？」

「你要再重點，七天後就是我的頭七。」

周末沒起身，用一隻手去摸他的後腦勺，怕他摔壞了。在周末扶起他後腦勺的時候，周末還在看他的身上，他的臉幾乎埋進周末的懷裡。

就在他要不好意思的時候，周末又笑了：「你這個頭髮是真扎人啊……」

夠嗆。

「滾蛋！」他立即把周末推開了，站起身揉了揉胳膊，剛才跌倒，下意識用手臂支撐一下，摔得夠嗆。

周末跟過來看，一邊幫他揉，一邊樂，還補充了一句：「紅毛丹牌河豚，哎喲我的小鏡子，你怎麼總是給我驚喜。」

「你喜歡我天天熨給你看。」

「別別別，看了都軟了。」

周末是一邊笑一邊說的，他沒太聽清，於是問：「什麼玩意？」

周末立刻嚴肅起來，回答：「總熨頭髮對你頭髮不好，你頭髮本來就軟。」

他疑惑地盯著周末看了半天，周末則是一直表現出正直的模樣，他才擺了擺手：「去，把我房間收拾了。」

周末立即開始收拾他的房間，他揉著胳膊到桌子前照鏡子，鏡子裡看到周末的模樣，似乎是鬆了一口氣，劫後餘生似的。

他又回頭看了周末一眼，正認認真真地收拾東西呢，沒什麼特別的表現。

看到他這個髮型都軟了？難不成平時看到他還能硬？

不過，周末小天使不會這麼不良吧？周末根本不是這樣的人啊……

再說，哪個正經老爺們能看到另外一個老爺們硬的啊？

兩個人收拾完房間，周末坐在房間裡沒走，似乎是想跟他聊聊天，一副反正來都來了的模樣。他也就沒趕人，坐在了畫架前，拿著鉛筆繼續畫畫。

「謝西揚又找你麻煩了嗎？」他問周末。

「沒有，高主任找他談話了，應該能收斂幾天，你收拾他的事，也不了了之了。」周末靠著椅子背，偷偷拿出手機來，在椅背的掩護下，給杜敬之照了一張相，然後趕緊收起了手機。

「我聽說，黃雲帆那時候是拿著棒子打你的？」

「嗯，他這個人，空有力氣沒有技術，還沒有速度，體力也不行。最開始一直沒打到我，我就勸他放棄，別白費力氣，這話可能刺激到他了，拿起棒子胡亂揮舞，還真打中我幾下，說真的，還真疼。」

「打著你了？」

周末沒回答，只是扯起自己的衣服，給他看自己的後背。

他第一眼注意的，居然是周末流暢的肌理，緊緻的皮膚，色情的身材，然後就是周末後背有一塊巨大的青紫，立即站起身來，用手觸碰了一下他後背的傷口。

他的指尖有點涼，碰觸到周末的身體，就好像帶來了一股子電流，讓他下意識躲開了。他還當自己碰疼周末了，不由得罵：「這個胖子有病吧，力氣這麼大。」

周末沒回頭，只是說：「砸中我這一下的時候，黃雲帆好像也傻了，看著我嚇傻了，過來扶了我一下。」

「平時黃胖子打人沒含糊過，你這麼被打不還手，估計他也覺得自己不對勁了。」

「我倒是沒生氣，他也是為了維護你，我……」

周末的話語一頓，因為他感覺到，杜敬之的手在順著他的背脊，輕輕撫摸著。

017

周末吞咽了一口唾沫，喉結滑動。

明明杜敬之的手很涼，卻帶著一股子火，觸碰到哪裡，他的身體哪裡就炙熱無比，焚燒著他的心臟，讓他越發焦躁難受起來。

克制了這麼多年，真不知道還能堅持多久。

他看過一個人的簽名：畢業時為了擁抱你，同時擁抱了整個班級所有人。

他呢，為了不顯得自己變態，對杜敬之好的同時，對別人也會表示友好。其實周末自己都知道，他時常會不耐煩，覺得好麻煩啊……

沒錯，他討厭麻煩，有的時候，他總覺得杜敬之也喜歡他，好幾次差點表白，最後卻忍住了，他怕引來大麻煩。

萬一杜敬之只當他是哥們呢？萬一表現出這種扭曲的性向被討厭，哥們都做不成了呢？

萬一呢……

「傷得很厲害？」周末開口問，聲音有點乾澀，讓他清咳了一聲。

「有點……」看著傷口，有點心疼，但是杜敬之沒說出口。

「剛傷到的時候，平躺都會疼，那幾天得側身睡，最近已經好多了。」

「我突然想打死那個胖子。」

「打成死胖子？」

「嗯，打成死胖子。」杜敬之哭笑不得，又氣又無奈。

周末嘿嘿嘿地笑，然後把衣服放了下來，調整了一下姿勢，重新坐好。

「今天你不用回去看書嗎？」杜敬之有點疑惑，看著周末一直不想走的狀態，總像有什麼事情似的，平日裡周末學習都是爭分奪秒的。

周末抬手揉了揉頭髮，這才說了起來：「有點煩。」

「怎麼了？」杜敬之坐在另一個椅子上，跟周末面對面，等待周末開口。

「你還記得我的那個表哥嗎？比我大一歲的那個。」

「哦……那個總是斜眼看人的那個？」

「嗯，沒錯，他今年高三，今天來我家裡了，跟我聊了一會。」

杜敬之扯起褲腿來，然後盤腿坐在了椅子上，認真地看著周末，問：「然後呢？」

周末看了杜敬之的腿一眼，杜敬之的腿很白，而且體毛很輕，屬於男生中少見的白皙且纖細的腿，很漂亮。

不過，周末沒多看，接著拿起桌面上的一個魔術方塊玩了起來：「他跟我說，高三的壓力特別大，家裡的人也都神經質了。前幾天被家裡的人糊弄著，吃了一盤餃子，後來發現是胎盤做的，噁心了好幾天。」

「聽說……胎盤也算一種中藥。」

「這個都懂，但是每個人的接受能力不一樣。」

「也是。」

「他還說，有的時候，真的想開窗戶就跳下去，一了百了，省得受這樣的罪。」

「所以你覺得壓力越來越大了？」

周末身上的壓力不小。

學校的老師等著他成高考狀元，長輩們關注著他的考試情況，被「別人家孩子」毒害的同齡人們，等著看周末的笑話。

「也不算，他還說了其他的，比如……他特別討厭我。」

「理由呢？」

周末手裡的魔術方塊在轉瞬間就變成了顏色統一的方塊，然後被周末隨便放在了桌面上：「親戚總是拿我給他做例子，說如果我高考的話，肯定很輕鬆，而且能考一所好大學。從小就是這樣，親戚喜歡拿家裡年齡接近的孩子比較，然後最後我成了正面例子，讓表哥聽到我的名字，就產生了生理性厭惡。」

「家長確實就這樣，我媽也經常在我面前誇你，好像是好多家長的通病了。」

「他說，如果沒有我，他的壓力也不會那麼大。」

「呵，自己壓力大，居然還能怪到你頭上來?你怎麼回答的?」

周末笑了笑，沒回答這個問題，只是問：「小鏡子，你討厭我嗎?」

「不會啊，我好像跟別人不太一樣，我媽跟我誇你的時候，我還覺得挺驕傲的。覺得這麼優秀的人，是我哥們！」

「所以我才特別喜歡小鏡子你。」

杜敬之猛地吞了一口唾沫，看著周末那毫無雜質的笑容，突然覺得自己真的是想複雜了，估計周末說的是朋友之間的那種喜歡吧，所以他乾笑了幾聲：「別噁心人了你，說得跟表白似的。」

周末盯著他看了半晌，又是一陣笑：「唉，想跟你嚴肅地聊一會天，看到你的髮型就嚴肅不起來。」

「滾你的蛋！抱著你的紅毛丹圓潤地離開我的房間。」

「不是……你弄這個髮型的時候，是怎麼想的？能不能跟我說一下你的心路歷程？」

杜敬之也就不要臉了，對周末亮出剪刀手，然後嘟了一下臉：「這叫非主流。」然後，靠著椅子，一副失落的樣子：「這叫頹廢。」接著對周末豎起了中指：「這叫殺馬特。」

說著，在屋子裡翻找起來，找出一件黑色外套穿上了，還掛了一個褲鏈，對周末擺了一個造型：「這叫龐克。」

周末一副沒見識的樣子，覺得自己大開眼界，立即鼓起掌來：「哇，好厲害！」

「必須的，哥就是這麼一朵寂寞的美男子。」

「為什麼數量單位是朵？」

「我也不知道，他們都這樣。」

「他們的學習都不怎麼樣吧？」

「呃……這個問題，我該怎麼回答呢？」

「小鏡子肯定是最帥的殺馬特。」

「這個誇獎……怎麼這麼讓人彆扭呢。」

周末單手拄著嘴，看著杜敬之悶笑了半天，然後伸出手來，揉了揉杜敬之的頭髮，突然感嘆起來：「好神奇，手感居然還挺不錯的。」

說完，又揉了揉。

揉了又揉。

「你是把我腦袋當磨腳石用了？」杜敬之不爽地問。

「沒，毛茸茸的，感覺好棒。」

「你這樣適合養貓。」

「不養了，養你跟養貓差不多。」

「老子要你養了？」杜敬之被周末這態度刺激到了，直接開始趕人，「滾滾滾，別在我這賴著，就知道嘲笑我髮型，看著你就煩。」

周末被杜敬之推到門口，掙扎間，艱難地給了杜敬之一根棒棒糖，這才離開了。

杜敬之拿著棒棒糖，突然有點懷疑，這傢伙身上的糖是大量生產，隨身攜帶的。

第二天。

杜敬之在自習課期間，到了多媒體教學樓，剛進門不久，就發現了不對勁。

學校已經給他買了一批新的顏料，他嫌搬運太累，就直接放在了大廳的牆邊，隨時用隨時拿。過來的時候，就看到有兩桶顏料是開著蓋的，湊過去看，又試著往外倒，立即一陣沮喪。

壓克力顏料乾了。

用壓克力顏料畫壁畫的原因，是因為這種顏料乾了之後，就不再溶於水了，畫面的持久性好。現在顏料乾了，估計是不能用了。

他看了看周圍，又看了看顏料，發現這兩桶，都是他常用的顏色，是主體色調，現在這兩桶顏料乾了，今天這畫都沒法畫了。

最讓他煩躁的不是這個，而是現在去跟高主任說，對方會不會覺得是他不小心弄的？這樣的話，就算高主任不怪罪，也得被埋怨幾句。好不容易畫這麼大一幅壁畫，最後也沒落得什麼好處。

「誰他媽這麼欠揍啊！」杜敬之忍不住罵了一句。

杜敬之十分確定，顏料的蓋子是被其他人打開的，畢竟他懂這些顏料，知道不蓋蓋子肯定會有影響，不會犯這種低級錯誤。平時倒出來調色的時候，都是趕緊蓋上蓋子才繼續畫。

正煩躁著，周末就走了進來，看到杜敬之這副樣子，立即問：「怎麼了？」

「顏料的蓋子被打開了，顏料都乾了。」

周末走過來看了看，也試著倒出顏料來試試看，結果發現倒得十分困難。

杜敬之蹲在他旁邊解釋：「不知道誰這麼手賤，擰開這蓋子幹屁啊，現在這情況，今天都沒辦法畫了。」

周末捧著顏料瓶晃了晃，說道：「應該是上面一層乾了，下面的還是黏稠的，用水調節一下應該還能用。我去借把剪刀，把瓶子剪開，今天先湊合畫，我去跟高主任反映，讓他補點顏料。」

「再弄一副手套來，這玩意傷手。怎麼這麼憋屈呢，我畫畫這麼辛苦，還來給我添亂。」

周末抬手，用食指推了推杜敬之的腦門：「不許說髒話。」

杜敬之咂了咂嘴，最後閉了嘴，只是氣不順。

周末忍不住笑了，抬頭看向角落的監控器。

「你笑個屁啊？高主任不能賴我？」杜敬之還在生氣呢，看到周末笑，忍不住罵了一句。

「跟你講個故事。」

「不聽。」

「關於顏料的呢？」

「講快點。」

「嗯，其實在你不知道的時候，我在高主任面前，跟謝西揚對峙了一次。他對於我們的說辭表示不信任，說什麼也要調監控出來看，這才知道這裡的監控器早就壞了。不過謝西揚這個人，你也知道，特別小心眼，我就有心防著他，所以特意申請，把這裡的監控器修好了，不過謝西揚不知道。」

杜敬之看著周末，又看了看監控器，忍不住感嘆了起來：「我去，你小子倒是有點心眼啊……」

「嗯，我猜測謝西揚會來報復，不敢跟我正面對決，不敢跟你挑釁，就容易對畫下手。我猜測著，他有可能會半夜過來潑墨，沒想到手段這麼……這麼難以言說。」

「小家子氣。」

「對，一點也不大氣。」

兩個人蹲在顏料邊，一起陰險地笑了起來，好半天都停不下來。

杜敬之突然站起身，對周末一揮手：「周影帝，請開始你的表演。」

周末怕事情不順利，誣陷了好人，在幫杜敬之要來工具之後，特意去監控室了一趟。

杜敬之一個人留在多媒體樓裡，剪開顏料瓶子，用刀刮顏料，拯救出了一些還能用的，趕緊進行補救，然後調色。

按照他畫的進度，這兩天就可以完成了，大體輪廓已經全部完事，就差勾勒一些細節了。而且，因為有周末陪伴，他發揮得更好，總覺得這幅畫比自己當初畫的時候還要好一些，連擴大後的缺點都沒多少了。

這種情況下，如果被謝西揚潑墨什麼的，杜敬之一定會滅口。

不過謝西揚也算有點腦子，知道如果潑墨，肯定會被調查，但是做這些小動作，則是可以給杜敬之添麻煩，說不定會不了了之了。

想著即將能虐謝西揚，他又充滿了幹勁，用了兩節課的時間，就基本完工了。

他站在不遠處，盯著畫看了半晌，突然臨時起意，手拿起筆，蹲在壁畫一邊，在右下角寫上了一串字。

By：杜敬之&周末

看著兩個人的名字並列在一起，他突然一陣小小的興奮。

這個年齡的喜歡真的很簡單。

有的時候，周末對他微笑，或者一直在護著他，他就會高興好久。但是他這個人，性格又彆彆扭扭的，不會用好的方式回應，有的時候很凶，數落周末噁心，多半是在不好意思。

有的時候，周末幫他補課，一張草稿紙上交織著兩個人的字體，都是一種幸福。周末的字刻意練過，是標準的正楷，用來寫情書，印象分數絕對翻倍。他的字體要圓潤一些，有些像小孩子寫的卡通體，規規矩矩，一筆一畫。

更多的時候，他會因為他跟周末有共同的小秘密而覺得，他在周末的心裡，是與眾不同的。

還有就是現在，看到兩個人的名字在學校的一處明目張膽地擺在一起，他也會傻傻地微笑，發自內心的微笑。

喜歡一個人，想跟他在一起，很久很久的那種，最穩妥的方式就是以朋友的名義。

是朋友，就不會承擔表白失敗，再在一起會尷尬，就此陌路的風險。

是朋友，就會一直平平穩穩，理所應當地在一起。

是朋友，總有一天會看到周末跟哪個女生走到一起，然後，他要笑著去參加周末的婚禮。

是朋友，不會分手，也不會相愛。

是朋友，因為他們性別一樣，註定只能是朋友，這一點杜敬之一直都知道。

可是還是忍不住喜歡。

越來越喜歡。

特別喜歡。

盯著壁畫還有兩個人並列在一塊的名字，他一直在微笑，笑著笑著，卻一陣委屈。如果他沒有遇到周末的話，他現在會是什麼樣子呢？

估計就是杜媽媽最怕他成為的樣子，不學無術，肆意妄為。

因為不想被周末討厭，所以他開始努力做更好的自己，這也是一種進步吧。

看了一眼時間，他開始懶洋洋地往回走，這次為了看看周末那邊的情況，還特意從前門走的。走到德育處門口，從窗戶往裡面看，果然看到周末跟謝西揚都在辦公室裡，謝西揚似乎在抹眼淚。

他吹了一個流氓哨，把雙手插進口袋裡，吊兒郎當地回了自己的教室。

沒一會，就打了放學鈴，杜敬之立即背著書包往外走，放學這種事情，他最積極了。

走在路上的時候，黃雲帆給他看自己的新頭像：「看，我新頭像，怎麼樣？」

杜敬之拿著黃雲帆的手機看，發現黃雲帆已經把頭像換成了吳彥祖，簽名也改成了：這回的頭像，才是真正的我。

「昨天我跟朋友說了，之前的頭像，只是網上找來的，不是我。」黃雲帆跟杜敬之說道。

杜敬之看了一眼，就沒理了，把手機還給了黃雲帆，說起了謝西揚的事。三個人罵罵咧咧的，一齊往外走。

到了學校門口，突然發現今天特別熱鬧。

學校門口，突然出現了一批七中的學生，有幾個人滑著滑板到處遊走，似乎是在三中放學的人群裡面找人，還有幾個男生騎著公路車，在路邊等著。

那架勢，就像來三中挑釁找碴的。

杜敬之跟黃雲帆、劉天樂三個人並肩往外走，不像其他的學生盡可能避開這些人，而是正正當當地走了過去，還在打量這些人是怎麼回事。

杜敬之則是在看其中兩個人的滑板，輪子是發著光的，來回移動的時候會留下一道光束，看起來還挺帥的，估計夜裡會更漂亮。

就在他打量的時候，有人注意到了杜敬之，立即叫了一聲：「就是那個染頭髮的小哥吧。」

被人指出來之後，七中那些人似乎都注意到了杜敬之，朝他圍攏過來，那幾個輪滑少年圍繞著他們三個人轉，黃雲帆下意識地把杜敬之護在了身後。

發光滑板的其中一個人滑到了杜敬之面前，踩了一下滑板的邊邊，讓滑板停下來，就那麼看著杜敬之。

少年穿著七中的校服上衣，一條破破爛爛的乞丐褲，一雙對號運動鞋，看起來很平常，偏偏因為身材好，看起來特別帥。少年微微向前傾身，仔細盯著杜敬之的臉看，因為靠得很近，杜敬之也能看清少年的模樣。

這個人一看就不是什麼好東西，偏偏相貌好到讓人討厭不起來。

少年是小麥色的皮膚，可能是額頭飽滿外加鼻樑挺直，才顯得眼眸特別深邃。眼睛不大不小，看起來剛剛好，眼角有點上挑，顯得有些凶。

不得不承認，這小子還挺帥的。

黃雲帆想抬手去推這少年，卻被另外一個七中的學生攔住了。黃雲帆卻沒停，強行把手收回來問他們：「你們誰啊？找碴是吧？」

少年看了黃雲帆一眼，並沒有理，而是繼續看向杜敬之，抬起手來指了指自己的腦袋：「你這頭髮，是自己長的？」

「不然是接的？」杜敬之感覺自己的智商受到了侮辱。

「不是，我是說顏色。」

「你管得著嗎？你們這一群在這裡轉來轉去的，是蒼蠅嗎？」

少年聽完就笑了，回答：「你知不知道蒼蠅喜歡圍著屎轉。」

杜敬之聽完跟著冷笑，抬起手來，用手指點了少年的額頭一下，回答：「你知不知道蒼蠅也圍著燈轉，因為老子亮（靚）！」

他在回答的時候，臉上帶著自信的笑容，下巴微微上揚，眼眸彎彎的，含著一股子狡黠。他的嘴唇薄而紅潤，嘴角往上勾起，弧線誘人。這樣的姿勢，能夠清楚地看到他纖長的脖頸，竟然也帥到挑不出一絲毛病，堪稱無死角的帥哥。

少年一直盯著他看，竟然也跟著樂了，似乎還想說什麼，卻看到學校裡殺出了一批人來。

高主任帶著一批老師殺了出來，門口的警衛也都開始趕這些七中的學生離開了。

少年沒有再說什麼，只是重新踏上滑板，倒退著離開。

沒錯，是倒退，一邊滑一邊看著杜敬之遠離，臉上一直保持著有病一樣的笑容，到了路邊，才一個躍身，踏著滑板瀟灑地跳起來，到了一個騎車的同學身邊，拽著車尾走了。

杜敬之看著這些人離開，眯著眼睛，嘴裡罵了一句：「都他媽有毛病。」

剛走幾步，就看到周蘭玥小跑著往他這邊來。

MISFORTUNE † SEVEN
夜鴉事典
13集
即將上市!!
1~12冊
精彩試閱！
【夜鴉事典 1-12冊】

周蘭玥平時就跟一朵嬌滴滴的小白花似的，每次體育課，都會來大姨媽不跑步，是體育考試總是不及格的那批，結果今天跑得飛快，一把抓住了杜敬之，把他往一邊拽。

「有事？」杜敬之問。

「剛才那個帥哥是怎麼回事？你們倆之間那種劈裡啪啦的電光感是怎麼個情況？你這個水性楊花的，出去勾三搭四了是不是？跨校戀啊……突然覺得這CP也不錯，怎麼辦，我的立場不堅定了。」

「妳是不是要說，那個人的眼神裡透露出，他已經深深愛上我的資訊？」

「深深倒是沒，不過估計印象不錯，容易一見鍾情。」

「所以我剛才也愛上他了是不是？」

「你背對著我，我沒看到。」

「妳一天天跟有病似的，是不是長得好看點的兩個人，妳都能組個對？」

杜敬之有點煩，這一回的事情，讓他突然斷定，周蘭玥的那種看破一切的觀察力，其實是在唬人。估計根本沒看出周末喜歡他，只是歪打正著地猜中了他喜歡周末而已。

現在還把他跟一個第一次見面，讓他十分不爽的一個人配上對了，他怎麼可能開心，語氣越發不好起來。

周蘭玥抿了抿嘴，也發現杜敬之的態度不太好，猜測是剛才那些人已經讓杜敬之心煩了，她還激動地跑過來了，說一些奇奇怪怪的話，惹他生氣了，於是道歉：「杜哥，我錯了。」

「知道錯了就行，我告訴妳，我不是同性戀！」否認這一點，就能少了周蘭玥這個麻煩。

「咳咳！」

「妳咳嗽我也不是同性戀。」杜敬之再次強調。

周蘭玥跟杜敬之使眼色，提醒他後面有人，然後就看到周末站在他的身後，淡然地看著他。他心裡一慌，下意識想說話，突然想起他們倆一向裝成不認識，於是沒搭理。

往外走的時候，杜敬之到了劉天樂旁邊：「你問問你女朋友，七中這幫人怎麼回事。」

「行，我跟我女朋友打聽打聽。」劉天樂也在納悶呢，同時說了句，「到時候，有事我就叫人，反正不怕他們。」

019

杜敬之回到家裡，吃完飯沒多久，就接到了劉天樂的電話。

「杜哥，我問我女朋友了，她嘰哩呱啦地說了半天，我也沒聽懂，我讓她加你帳號了，一會你跟她聯絡一下，她自己跟你說。」劉天樂說話的時候，似乎還在咀嚼著東西，說的話吐字不清。

「怎麼?事情還挺複雜?」

「不太複雜吧，就是專業名詞比較多。」

「你吃什麼呢?」

「黃瓜。」

「剛用完廢物利用?」

「杜哥，咱倆不一樣，我有女朋友。」

「操!你小子跟黃雲帆學的吧，嘴挺賤啊。」

「你先進攻的，我屬於防守。」

杜敬之笑了笑，對於情侶狗的暴擊表示無視：「行，我的錯，你女朋友叫什麼啊?」

「柯可。」

「咳咳?」

「一個木一個可的柯，可愛的可，名字帥吧，她第一次跟我說的時候，我還以為是藝名。」

「行了，跪安吧。」

「喏。」

杜敬之上了自己的床，躺下之後，用手機登錄帳號，沒一會就收到了一個好友申請，他能一下子就看出是劉天樂的女朋友，因為頭像就是劉天樂。

剛接受，就收到了柯可的消息：

瓔珞流蘇：杜哥！

敬而遠之：客氣。

瓔珞流蘇：聽說岑威他們去你們學校堵你了？

敬而遠之：這些是什麼人？找我幹什麼？

瓔珞流蘇：杜哥，我們學校有你的粉絲團了。

敬而遠之：啥意思？

瓔珞流蘇：哎呀，那我就跟你說事情的經過吧。

敬而遠之：行，妳說吧。

瓔珞流蘇：那天你不是在我們學校旁邊的車站等車了嗎，然後有人把你的相片偷拍下來，發到學校貼吧上去了，說是共用三中帥哥。本來是一群女生花癡來著，結果那群討人厭的男生就殺過來了，說你娘炮什麼的，而且也沒多好看，圖片是P的，還說岑威才叫帥。我們挺不爽的，就跟他們在貼吧上吵起來了。

敬而遠之：……

杜敬之在腦袋裡回想起七中的那個滑板少年，開始對號入座，猜測就是這個叫岑威的男生。

這回，他算是知道什麼叫飛來橫禍，躺著也中槍了。

敬而遠之：把網址給我。

柯可很快發了一個連結過來，他點進去看了一會討論。

文章的標題叫：【三中校草】分享一個身邊的無死角帥哥！

他看到這個標題的時候，忍不住抬手摸了摸自己的下巴，然後揚了揚眉，被人這麼誇，他還有點小開心，笑呵呵地點進討論看了起來。

帖子因為經歷了一場極其無聊的廝殺，樓蓋得挺高，光頁數就有三十多頁。

他看了一眼主要內容，貼的是兩張他在車站的相片，一張是側臉，一張是稍微有點正臉的相片。

他湊近螢幕看了一眼，發現照得還真不錯，他的側臉一直很好看，可能是因為瘦，所以很有立體感，鼻樑、臉型、下顎線都十分漂亮，對得起無死角帥哥這個稱號。

只是相片P得有點離譜了，他本來就白，被P得更白了，鼻樑幾乎跟光亮融合在一塊了。

帖子裡最開始挺和諧，他還耐著性子看了一會。

與願：好好看，就像漫畫裡的少年。

Nancy：是混血吧！

月亮姐姐：頭髮顏色是P的嗎？好漂亮啊。

嫚嫚無笙【樓主】：頭髮顏色沒P，就是棕色的，在陽光下特別好看。我當時就是被頭髮顏色外加這麼白的皮膚吸引的，仔細一看，真帥！

忍冬：我賭兩根黃瓜，這個頭髮的顏色是漂染的。
是湯圓不是唐遠：三中居然還能染頭，神了個奇！
戰爭從一個人感嘆：我們學校怎麼沒有這麼帥的男生開始，之後就有其他人來掐架，說杜敬之其實並不帥了。
看了一會，杜敬之就不耐煩了，切回來問柯可：你們學校的人挺閒啊。
瓔珞流蘇：因為我們都不是愛學習的好學生啊。
敬而遠之：所以就是……因為女生說我帥，男生覺得我不帥，然後這群男生就來我學校，親自看看我帥不帥？
瓔珞流蘇：杜哥你真聰明！貼吧裡櫻依楓舞是我小帳，我昨天跟著廝殺到凌晨三點多，都在幫你說話。今天早晨，差點就沒起來床，壓著線進校門。
敬而遠之：那可真是辛苦妳了。
瓔珞流蘇：不辛苦，為帥哥服務是我的榮幸，想起你那張臉，我就覺得充滿了鬥志，渾身是勁。而且，我是東方神起跟SJ的粉絲，有多年爆文跟防爆經驗。
敬而遠之：呃……妳這樣……被劉哥知道了不好吧？
瓔珞流蘇：沒事，我真愛是天樂，但是不耽誤我花癡啊，反正你這種帥哥我是肯定不會惦記的，我有自知之明，我還經常跟他說你帥呢，他也承認。
敬而遠之：我覺得妳……應該跟我前座的女生能談得來。
瓔珞流蘇：她也是東方神起跟SJ的粉絲嗎？

敬而遠之：不，她跟你一樣神神道道的。

瓔珞流蘇：啊……我跟帥哥說話太激動了，反正杜哥還想瞭解什麼事，問我就行了。

敬而遠之：那個岑威什麼毛病？找我來幹屁，就跟我比誰帥？

柯可等了一會才回覆，杜敬之正猶豫要不要去洗漱呢，就收到了柯可發來的一張相片。

瓔珞流蘇：我找了半天，這個就是岑威。

杜敬之看了一眼相片，還真是那個滑板少年，相片還挺自然的，笑的時候有點雅痞的感覺。

瓔珞流蘇：據聽說！就是沒有證據的那種，他好像對學校裡的一個女生有意思，然後那個女生回帖力挺你。帖子裡掐的就是你跟岑威誰帥，這個女生一表態，就引起岑威注意了，估計就是想去三中看看你究竟什麼樣吧。

敬而遠之：簡直有病。

瓔珞流蘇：我也覺得。

他尋思了一會，覺得也沒多大事，於是跟柯可說了句謝謝，就給劉天樂發消息了：我上次看到你女朋友的時候，她挺淑女的啊，怎麼網上這樣……

臭臭：她上次是裝的，跟我說是看到帥哥緊張得說不出話來了。

敬而遠之：……

臭臭：我跟她認識的時候，她就是在跟朋友說我帥，我聽到了，看她長得也行，就去要了電話號碼，然後就在一起了。現在想想……幸好哥長得帥，不然就錯過她了。

敬而遠之：該不會是個傻的吧？
臭臭：我就喜歡她傻甜傻甜的樣子。
敬而遠之：我說你呢，傻子。
臭臭：杜哥，你別總這樣，羨慕是不好的，趕緊找個女朋友，你的性格說不定還能好點。人嘛，積極樂觀一點，我們都是年輕人。
杜敬之看著螢幕一個勁地笑，他這倆哥們，都挺夠意思，就是黃雲帆嘴賤加衝動到缺心眼，劉天樂專注於談戀愛外加做媒。
剛準備放下手機，就又收到了柯可的消息，還是連續三條。
瓔珞流蘇：杜哥！杜哥！杜哥！
瓔珞流蘇：岑威回帖了！本尊！
瓔珞流蘇：【圖片】
他點開圖看了一眼，是一行字：「岑威：我過去三中看了，本人確實挺帥。」
敬而遠之：哦。
瓔珞流蘇：就這麼一個字？
敬而遠之：我謝謝他了。
本來只是一句開玩笑的話，沒一會，他就又收到一張截圖，差點吐出一口血來。
「櫻依楓舞 回覆 岑威：三中校草本人表示，謝謝你的誇獎。
岑威回覆 櫻依楓舞：不用謝。」

杜敬之看著螢幕一陣無語，最後回了柯可一句：你跟劉天樂真是天生一對。

瓔珞流蘇：謝謝杜哥的祝福。

敬而遠之：嗯，百年好合。

放下手機，杜敬之就去洗漱了，洗完臉看著鏡子裡的自己，白淨的皮膚上還掛著水珠，瞳孔是棕色的，在燈光下跟平時又是不一樣的感覺。

「確實挺帥的……」他說著，又湊近鏡子看自己的下巴，「怎麼到現在鬍子都不明顯呢？長得好慢，好想留個絡腮鬍啊。」

擦乾淨臉，又回到樓上，拉窗簾的時候發現周末的房間裡還亮著燈，看了一眼時間，才晚上十點多。他有點想去周末家問問今天是什麼情況，謝西揚的事情是怎麼處理的，思來想去，最後還是放棄了，他不想打擾周末學習。

畫畫的時候，他再一次分心，想起了放學時的事情，沒多在意岑威，而是在想周末。

周末聽到他說的那句話了嗎？那句只是對周蘭玥不耐煩才這麼說的，不知道周末會不會在意。

不過……在不在意都無所謂吧，如果周末知道他時常會幻想他們在一起，會不會覺得噁心。

就好像，他如果知道黃雲帆或者劉天樂想著他擼管，他一定會把這兩個人幹死。

周末喜歡的偶像是蔡依林，估計是喜歡那種類型的女生。

他又長歎了一口氣，他的偶像是孫紅雷，網路空間都是他紋著身，一臉霸氣大哥模樣的相片。

這偶像差距，確實有點大。

020

上學的路上，杜敬之故意等了一會，也沒等到周末，取出手機看一眼時間，已經到了快遲到的時間了，這才去了車站。剛到車站不久，公車就緩緩駛入了月臺，應該是之前剛剛走了一趟，車上人不算多，他順利地上了車。

到了車上，杜敬之站在靠近後門的位置，無聊地看著車窗外發呆。

車上有女生小聲議論：「他就是你們三中的校草吧？」

「別扯了行嗎，才不是他呢，校草明明是周末！我們學校的女生更喜歡周末那樣的。」

「周末？是人名啊？」

「嗯呢，就叫周末，比他高，而且性格也好，最重要的是學習也特別好，品學兼優。」

「周末我沒見過，不過他在我們學校貼吧可紅了。」

「他怎麼在你們學校貼吧紅呢？」

杜敬之扭頭朝聊天的兩個女生看了一眼，發現是一個穿三中校服，戴眼鏡的女生，還有一個是穿七中校服，微微有點胖的女生。

被他這麼一看，兩個人立即閉了嘴，他猜測兩個人應該是國中同學，不過這麼明目張膽地談論他，當他是聾子？

雖然不爽卻沒理，只是繼續靠著欄杆發呆，心裡居然想著，他跟周末都是一家人，校草是誰有什麼好爭的？

一家人……

想著，想著，就忍不住揚起嘴角笑了起來。

不遠處一直看著他的兩個女生，看到這樣的笑容，突然心口一顫，一個一直淩厲的人，好像一瞬間柔和了下來，周身一直在燃燒的火焰在一瞬間轉化為溫暖的陽光。

兩個人對視了一眼，三中的女生突然對杜敬之是校草這件事，有了些許認同。

進入學校的時候，杜敬之就看到謝西揚遠遠地從對面走了過來。

杜敬之看到這傢伙就樂了，快步走了過去，似乎還想主動打招呼。結果謝西揚看到杜敬之後，突然瑟縮了一下，向後了一步之後，稍微遲疑了一瞬間，還是繞著他走了。

這模樣讓杜敬之一怔，突然產生了一陣熟悉的感覺，在謝西揚身上找到了一絲杜衛家的感覺。

但是杜衛家不怕他，杜衛家只怕周末。

他突然越發好奇，周末是如何處理謝西揚這件事的，能讓謝西揚這麼賤的人，都一下子老實了起來。他還快走了幾步，想要追上謝西揚，結果看到謝西揚突然拔腿就跑，不由得一陣發愣。

回到教室，他又陷入了沉思，突然開始猜測，周末是不是真的……不像表面那麼人畜無害？

為了不再跟周末之間有誤會，杜敬之思考了幾節課的時間，決定傳訊息給周末，問問怎麼回事。

周末拿著書，跟程樞結伴往多媒體樓前進，剛進門，就看到同班同學圍在壁畫前感嘆：

「哇！好漂亮！上次看到的時候，還只是一個輪廓呢！」

「咱們學校居然也能畫這樣的壁畫，難得啊。」

「這個畫壁畫的師傅功底挺高啊，科班出身吧？」

「怎麼覺得人物有點像周末。」

「真別說，這大長腿。」

「很明顯好嗎，右下角署名呢！」

程樞也跟著湊過去看，又看了看右下角的署名，直接問了出來：「我說周末，你要不要臉了，把自己畫到學校的壁畫上去了？你這是想名垂青史？」

周末站在壁畫前，看著這幅基本完工的畫，以及壁畫右下角的署名，忍不住暖暖地笑了，卻只是反問：「很像我嗎？」

「像?!根本就是吧，你看看後腦勺那個髮旋，還有這腿，根本就是你，細節都是照著你來的好嗎？還有這個署名……署名……杜敬之畫的？這個杜敬之這麼厲害？完全看不出來，原來那個杜敬之是一個多才多藝的厲害人物！」程樞震驚了，看著畫好半天，咂了咂嘴，總覺得這兩個人的名字放在一塊，怪怪的。

周末又盯著畫看了一會，然後拿出手機來，對著壁畫拍了一個照，算是拍照留念，剛蹲下身，準備照名字的時候，突然收到了一條簡訊。

他先是拍了一張相片，這才推開手機的滑蓋，去看手機簡訊。

杜敬之：今天早上謝西揚看到我就跑，你們發生什麼了？我怎麼覺得他怕我呢？

他一邊走，一邊回覆簡訊：高主任警告他了，如果再有此類事情發生，就讓他離開學生會，外加警告處分。

杜敬之：就這樣？

周末：對於謝西揚來說，這就夠恐怖啦。

杜敬之：你沒威脅他吧？

周末看著簡訊，咬著下唇思考了一會，正醞釀著該怎麼回答，就看到杜敬之又發了一條簡訊過來：乖，跟小鏡子說實話。

他看著手機螢幕「噗哧」一聲笑出來，左右看了看，看到不少人都在看他，他這才強行壓下嘴角，故作鎮定地看著手機螢幕。

程樞一邊上樓梯，一邊問他：「周末，你不會談戀愛了吧？」

「啊？」周末被問得一愣，思量了一下，這才回答，「我覺得我的日子每天都比戀愛了都幸福。」

程樞忍不住打了一個寒顫，嘟囔了一句：「你這個人，說話確實有點肉麻兮兮的，估計你以後哄女朋友很厲害。」

「嗯，會哄的。」周末漫不經心地回答了一句，打著字，在樓梯間停了下來，回覆簡訊：確實有威脅幾句，讓他別招惹你。

杜敬之：你沒打人吧？

周末：放學時間那麼緊，哪有這個時間？

杜敬之：說的也是，我有的時候在想，你說我們倆在三中，算不算黑白兩道通吃啊？

周末已經走到了教室門口，看到這條簡訊，再次笑出聲來，朝程樞看了看，發現程樞的眼神已經別有含意了，這才快步回了座位，同時打字回答：還真有點這個意思。

杜敬之：腐敗啊……腐敗。

周末：好啦，我要上課了，你也認真點。

晚上，杜敬之回到家裡，就跳過陽臺去了周末家。

周末的露臺門沒關，他直接就走了進去，探頭往裡面看，喊了一句：「圓規哥哥，小鏡子來給您請安了。」

周末正坐在電腦前，點擊著滑鼠，看到他過來立即笑了笑，說道：「快進來，我正給你註冊微博呢。」

「微博？什麼玩意？」杜敬之走進房間，到了周末身後，往電腦螢幕上看。

「我今天上多媒體課，老師說最近出的封測版微博，將會在幾年內代替現在部落格的地位，成為主流社交平臺，也就是微型部落格。我回家就給你註冊了一個帳號，把你平時的畫都傳上去了。」

「多媒體老師總是說話特別誇張，還說過幾年，科技即將改變世界，科幻電影裡的設想都有可能實現！我期待著哪天看到柯博文跟密卡登打架。」

「不過我覺得這個微博有點意思，聽說類似的平臺在國外早就紅了。反正弄一個帳號玩玩唄，如果能夠幫你提高點名氣，說不定你還能接點約稿，給別人有償地畫點畫。」

「誰會找我一個學生畫畫啊？」

「我覺得你畫得特別好，用不了幾年，你肯定出名。」

杜敬之揚了揚眉，沒再說什麼，只是坐在了一邊，看著乾淨的書桌桌面，猜測到周末是回到家裡之後，書包都沒打開，就在這裡開電腦弄微博帳號了，不由得有點感動。

周末還在上傳相片，他覺得有點餓，於是說：「你家什麼時候開飯啊，我來蹭飯的，我要不要跟阿姨說一聲給我帶一口飯？」

周末這才停下動作，看著杜敬之，詫異地問：「你還沒吃飯？」

「我媽換工作崗位了，最近出差去了，要是不方便我就出去吃，我媽給我留錢了。」

「不用，我給你做飯吃吧。」周末說著站起身來，「我父母出去外地見客戶了不在家，我本來想自己隨便吃點什麼湊合的，既然你來了，就一起吃吧。」

杜敬之跟著他出房間，就像一個跟屁蟲，很是討好地說：「行，我來幫忙。」

「怪不得你進門的時候那麼乖。」

「這話不能這麼說，我一直打從心底裡仰慕圓規哥哥。」

周末回身揉了揉杜敬之的頭髮：「乖，給你做肉吃。」

周末到了家裡的廚房，打開冰箱門翻找了一會，取出一塊凍好的五花肉放在了盤子裡等待解凍。接著，在冰箱裡翻找其他的菜，思考著該做什麼給杜敬之吃。

杜敬之貪吃，還是那種吃不胖的體質，更加肆無忌憚。

紅燒肉一直都是杜敬之的最愛之一。為此，周末好跑了好幾條街，專門買了一口能夠更好烹飪紅燒肉的砂鍋，只是為了做給杜敬之吃。家裡的冰箱裡五花肉都是常備，還是特意選擇的肥瘦相間的三層肉。

每個人，都有自己獨愛的味道。

周末跟杜敬之認識了這些年，已經掌握了杜敬之喜好口味的那個點，糖跟鹽需要放多少，他都計算得很清楚。

好的紅燒肉，味道香甜鬆軟，入口即化，還因為含有豐富的膠原蛋白，吃了還美容養顏，增強皮膚彈性。周末會掌握好製作過程中的每個細節，保證在吃的時候，肉肥而不膩，卻回味無窮。

周末煮了兩人份的米飯後，想了想，又取出麵粉來，揉成麵團，包上保鮮膜，放在一邊醒發十分鐘左右。

杜敬之另外喜歡吃的一樣食物，就是肉鬆蛋餅。

麵團需要軟一些，不能太硬，發好了之後，需要將麵揉成長條，再切成小段，擀成麵餅。比較關鍵的一步就是讓雞蛋跟麵餅完美地融合，還要掌握餅的鬆軟程度。出鍋之後，包裹上肉鬆以及一起配料，淋上番茄醬，就又是一種主食。

因為沒有提前準備，最後只能再配上一鍋清淡的菠菜湯。

米飯不用顧，等待煮好就行。紅燒肉放在鍋裡燉著，偶爾看一看有沒有沾鍋還有火候就行。

於是兩個人一塊忙碌著做餅，周末負責擀餅，杜敬之在一邊，擼起袖子一副準備大幹一場的樣子，最後也只是幫忙撒麵粉。

「你什麼時候學了這些東西，現在已經做得這麼俐落了？」杜敬之看著周末嫺熟的樣子問。

「具體的記不清了，反正就是總覺得你太瘦了，想把你餵得胖一點，就開始學習做菜了。結果，我餵了你這麼多年了，也沒見你胖。」

杜敬之聽了忍不住大笑：「我這人就這樣，可能是因為吃得多，一天上兩次大便，早晚各一次，特別有規律。而且因為新陳代謝好吧，臉上從來不長痘，皮膚好得很，你看看。」

說著，把臉湊到了周末面前。

周末看著他近在咫尺的臉，瞳孔稍微顫了顫，最後只是低垂下眼瞼，繼續做餅。

「我就跟個白癡一樣，現在頂多會煮白飯。」杜敬之再次感嘆起來。

「你不用會，我會就行了。」周末回答，然後說起了另外的事情。

「我記得你小時候，特別愛吃，雖然不會霸佔食物，但是有幾樣東西跟你搶，你一定會崩潰大哭。」周末說的時候，一個勁地笑。

「啥？」杜敬之自己都不記得了。

「我記得阿姨當年就給你買了一個甜筒吃，想跟著吃一口，一開始還捨不得，就在最後把甜筒底部，也就是那個尖吃了，結果你哭得啊，震天動地。」

杜敬之有點不好意思，抬手擦了擦鼻尖，擦了一鼻子面，跟著說起來：「不僅這個，洋芋片最後一片，盤子裡最後一塊排骨，誰吃了我跟誰吵架。不過最近不了，畢竟大了。」

「現在想想挺有意思。」

「你也有黑歷史。」杜敬之不肯退讓，跟著說起了以前的事情。

「有嗎？」

「有，從小就能說會道的，我還記得有一次過年來你家裡玩，一群親戚在一塊，你有一個挺厲害的小姑姑被逼婚，一群人勸。你過去說了一句：『小姑姑是太優秀了，才找不到配得上她的人，別催小姑姑了，凡人是配不上仙女的，牛郎跟織女最後還不是分開了？』然後那個小姑姑抱著你猛親。」

周末忍不住蹙眉，問：「這也算黑歷史？」

「從小就這樣花言巧語的，你估計就是天生的渣男，以後會遊走在花叢中。」

「我怎麼渣男了，你看到我花心了嗎？」

「估計大學之後就開始放蕩了。」

「這只是你的假設，並且沒有最基本的事實根據。」

「反正那個時候，你那個小姑姑給壓歲錢，給別人一千五百元，肯定給你兩千五百元；給別人二千五百元，肯定給你四千元或者五千元。」

「當時我的壓歲錢全拿來給你買糖了。」

小時候的壓歲錢，對孩子來說真是一筆鉅款。

周末的壓歲錢還因為親戚們都很成功所以出奇地多，那個時候周末拿了壓歲錢，頂多給自己買幾本參考書，其他的錢全部用來給杜敬之買糖跟零食了。

杜敬之一聽就樂了：「你跟棒棒糖批發部似的，我不要你還硬給，後來都懶得跟你客氣了，你還好意思說。就因為你，我換牙的時候嚇壞了，還當是糖吃多了，牙都崩潰了，不要我了。」

「你愛吃，就多買點。」周末笑得見牙不見眼，他總覺得，有錢給杜敬之花，也是一種幸福。

「不過話說回來，你那個小姑姑現在怎麼樣了？」杜敬之又問。

「小姑姑是留學回來的，還是女博士，確實厲害，她現在還未婚，我覺得過得挺快樂的。」

「對，我還記得她當年說的呢，跟一個女親戚說的：『對，妳結婚了，現在有個兒子，有一身贅肉，一臉皺紋，還有什麼？我手裡有幾間房子，幾百萬存款，三輛車。你們頂多按當天的衣服配個包，我按照當天的衣服配輛車。』我估計，我媽能羨慕死你那個姑姑。」

「嗯，堅持自己想要的生活，只跟自己喜歡的人一起生活，如果不能跟他在一起，單身一輩子也無所謂。」

杜敬之捏著麵粉，思量了一會點了點頭，然後下意識地看向周末。

周末也在看著他。

一瞬間四目相對，眼神流轉，曖昧橫生。

然後杜敬之悄悄地紅了耳尖，周末則是笑了起來，眼中帶著可以溫暖寒冬的暖意。然後拿起手帕，給他擦了擦鼻尖。

忙碌了將近兩個小時才算是做完了這頓飯。

杜敬之愛吃紅燒肉，今天的紅燒肉又做得特別夠味，杜敬之幾乎是一個人，吃完了全部的肉，還吃了一碗米飯兩份餅。

再次上樓的時候，杜敬之的腳步都有點發飄，一個勁感嘆：「唉我去！可能是肥肉吃多了，有點迷糊了，就跟戴了一副五六百度的眼鏡似的。」

周末趕緊扶住了杜敬之，架起杜敬之的時候，突然開口：「小鏡子是不是長高了？」

「我也覺得有點……」

杜敬之剛進屋，就被周末按在了牆邊，讓他站直，然後周末走到了他面前，跟著站直。兩個人的腳尖貼著腳尖，胸口的衣服摩挲著，杜敬之只要抬眼，就能看到周末那張俊朗的臉。

兩個人挨得很近，這模樣就好像兩個人即將親吻。結果，周末只是挨著他，跟他比量身高。

杜敬之有點不好意思看周末，於是眼睛看向另一邊，問：「比量身高不是該背對背嗎？」

「確實，可是背對背我就看不到你多高了。」

「怎麼樣，高了嗎？」

周末把手蓋在了杜敬之的頭頂，用鼻尖貼著他的額頭，鼻翼裡噴吐出的溫熱氣息，在他面前擴散開。體內升騰起了一團火熱的感覺，讓他喉嚨發乾，他吞咽了一口唾沫，都沒能緩解分毫。

「確實高了，我估計你現在應該是一百七十七公分到一百七十九公分左右。」周末說道。

杜敬之受不了這種姿勢，總覺得自己在被周末調戲著，直接推開了他，一下子撲到了周末的大床上，打了一個滾：「我腦袋昏沉，我要躺下休息一下。」

周末沒再跟著他，只是在房間裡翻箱倒櫃，最後找出了一個卷尺，接著到了床邊，把杜敬之推著翻了個身，面朝下趴著，並不氣餒地給他量身高。

他自己扶著卷尺的頂端，周末則是拿著卷尺到了他腳跟，來回確認了幾次才回答：「一百七十八公分了，你最近長得挺快啊。」

「杜衛家是一百七十九公分好像。」

「阿姨個子不算矮，我估計你能長到一百八十公分多。」

杜敬之翻了一個身，側身躺在床上，盯著藍色的窗簾看，又嘟囔了一句：「肉吃多了，世界都充滿了夢幻感。」

周末忍不住笑，抬手摸了摸杜敬之的額頭問：「我該怎麼拯救你呢？」

「我覺得我需要一瓶可樂。」

「好。」

周末立即下樓去取可樂了。

杜敬之先是探頭看了門口一眼，這才貓著腰，說了一句：「操……」

真是饑渴難耐了，比量個身高也能起反應，他需要喝一杯可樂冷靜一下。

周末再回來的時候，他已經緩解得差不多，躺在床上思考人生。

「倒在杯子裡還是直接喝？」周末問他。

「直接喝吧。」他說著起身，自己坐在床邊喝可樂。

周末則是再次回到了電腦前，用傳輸線傳畫，然後發表到微博上去。杜敬之喝了一會可樂才問：

「你幫我註冊的名字是什麼啊？」

「小鏡子是天使。」

「我給你三十秒，把名字改了，不然我以後每年的今天都給你燒紙。」

周末一臉遺憾的表情，還是把名字改了，因為目前是封測階段，用戶還不算很多，名字幾乎沒有重名的，於是很順利地改成了：杜敬之。

杜敬之挪了一個位置，過來看周末弄微博，又問：「你沒註冊一個？」

「我用這個東西沒用啊。」

「就我一個人多沒意思啊，都沒個認識的人。」

「行吧。」

周末跟著註冊，不過很不巧，就算人少，「周末」這個名字也被搶了。兩個人思前想後好半天，都想不出名字來。

「要不叫周末是小天使？」杜敬之憋著笑問。

「算了吧，我這個身高頂多是大烏鴉。」

「那就叫圓規哥哥吧。」

「也行吧，反正就是陪你玩的。」

兩個人折騰完微博，就放在一邊不再理了，開始埋頭寫今天的作業，寫完之後都接近十一點了。

杜敬之伸了一個懶腰，打了一個大大的哈欠。

周末隨意地看了他一眼，手上的筆沒停，同時說了起來：「阿姨今天不回來，你鬥反鎖了嗎？」

「鎖了。」

「哦，那留我這睡吧，反正我家裡沒有其他人。」

「不了，我還得回去洗漱呢。」

「在我這照樣洗，就當陪陪我了，我一個人害怕。」

杜敬之聽完就一臉哭笑不得的表情看向周末，用手推了推周末的肩膀：「我說你是怎麼有臉說出這樣的話的？」

「發自肺腑。」

「行啊，看在你餵飽我的分上，陪陪你這個害怕的小男生。」杜敬之起身，打開露臺門，「我回去換身睡衣再回來。」

「穿我的吧。」周末立即起身抓住杜敬之，然後在自己衣櫃裡翻找起來。

杜敬之「哦」了一聲，關上門看著周末翻找，然後找出了一套靛藍色條紋的睡衣，遞到了他手裡。他摸了摸材質，就覺得這件睡衣肯定比杜媽媽買的那些印著小黃鴨子的睡衣品質好多了。

他拿著睡衣，直接出了房間門：「我先去洗漱了。」

「我還有沒穿過的內褲。」

「不用，我最近不喜歡穿內褲，喜歡全裸。」

「……」周末動作一頓，點了點頭，就沒再說什麼了。

過了一會，杜敬之突然在樓下扯著嗓子喊周末：「圓規！圓規！筷子！周末！孫子！」

喊到「孫子」的時候，周末出現了，他趕緊閉了嘴。

「欸，圓規哥哥，你家浴帽放哪了？」杜敬之扶著門，探出頭來，改成討好的語氣問。

「我幫你拿吧。」周末歎了一口氣，伸手打開浴室門，卻看到杜敬之光著上身站在浴室裡，下身還是他之前那條牛仔褲。

杜敬之很白，白到接近透明，其他地方顏色也很淺，不僅僅頭髮接近棕色，身上那兩點也接近粉嫩嫩的顏色。周末不是第一次看到了，每次看到的時候還會有點彆扭，總覺得，這膚色配上那兩點，就跟糕點一樣，秀色可餐。

周末只是停頓了一瞬間，就到浴室裡找浴帽了，接著直接出去。

十二點的時候，兩個人已經分別洗漱完畢，杜敬之已經躺在了被窩裡，拿著手機跟劉天樂聊天。

據說，他畫的壁畫不知道被誰傳給了七中的學生，現在他不僅僅長得帥，還會畫畫的事，已經在七中出了名了，還被賜予了「風流才子」的稱號，也不知道他怎麼就風流了。

敬而遠之：你說，我怎麼在七中火了呢，我在三中就沒這麼受歡迎。

臭臭：咱們學校一群書呆子，有幾個有空看貼吧的？裡面沒幾個帖子回覆超過十條的。

敬而遠之：這算不算一夜爆紅？

臭臭：這才哪到哪啊，你以後肯定成名。

敬而遠之：借你吉言了。

臭臭：真事！杜哥，我跟黃胖子早就覺得了，杜哥你就是神人，學習不好不壞，但是有才啊，畫畫太強了，簡直就是大神級別。最重要的是，你長得還不錯，以後可以靠臉吃飯，也可以靠才華。

他看著聊天記錄正笑呢，周末就回了房間，直接關了燈，爬進被窩裡，十分自然地伸手抱住了他，小聲問：「笑什麼呢？」

他把自己在七中大紅的事情跟周末說了，還說了劉天樂說的話。

「嗯，是啊，小鏡子很帥氣，也很有才華，是一個大寶藏，現在大寶藏被我抱在懷裡了，你說我幸運不幸運？」

他沒掙脫周末的擁抱，用手機繼續打字回覆，跟劉天樂說晚安，同時說了起來：「哪有圓規哥哥厲害，萬眾矚目，腦子聰明還努力，一直都是學神級別。」

周末笑了笑，笑聲清脆好聽，就在杜敬之的耳邊，讓他酥麻了半個身子。

然後，周末說：「現在學神抱著你呢。」

周末的懷抱總有一種能讓人鎮定下來的作用，被周末抱著，就算經歷了一整天的腥風血雨，渾身浴血，都能被瞬間治癒。

周末的笑容暖暖的，擁抱暖暖的，整個人的氣質都暖暖的。

多麼完美的一個人啊，在杜敬之的眼裡，周末簡直毫無缺點。或許是因為「喜歡」，所以才會情人眼裡出西施吧。

「晚安了，圓規哥。」杜敬之說了一句。

「嗯，晚安爺爺。」周末回答。

「操，你在這等著我呢？」

「沒有，我等著孝順您老人家呢。」

他「咯咯」地笑了半天，這才連續說了幾次：「睡覺睡覺，明天爺爺還得好好用功呢。」

周末的擁抱又緊了緊。

最近又到了尷尬的時期，天氣開始轉冷，卻還沒到開暖氣的日子。

三中是一所很老的學校，基本是靠暖氣過冬，暖氣統一安裝在靠窗的那面牆，此時冰冷得如同一座冰山，還在散發著森森冷氣。

學生們很無奈，於是只能將寒冷視為提神的利器。

杜敬之這幾天沒再臭美，而是老老實實地穿起了秋褲，然後套上校服褲子去上學。臨出門前，周末從抽屜裡取出來了兩片暖暖包，蹲在了杜敬之身前，幫他貼在了腳上。

「又不是寒冬臘月。」他忍不住感嘆。

「貼上點暖和，我看你還在穿運動鞋。」周末不管，繼續幫他貼。

「行，我先回家了，不然沒鞋穿。」

「我在社區門口等你。」

兩個人一前一後去了車站，依舊是不遠不近地站在一起等車。

原本一切如常，卻出現了意外。

一個人從遠處滑滑板到了這個車站，剛到就左右看了看，然後走到了杜敬之身邊，手裡拿著滑板站定。

杜敬之看著岑威，一臉的疑惑，卻沒開口。

岑威到了杜敬之身邊，累得直喘，甩了甩手臂嘟囔了一句：「你家這可真遠。」

「關你什麼事？」

「感嘆一句。」

「找我有事？」

「好奇……」岑威說著，笑了起來，依舊是那副雅痞的模樣，指著頭髮問杜敬之，「你的頭髮顏色，真的是天生的？」

杜敬之的表情突然變為對傻子的關愛：「你該不會是個傻子吧？」

岑威「嘖」了一聲，嘟囔：「性格真夠差的。」

杜敬之一臉厭煩地白了岑威一眼，不準備再搭理了，從包裡取出隨身聽來，戴上耳機準備聽歌。

岑威將雙手插進口袋裡，腋下夾著滑板，扭頭去看杜敬之，先是看了看他的頭髮，然後又探身去仔細看他的臉。

他沒好氣地白了岑威一眼。

「在聽什麼歌？」岑威居然直接將他的耳機拿走了一個，戴在了自己的耳朵上，跟著聽起歌來。

他直接搶了回來，態度十分不爽地罵了一句：「你找碴是吧？想打架？」

岑威對著他歪嘴角，痞味十足，歎了一口氣，抬頭望天：「真不好搞。」

他看著岑威，想要罵人，卻用眼睛餘光看到了周末，周末也在看著他們倆。他遲疑了一下，沒理，只是走了幾步，躲開了岑威。

岑威的感覺十分敏銳，直接回頭看向周末，毫不遮掩地上下打量，並沒有多在意，只是繼續看向杜敬之了。

車來之後，岑威再次跟著杜敬之上了車。

周末蹙著眉看著，到了車上，穿過擁擠的人群，就看到杜敬之又跟岑威肩並肩站在了一起。他伸出手，想要推開岑威卻猶豫了一瞬，最後將杜敬之推到了一邊，自己則是站在了兩個人中間。

岑威詫異地看著周末，再看杜敬之被推開，居然一點脾氣都沒有，並沒有說什麼。站在原位，看著車窗外，思考了一會，突然揚起嘴角笑了，嘟囔了一句：「原來是這麼回事啊……」

說著，看向周末，目光坦然。

周末被審視得不悅，回看向岑威。

杜敬之戴著耳機聽歌，並沒有在意他們兩個人，還在用手機給劉天樂傳訊息：你問問你媳婦，她們學校那個岑威，是不是個神經病。

臭臭：又怎麼了我的哥哥，我們倆現在就在一塊呢。

敬而遠之：那傢伙跑我家門口來了，現在跟我一塊坐車上學呢。

等了一會，劉天樂才回覆消息：我媳婦跟他不熟，幾乎沒有過來往，不過她答應我，去跟其他班的女生那打聽打聽。

敬而遠之：行，替我謝謝她。

下了車，岑威沒再騷擾杜敬之，而是滑著滑板離開了。

杜敬之看著岑威離開，心裡猜測，這人多半愛找碴，想要來挑事打架。誰比較帥很重要？競爭心要不要這麼強？

到了學校，第二節課上著課，劉天樂就把手機給了杜敬之。

杜敬之看到手機螢幕，就是跟柯可的聊天介面，估計是讓他看聊天記錄，這才看了一眼。

瓔珞流蘇：寶寶！剛才嚇死我了。

臭臭：怎麼了，寶貝？

杜敬之才看這麼兩句，就直乾嘔了。

瓔珞流蘇：我剛才去高二三班門口，找朋友打聽岑威的事，結果岑威自己就出來了，走到我旁邊問我，想瞭解他什麼。

臭臭：我去，他不會誤會你看上他了吧？

瓔珞流蘇：不知道啊，我嚇跑了，什麼也沒問到。

一下課，杜敬之就召集了自己的手下……也就是劉天樂跟黃雲帆兩個人，一起開了一個小會。

「我總覺得那個七中的，是來找碴想要約架的。最近這陣子你們都注意一點，告訴五班跟八班的那幾個，別被單獨堵了。」杜敬之十分正式地說了這樣的話。

劉天樂坐在前排，轉著身子掏了掏耳朵，忍不住說起來：「杜哥，不對勁啊，我怎麼覺得這個叫岑威的架勢，跟要泡妞似的呢？」

「滾蛋！泡妞？泡我啊？」

「這都追到家門口去了，如果是想約架，也太有誠意了點吧？」

「我怎麼知道神經病是怎麼想的，我要是知道了，我不也是神經病了？」

「行吧，我注意著，然後讓我家柯可繼續幫著問。」

黃雲帆似乎也沒當回事，湊過去問劉天樂：「你問問你媳婦，有沒有漂亮的妹子，給我介紹一個。」

「有是有，估計現在都是杜哥粉絲。」

「可以啊，我可以近水樓臺先得月。」

杜敬之對他們之後的聊天內容不感興趣，也就不搭理了，一抬眼就看到周蘭玥正回頭瞅他呢，他立即抬起手，擺了一把停止的姿勢：「行，閉嘴，我知道妳要說什麼。」

周蘭玥根本沒閉嘴，只是湊過來說了一句：「杜哥，我怎麼總覺得，你有點故意迴避這方面的事情？」

「沒有。」

「我感覺你什麼都知道，什麼都懂，就是故意裝傻。估計你也覺得對方喜歡你了，你自己不承認而已。」

杜敬之也不傻，誰對他什麼樣，他都感覺得出來。

尤其是因為家庭，他從小就敏感，誰對他不喜，他就避得遠遠的；誰如果對他表示好感，他也能察覺，然後回饋回去。

但是，他不肯承認周末喜歡他。

因為自卑吧……總覺得自己這樣的人，根本配不上周末。還有就是，不想耽誤了周末，成為一個異類。

周末就該過正常的生活，找一個女朋友，組成一個和睦的家庭，幸福美滿地過下半輩子，而不是跟著他一塊斷子絕孫。

還有就是，周家人都對他跟杜媽媽十分友好，他怎麼可能拐走他們的寶貝兒子？

有的事情，說起來容易，但是真的下定決心，做出來卻很難。

就好像，杜敬之不肯踏出那一步，也不捨得避開周末。

至於岑威，杜敬之則是沒多大感覺，他否認那種猜測，是因為他覺得，這麼小的一個圈子裡，不該有那麼多異類。

沒錯，在他看來，自己就是個喜歡男生的，異類。

021

體育課，因為被校籃球隊的人佔據了體育館，他們只能在戶外運動場上課。

這所學校建校時間很長，位置很好，只是地段寸土寸金，導致學校的操場十分擁擠，課間操都會有幾個班級站在跑道上。後操場的運動場，只有一塊籃球場的大小，哦，對了，還有兩個乒乓球桌。

杜敬之才打了一會籃球，就突然沒了興趣，走到場邊那兩排寒酸的座椅附近，用袖子隨意擦了一把汗。

周蘭玥這個常年裝病的女生則是一直坐在籃球場邊休息，在他過來之後，還有心情跟他挑眉調戲一下。

他思考了一下，還是朝周蘭玥走了過去，坐在了她身邊。

「怎麼了？杜大校草？」周蘭玥主動問好。

「我什麼時候成校草的？」

「我也不知道，就是最近慢慢傳出來的。」周蘭玥因為覺得冷，還沒穿外套，就把手臂都縮到了校服衣服裡抱著，空留兩個空蕩蕩的袖子甩來甩去，腳踩在坐席前排的靠背上，整個人縮成一團。

偏偏冷成這樣，也要坐著。

杜敬之覺得，是在七中貼吧事件之後，才漸漸開始有人叫他校草的。說起來也有意思，他突然有了一種使命感，沒被這麼稱呼之前，還挺隨意的，每天混日子。可是一被這麼稱呼之後，還要刻意保持形象了。

這可能就是傳說中的偶像包袱？

他清咳了一聲，有點尷尬，緊接著就有點小羞澀地笑了。

「杜大校草，如果不是我知道你是gay，現在你在我身邊露出這副模樣，我多半會覺得你在勾引我。」

「啊……有嗎？」

「有，你這樣的，在我身邊隨便笑一笑，都像故意勾人似的。黃雲帆那樣的，故意耍帥半個小時，我都覺得他是在搞笑，沒辦法，我就是這麼顏控。」

「感覺好不公平啊。」

「本來就不公平，哪有那麼多公平的事？」

周蘭玥這個人，性格不算很好相處，而且行為總是怪怪的，在班級裡的人緣很一般。平時做的事，說的話，也會顯得特別的三觀不正，各種歪理邪說。

可是有的時候想想吧，好像還真就是那麼回事。

杜敬之最開始沒太在意這個女生，是在跟她成為前後桌之後才熟悉起來的。

到現在，他甚至覺得，自己除了劉天樂跟黃雲帆那一群人之外，跟她應該算是關係最好的了。唯一一個，關係不錯的女性朋友。

「那個，問妳個事。」他吞吞吐吐地開口。

「你說。」

「我有個朋友……」

「噗——」周蘭玥幾乎是立即就笑了出來，後面也因為憋笑，整張臉都鼓鼓的。

他白了周蘭玥一眼，沒好氣地說：「文明點，把屁忍住。」

「行，忍著，你的朋友，是劉天樂還是黃雲帆？」

他又笑了起來，只是一種化解尷尬的微笑：「其他的朋友。」

「行，你繼續說，就當我信了。」她終於強忍住了笑，裝出嚴肅的樣子來。

「我那個朋友，有個鄰居，兩人一塊長大的，鄰居對他特別好，好到讓他覺得，世界上不會再有其他人有這個鄰居對他好了。」他真的說了起來。

「原來是這樣！果然不只是同學這麼簡單！」周蘭玥早就猜到杜敬之是在用「我有一個朋友」模式在試著跟她溝通感情問題了。

「嗯，是鄰居。」

「然後你的朋友無法自拔地深深愛上鄰居了？」

「有那麼點吧。」

「哦——」她拉長音地回答，緊接著笑了起來，激動得坐直了身子，看著他問，「然後呢，你的朋友怎麼了？」

「就是有一種……罪惡感。」杜敬之的雙手握在一起，來回揉搓，心中更是糾結成一團。

他自己也不明白，為什麼要來跟周蘭玥說這個，只是鬼使神差地走過來了。可能是心中壓抑得太久了，他終於找到了一個可以傾訴的人，讓他終於肯卸下鎧甲，說出自己的內心來。

「我懂，我一直都知道，現實裡，如果真的有人有這種特殊的情感，一定會十分無助。」

「時間越久，就越難受，想要快刀斬亂麻吧，還捨不得，想直接表白吧，又怕帶壞了鄰居，因為鄰居太優秀了，不能讓他有污點。一直維持著……還會一直糾結著現在的情緒。」

周蘭玥聽了，反而笑了：「誰跟你說表白會帶壞了鄰居？說不定那個鄰居也不是什麼好東西呢？你的那個朋友跟鄰居維持現狀，恐怕會和平解決。兩個人在一起了，一起面對一切，感情還會更加堅定。但是如果，你的朋友突然跟誰在一起了，那個鄰居反而會受影響，說不定會產生很大波動。」

「我朋友不確定他的鄰居喜不喜歡他，因為那個鄰居對誰都很好，就像一個中央空調一樣。」

「你的朋友對中央空調是不是有什麼誤解？」

「什麼？」

「中央空調是到處送溫暖，但是不能解決實際問題，只玩虛的，不幹實事。但是你朋友的鄰居，是真的對他很好啊。或許吧，這個鄰居對別人也很好，但是讓你朋友好好想想看，這個鄰居對你朋友的好，跟對其他人的好，是一樣的嗎？」

杜敬之低著頭，沉默著不說話。

周蘭玥也不打擾他，繼續跟個怪物似的坐在他旁邊。他如果說話，她就是一個聽眾，他陷入沉思，她也不打擾他。

因為是腐女，所以瞭解杜敬之的糾結，她雖然資深宅，卻不會安慰人，也沒有能力改變世人對他們這些人的看法。

能幫著勸說，就幫一下，她只能做這些。

「如果真的做了，會不會後悔？」他問。

「至少無憾了，但是不做，不知道你會不會在後半生更後悔？」

「恐怕不會得到祝福，還會被詆毀。」

「心理學顯示，越是被阻撓的感情，愛得越堅定，可以參考羅密歐與茱麗葉。而且，沒有別人祝福無所謂，其實你長大之後就會發現，沒幾個人希望你過得好，包括你的好友跟你的親戚，他們不會期待你過得好，巴不得你過得不如他們，所以別人怎麼看，不重要。」

「那父母呢？」

「父母啊……真心愛你們的父母，會希望你們幸福。」

杜敬之點了點頭，隨後歎了一聲氣，扭頭看向周蘭玥：「已經不用朋友模式聊天了嗎？」

「哦！不！我不是故意的，就是聊著聊著，就出戲了……你懂的。」

「嗯，我懂。」然後在自己的脖子處比量了一下，「如果妳說出去，我就滅口。」

「明白！」

在兩個人說話的時候，從體育館裡出來了一批人，應該是校籃球隊的人。杜敬之下意識地看過去，緊接著就是一愣，因為周末也在這些人其中。

周末從體育館裡走出來，從口袋裡取出手機翻看，怕錯過杜敬之發來的訊息，看到螢幕上什麼都沒有後，剛把手機放回口袋裡，就看到了杜敬之坐在觀眾席。

在這裡上體育課的班級只有七班，觀眾席還只有他們孤零零的兩個人，所以十分顯眼。身邊……坐著一個女生，雖然姿勢有點怪，但是能看出來，是個小美女。

周蘭玥也看到了周末，然後湊到了杜敬之身邊，小聲嘟囔了一句：「我覺得我被鄰居的視線掃射了。」

「別在意，他是一個很溫和的人。」

「呵呵，聽說過笑面虎嗎？」

「他還是隱藏的大boss呢！」

「這個鄰居，真有點那種笑裡藏刀的感覺，弄得我心裡怕怕的，鄰居還是校籃球隊的？」

「高一的時候因為身高被強行拉進去的，不過很少參加正式的活動，突然看到他，我也挺意外的。」

周蘭玥看著周末他們一行人走遠，突然忍不住搖了搖頭：「你啊……註定是個0了。」

「啥玩意？」

她舉起了兩隻手，一隻手握拳，露出一個空心，一隻手豎起一根手指，然後……把手指插進了空心裡，插進去、拔出來、插進去、拔出來。

杜敬之看了一會就懂了：「操……」

過了沒一會，下課鈴就響了。

作為幫杜敬之做心理輔導的福利，杜敬之答應請周蘭玥喝飲料，兩個人一塊往校內超市走。叫劉天樂跟黃雲帆的時候，這兩個傢伙笑得特別猥瑣，說了一句「不打擾你們了」就跑了。

杜敬之無奈，就跟周蘭玥單獨去了超市。

在周蘭玥去拿水的時候，杜敬之去了超市最裡面，準備買一枝黑色的水性筆。剛走進去就看到了熟悉的身影，周末也回頭看到了他。

他遲疑了一下，還是沒打招呼，而是繼續選筆。

正彎著腰拿筆，就感覺到周末走到了他身後，然後沒骨頭似的壓在了他身上，下巴搭在他頭頂，歎了一口氣，吹得他頭髮亂飛。

「你幹屁啊？」他忍不住回手拍了一下周末的胳膊。

周末躲都沒躲，被打了一下也不在意，只是有氣無力地說了一句：「累了。」

「我也剛上完體育課，也很累，滾蛋，別壓著我。」

「我心也累。」

「心怎麼累了？你打籃球的時候，還把小心臟掏出來，在籃球場跑了一圈？」

「你最近怎麼……」周末嘟囔來一句，才又歎了一口氣，一臉委屈的表情，語氣裡也有著遮掩不住的愁楚。思量了一下，還是讓開不再壓著杜敬之了，因為更多的學生已經進入了超市。

杜敬之看了看門口，然後拿了一根筆，問：「我最近怎麼了？」

「你最近好像很受歡迎？」

「因為我突然就成了校草了，神奇不神奇？」

「嗯，聽說了。」周末點了點頭，然後又頹然地歎了一口氣，走到了杜敬之的身邊，探身在他頸窩的地方嗅了嗅，確定味道還是杜敬之自己的，沒有其他人的香味，這才放心，走到門口貨架，拿了一瓶冰紅茶，就直接結帳離開了。

周末剛走，周蘭玥就蹦蹦跳跳地到了杜敬之身邊，一臉興奮的表情，一字一頓地說：「我！都！看！到！了！」

杜敬之從她手裡拿來飲料，走到收銀台準備結帳，同時回答：「又沒什麼特別的。」

「他這是吃醋了。」

「吃個鬼啊？」

「看到你單獨跟我在一起，吃醋了唄，你們這樣的就是心累，男生的醋要吃，女生的也要吃。」周蘭玥因為說話小聲，不得不一直緊跟著杜敬之，剛到門口，就看到周末在門外回過頭來，又看了她一眼，嚇得腳步一頓。

「可能是學習外加打籃球，累了吧，聽說最近校隊有比賽，他應該是被迫要上場了。」杜敬之沒注意到門外，而是在掏錢結帳。

「你知道嗎，人還是原始的，很多行為是出於本能。」周蘭玥目送周末離開，才繼續說了起來。

「比如呢？」

「比如我們撓了一個地方之後，會聞一聞味道，這是一種自我放鬆的表現，還有就是聞自己的臭襪子，還有髒衣服。」

「所以呢？」這都是什麼亂七八糟的？

「他剛才下意識地湊過去聞你身上的味道，應該是將你視為了他的所有物，透過聞，在你的身上找到一絲屬於他的歸屬感。」

杜敬之已經結完了帳，把手裡那瓶水晶葡萄遞給了周蘭玥，然後自己拎著一瓶可樂往外走。原本還想說點什麼，注意到進來的人越來越多，也就放棄了，只是跟著周蘭玥結伴往學校的後門走。

不知道是不是他的心理作用，他總覺得，最近關注他的人越來越多了，這樣跟周蘭玥結伴回去，居然引來了不少圍觀的目光。

其實杜敬之最近之所以突然受關注，「校草」這個稱呼是有一方面原因的，畢竟噱頭大，容易引來不少人過來圍觀，看看校草是什麼樣。看了之後發現，還真挺帥的。

就算是重點高中，也需要看看帥哥解壓。

還有就是，杜敬之在多媒體樓畫的壁畫讓他一下子出了名，不少人覺得杜敬之是人不可貌相，沒想到這樣的男生，居然畫畫那麼漂亮。

因為得到了關注，對他有點喜歡的女生也多了起來，有才華長得帥的男生，會關注他也不奇怪。

晚上回到家，杜敬之吃完飯，就坐在畫架前練習畫畫。因為畫室老師宣佈了新的作業主題，他突然來了點靈感，打算在今天晚上畫出主體來，明天再加工細節。

作業的主題是「自由」，畫面內容自由發揮。

他的畫總是天馬行空，大氣恢弘，又有細節，外加有那麼點治癒的效果，這可能是周末感染的。

畫面中的主體，是一個坐著輪椅的男人，在一頭鯨魚的背上，周圍的則是天空中的雲朵。

自由，讓杜敬之第一個想到的，就是飛翔。然後想到的，就是渴望自由。於是他畫了這樣的作品，殘疾的男人，在天空中乘著鯨魚飛翔，鯨魚沒有翅膀，卻遨遊在空中。

畫裡用色十分大膽，整體構架很大，鯨魚看起來十分霸氣，坐輪椅的男人又畫得十分細緻。畫了能有幾個小時，他終於覺得腰酸背痛，把畫架挪到了一邊，下樓去洗漱了。

下樓的時候，還能聽到杜衛家跟杜奶奶說話的聲音。

兩個人似乎在翻箱倒櫃，時不時有杜衛家的罵聲：「這個老娘們，真一點錢都沒留了。」

「她最近老這麼出去瘋跑，真不像話，哪有女人這麼拋頭露面的，掙得多有什麼用，我怎麼一點錢都沒看到？」

「她想離婚呢！估計在轉移財產。」

「不離，憑什麼離婚，耗也耗死她，女人都拖不起！你是男人，沒事，你有模樣，想找什麼樣的找不著？」

「反正就算離婚了，我也不能讓她占到便宜。」

杜敬之的心裡一陣難受，最後還是選擇沉默，去洗手間裡洗漱，因為刷牙的時候走神，還刷出了血來，他趕緊漱口，發現牙齦一陣疼痛。

對著鏡子照了半天，總覺得牙齦有點腫了，吸了一口涼氣，沒太在意，直接回了樓上，反鎖房間門，關上燈準備睡覺。

打開手機，就看到劉天樂給他留言了：我去，那個岑威真賤，居然還主動邀請我女朋友吃午飯。我女朋友拒絕了，他就問我女朋友，是不是你的朋友。

他立即回覆：然後呢？

臭臭：這麼晚？我都快睡覺了。

敬而遠之：之前在畫畫。

臭臭：那個岑威跟我女朋友要你的帳號，我女朋友沒給，然後那傢伙又要手機，我女朋友還是不給，結果那傢伙說，之後自己找你要。

敬而遠之：……

臭臭：我怎麼覺得有點怪呢……這裡面是不是有什麼陰謀？

敬而遠之：我怎麼知道？

臭臭：該不會是個同性戀吧？真他媽噁心，杜哥你別搭理這變態。

杜敬之的心裡咯噔一下，看著手機螢幕，好半天沒說出來一句話，苦澀從心底產生。

果然啊，就算是自己的哥們，都不一定能接受這類人群，更何況別人呢。

匆匆跟劉天樂說了晚安，就把手機放在了枕頭下面，陷入了一種失眠的狀態。不知在床上輾轉反側了多久，突然聽到了敲門聲，是從露臺方向傳來的。

他有點詫異，取出手機看了一眼時間，已經淩晨一點半多了。這個時間，周末早該睡覺了吧？正納悶著，窗戶已經被推開了，接著就看到一個巨大的人影拱開窗簾，直接進入了房間。

「周末！你走城門呢？三更半夜的，想嚇死人？」杜敬之直接被嚇得失聲大叫。

周末爬下了書桌，手裡居然還拿著塊手帕，用手帕給他擦桌面跟窗臺，這都提前準備好了！這是摸索出經驗來了？

「我做噩夢了。」周末說得特別委屈，擦完之後，還關了窗戶，直接走到了床邊，掀開被子就往他被窩裡鑽。

周末帶進來一陣冷空氣，弄得他一哆嗦，想踹周末一腳，卻被周末抱住了，影響了發揮。

他歎了一口氣，強忍住怒氣問：「你做什麼噩夢了，非得來我這？」

「我夢到你爬圍欄，要來我這邊，結果一個不小心就跌下去，摔死了。」周末說的時候，特別難過，好像還沉浸在夢裡。

「你能不能盼點我的好？」

「我也不想，但是夢是我控制不了的。我體驗了一把失去小鏡子的感覺，真的是要難受死了，感覺，只要晚一分鐘見到你，我都會難過到窒息。」

「放心吧，老子還沒死呢。」他說的時候，試圖推開周末的手，可是周末抱得特別緊，這擁抱都沒有討價還價的餘地。

周末用鼻尖在他的側臉蹭了蹭，這才說了起來：「所以小鏡子就算為了讓我不會難過到窒息，以後都不要離開我，不然我會死掉的。」

「你……這算是在撒嬌嗎？」他一臉不可思議的表情，覺得一切都很荒唐。

周末停頓了一會，才「哼哼」了兩聲。

杜敬之無語望天花板，這個將近一百九十公分高的大個子，抱著他撒嬌，是不是有點……犯規啊？

「好吧，你贏了。」杜敬之妥協了。

「所以不會離開我了？」

「不，我只是對你這個人服氣了。」

周末終於笑了起來，笑聲幾乎貼在杜敬之的耳邊，弄得杜敬之又是一陣燥熱難耐。
杜敬之翻了一個身，背對著周末，周末跟進了這個擁抱，這個姿勢抱得更舒服一些。
「是不是抱得有點緊了？我都感覺到你襠部的傢伙了。」杜敬之試著掙扎了一下，總被這樣抱著，怪彆扭的，他還容易起反應。
「不緊，怪你的床小。」
「我還當你肚臍眼往下都是腿呢。」
「怎麼可能，該有的一樣不少。」
「你厲害，早上的時候，豎起來了別戳到我。」
「好，我會注意的，它跟我一樣特別有禮貌，會得到允許了再戳。」
「滾蛋，再跟我不正經，我直接給你打到床底下去。」
「好好好，晚安，小鏡子。」
「晚安，圓規哥。」
原本失眠的夜，突然睡得特別安穩。
冬，似乎沒有那麼冷了。

022

第二天一早，杜敬之剛睜開眼睛，就發現身邊已經沒有人了。他翻了個身，就看到周末穿的是那身靛藍色條紋的睡衣，正站在他的畫架前，看著他昨天晚上畫的畫。

「你……回你家裡洗漱吧，這幾天杜衛家在家，我怕你看到他鬧心，再忍不住動手打他。」杜敬之迷迷糊糊地說，人還沒有完全清醒。

「嗯。」周末沒多糾結，直接往桌面上放了兩片暖暖包，「你出門之前把這個貼上。」

「知道了。」

周末點了點頭，打開門出去了。

杜敬之十分確定，周末昨天晚上來的時候，只帶了手帕，沒帶暖暖包。這兩個暖暖包，估計是特意回家裡取的，然後又悄無聲息地回來了。

他沒計較這些細節，只是洗漱完畢，正常出門去上學。到了小攤子前，買了兩份不同口味的煎餅果子，等到周末走出社區的時候，丟給了周末一份。

「謝了。」周末笑著拿起煎餅果子，直接吃了起來。

「暖暖包也謝了。」他回答。

兩個人一前一後地到了車站，這一回沒有看到岑威，一如以往，平靜地去上課。

結果杜敬之剛進教室，就看自己位置的地方可以說是一團亂，周蘭玥坐在座位上哭。

他在座位前站了一會，臉色一沉。

劉天樂跟黃雲帆都還沒來，只有周蘭玥到了。她的書桌似乎被人襲擊過，書跟本子、筆飛得到處都是，書包也被丟在了地面上，上面還有腳印，應該是被人踩過。頭髮的髮圈也只是掛在頭上，估計是被人拽過頭髮。

周蘭玥人緣確實不怎麼樣，這麼慘了，都沒人理她，任由她自生自滅。

「誰能給我解釋一下，我這裡是怎麼回事？」杜敬之指的是自己的位置，扣在桌面上的椅子已經掉在了地面上，書桌上也有被撕碎本子的殘骸。

沒人說話。

杜敬之跟班級裡其他人的關係也都是一般，畢竟不是同一路人。有些好學生是看不上杜敬之這樣的人的，還有些則是老實些，不想招惹他。

不過，就算杜敬之平時跟他們接觸少，他們也不敢招惹杜敬之，畢竟三中扛霸子這個稱呼可不是虛名。

正僵持著，劉天樂從門外走了進來，剛看到這場面，就把肩膀上的書包往講桌上一甩，走了過來問：「我去，怎麼回事？」

「我還想問呢！」杜敬之氣不順地說了一句。

劉天樂左右看了看，看班級裡其他的學生，一個個嚇得跟隻小雞崽子似的，整齊劃一的不出聲。

他遲疑了一下，還是走了過去，先是把杜敬之跟黃雲帆的椅子擺好了。

然後，把周圍散落一片的東西一一收乾淨了。

杜敬之把書包丟在了椅子上，回頭掃視了一圈，最後把平時一向來得最早的一個男生直接拎出了教室，往牆邊一推，直接開口：「我脾氣不太好，你直接說重點。」

「其實……我也不知道怎麼回事，今天早上，周蘭玥進了教室，就跟高海濤吵起來了，然後周蘭玥用書丟到了高海濤臉上。高海濤一下子就急了，到了周蘭玥的位置，把她的東西到處亂丟，還拽她的辮子，罵了好些難聽的話。」

「行，我知道了，謝了。」杜敬之說完，就走進了教室，直奔高海濤的位置，到了他身邊，一隻手拽椅背，一抬腳去踢椅子腿，高海濤的椅子直接翻了，連帶著高海濤也跟著摔倒在地。

高海濤摔了個狗吃屎，卻不太敢跟杜敬之發脾氣，於是只是質問了一句：「你幹什麼啊你?!」

「跟女人發威的男人，我最瞧不起，別讓我知道究竟是怎麼回事，如果是你的錯，我就弄死你。」

高海濤看著杜敬之，嘴巴張張合合半天，才說了一句：「是那個女的變態！」

杜敬之瞥了高海濤一眼，沒理，直接回了自己的位置。

回去的時候，劉天樂已經幫周蘭玥收拾得差不多了，坐在自己的位置，小聲問周蘭玥是怎麼回事，周蘭玥也不說話，就是哭。

杜敬之站在旁邊看了一會，歎了一口氣，讓劉天樂起來，自己站在了周蘭玥身邊，把她的辮子鬆開了，用手隨便捋了捋，然後又幫她紮好了，還在說著：「頭可斷，血可流，髮型不能亂。」

她還在悶頭哭，哭著哭著，沒忍住笑了一聲。

杜敬之幫她紮好頭髮，才拍了拍她肩膀：「冷靜好了，跟我說說是怎麼回事，哥給妳做主。」

上課的時候，周蘭玥終於好了些，擦了擦眼淚，然後擤鼻子，冷靜下來了，就取出手機來，悶頭給杜敬之發信息。

天真吳邪：杜哥，謝謝你。

敬而遠之：你們倆怎麼回事？

天真吳邪：這個人真噁心，沒碰到這麼過這麼噁心的人！

敬而遠之：說正事。

天真吳邪：我不知道他是怎麼查到我部落格的，我部落格上寫了不少原創的吳邪跟張起靈的同人，還發了不少耽美圖什麼的。結果他看完了，就跟我說我是變態，就是沒被男人操過，才會覺得兩個男人在一起好，還說如果想，他可以幫我。

敬而遠之：操，猥瑣男吧？

周蘭玥趁老師沒注意，把自己的手機遞給了杜敬之，裡面有她跟高海濤的聊天內容。

聊天記錄有好幾頁，最開始周蘭玥還挺理智，後面就是兩個人的對罵了，裡面高海濤說的話特別噁心，還有什麼「可以幹得她嗷嗷叫」、「揉妳胸妳更舒服」這些猥瑣的話。

甚至威脅周蘭玥，跟他睡一次，他就饒了她，不然就公開她是一個變態的事情，讓她在三中混不下去。

這些侮辱性的語言，她不生氣就怪了，估計是第二天來了，就來罵高海濤了。結果高海濤還是那種會欺負女生的主，仗著周蘭玥打不過她，狠狠欺負了周蘭玥一把。

杜敬之把手機遞還給周蘭玥，然後給劉天樂發了一條消息：我要收拾高海濤。

臭臭：小事，交給我就行。
敬而遠之：黃胖子不知道這些事吧？
臭臭：這傢伙天天遲到，估計來的時候，還當周蘭玥在睡覺呢。
敬而遠之：他身上記著過呢，別讓他摻和。
臭臭：明白。
課間操下課的那節課，杜敬之順手從書桌上拿了自己那瓶可樂，跟劉天樂使了一個眼色，劉天樂就跟黃胖子說：「我跟杜哥留在教室裡，你自己去吧。」
「留下值日？」
「嗯，你胖，得運動。」
「靠！」黃雲帆罵了兩句，也沒多猶豫，跟著班級裡其他人，一塊去了操場。
杜敬之則是在走廊裡找到了高海濤，走過去攬著高海濤的脖子，把他往廁所裡拽了進去。進去的時候，廁所裡還有其他人，杜敬之也不著急，只是等待他們出去。
「你……你要幹什麼啊你，我要去做操呢。」高海濤有點怕了，有些底氣不足地說。
「著什麼急。」杜敬之還在笑，一臉「和善」的微笑。
等人走得差不多了，劉天樂也過來了，手裡還拿著拖把，然後把拖把往水池裡一放，放著水任由拖把自生自滅，跟著杜敬之一塊，推著高海濤進了一間坐式的廁所隔間。
杜敬之把手裡的可樂瓶擰開，把可樂倒了出去，然後把可樂瓶丟給了高海濤，猙獰地說了一句：「聽說你性功能挺好啊，你也挺引以為傲的，你把這個可樂瓶射滿了，我就既往不咎。如果不射滿，接下來這兩年，我只要有空，就打你一次，打到畢業為止。」

高海濤看著可樂瓶，直接嚷嚷了起來：「怎麼可能！開什麼玩笑。」

劉天樂一腳把高海濤踢到坐在了馬桶上：「你怎麼跟杜哥說話呢？」

杜敬之則是把飲料瓶放進了高海濤的懷裡，再次開口：「你可能不太瞭解我，我不是幽默的人，所以，從來不開玩笑。」

高海濤捧著可樂瓶，抬頭看著站在他面前的兩個人，遲疑了一下，還是豁出去了，把可樂瓶直接朝杜敬之砸了過去。

杜敬之一直等著他呢，待高海濤有了動作，他立即掄起拳頭，朝高海濤砸了過去。

劉天樂也不是來看熱鬧的，探頭往外看了一眼，注意到沒人，拎著高海濤的衣領，就把他拽了出去，一腳踢倒在地面上。

杜敬之則是從水池裡拽出拖把來，蓋在了高海濤的臉上：「我看你這個人的腦袋裡挺髒啊，是該清理一下了。」

高海濤還試圖爬起來，結果還是被兩個人按在地面上打，根本沒有還手的餘地。注意到有其他值日生來了，他們倆才停手。

劉天樂接過拖把，拎著走了出去。

杜敬之則是去把水龍頭關上，笑迷迷地跟著走了出去。

等到學生們都回來了，高海濤也沒回教室。

就在黃雲帆照著小鏡子，感嘆自己美貌的時候，高主任就到了班級門口，把杜敬之跟劉天樂以及周蘭玥叫了出去。

黃雲帆一下子就愣了，不明白發生了什麼事。

往教室外走的時候，周蘭玥還在小聲問杜敬之：「怎麼回事？」

「我把那傢伙揍了一頓。」

「不是吧你，在學校裡啊，要打也出去打啊！」

「喲呵，還挺有計謀，以後哥收妳當軍師。」

「屁軍師啊，有腦袋就想得到。」周蘭玥反駁了兩句之後，就又小聲說了一句，「謝謝你杜哥，其實你不必這樣的。」

「我就是看不順眼，替天行道，哥藝名叫留香。」

「要不是知道你是gay，我都要深深地愛上你了。」說著還跟杜敬之飛眼，一看就是在開玩笑。

「別啊，拒絕你的時候，我還得想臺詞。」

「不過我決定，讓你成為我的gay蜜！」

「啥玩意？你們這些專業名詞太神奇，都搞不懂。」

高主任看到他們出來，立即破口大罵：「你們幾個就不能給我省點心？啊?!今天有上級來參觀，知不知道？結果看看你們幹的好事！這節骨眼打了一架！」

杜敬之跟周蘭玥趕緊閉了嘴，不再聊天了，只是悶頭跟著高主任走。

「還有你，杜敬之，畫完壁畫我還準備記你功呢，結果你扭頭就給我闖禍！」

杜敬之立即笑迷迷地說：「那就將功補過吧。」

「想得美，一筆是一筆，別以為我不收拾你！」

說著，帶著他們來了一樓學生會辦公室，給他們幾個帶了進去，說道：「你們在這裡給我罰站思過！等我接待完領導，再來收拾你們。」

杜敬之一進去就樂了，因為高海濤也在裡面呢，衣服都沒換，只是洗了把臉，看起來狼狽至極。

高海濤看到他們被帶來了挺解氣，不過注意到高主任要走，立即慌了，趕緊說：「高主任，我是被欺負的。」

「別以為我不知道你們的小心思，我都是過來人，一個巴掌拍不響，他們為什麼不欺負別人，就欺負你？」高主任罵完，就提了提褲子，跨步走出了辦公室。

四個人進去之後，就很尷尬了。

杜敬之跟劉天樂對視一眼，都樂了。

學生會辦公室，其實是給學生會成員以及老師開會的地方。裡面空空蕩蕩的，只是有一個橢圓形的大桌子，放著一圈椅子，中間放了幾盆花，角落處有一排大書架，放著書跟檔案袋，就沒有其他的東西了。

杜敬之進去之後，扯了一個椅子，對周蘭玥示意：「女士優先。」

周蘭玥往外偷看了一眼，跟著就坐下了。

劉天樂跟杜敬之則是跟著坐下，看著坐在對面的高海濤，面帶微笑，模樣和平得很。

高海濤十分氣不順，但是剛剛被揍了一頓，老實多了，只是坐在一邊低頭不出聲。

杜敬之從口袋裡拿出手機來，立即看到黃雲帆發來的消息：杜哥，怎麼回事啊？

他打著字，將大致情況跟黃雲帆說了，黃雲帆立即火了：靠！有事不跟我說！
敬而遠之：你背著過呢，不想讓你摻和。
葬愛．殤：你們怎麼辦，會不會被記過？
敬而遠之：不知道啊，還沒處理我們呢，高主任接待上級呢。
葬愛．殤：真看不出來，那個高海濤真不是個東西，真他媽噁心！
敬而遠之：對，他也不是個好東西，所以我們不一定站不住。
劉天樂坐了一會，覺得沒意思，突然說了起來：「好無聊啊，高海濤，給我們表演個節目吧。」
高海濤氣得發抖，也只是低著頭不說話。
劉天樂沒放過他，跟杜敬之說：「杜哥點個歌，讓他唱。」
「海濤哥可是能欺負女生的英雄啊，現在怎麼沒聲了呢，來唱一首《不做大哥好多年》吧？」
高海濤還是不出聲，還扭了個頭，不搭理他們。
劉天樂站起身來，到門口往外看：「要不再打一頓吧，反正都是要被高主任罰的，打那麼幾下不解氣啊也。」
「周蘭玥，妳看門去。」杜敬之對門口勾了勾大拇指。
周蘭玥立即笑了：「好啊。」然後屁顛屁顛地跑到了門口。
其實，想揍一個人，有的時候會有一萬個理由，就連這個人喘氣都是個錯誤。
杜敬之跟劉天樂又不是那種很好說話的人，如果高海濤就這麼算了，他們說不定也就跟著算了。
既然高海濤招來高主任撐腰，他們也要打個夠本，不然真是被罰了，其實沒怎麼打過癮。

這回高海濤還有了還手的力氣，咬牙切齒地朝著杜敬之就撲了過來。

經常打架的混混跟莽夫是有區別的，一個是有技巧，一個是空有力氣，只知道硬打。杜敬之微微側身，然後用手肘撞在了高海濤的腹部，他喜歡打這裡，對方很痛，他卻不是很痛。

在高海濤下意識地身體一顫後，劉天樂已經過來了，一巴掌蓋在高海濤的臉上，用力一按，讓高海濤向後仰著摔倒在地。

接下來，又是一場慘無人道的單方面毆打。

打得過癮了，杜敬之才回到椅子上坐下，繼續跟黃雲帆傳訊息。

劉天樂執著於解悶，蹲在高海濤身邊繼續說：「怎麼樣，海濤哥，表演個節目，給我們解解悶吧。」

這回高海濤說話都有哭腔了：「我錯了……」

「其實我不知道發生了什麼，只是杜哥叫我打架，我就上了。」劉天樂依舊是笑嘻嘻的樣子，還對著高海濤擺了一個剪刀手。

高海濤顫顫巍巍地看著劉天樂，猛地吸了一下鼻子。

「哦，對了，勉強可以帶上你欺負我同桌這個理由，不過嘛……其實我跟我同桌也沒說過幾句話。」

高海濤這才唱了起來，一邊唱一邊哭：「不……做大哥好多年……」

「算了吧，怪難聽的。」

劉天樂說完，坐在了杜敬之身邊，抱怨起來：「老高也不知道什麼時候過來，早知道就帶個隨身聽來了。」

「我手機裡有幾段手機鈴聲。」杜敬之晃了晃自己的手機。

「算了。」

他們幾個人，等了兩節課的時間，眼看著要中午了，高主任也沒過來。

劉天樂有點坐不住了：「不會不讓我們幾個吃中午飯吧？」

杜敬之也看了一眼手機上的時間，擺了擺手：「站好站好。」

「高主任要來？」

「不是，一會這裡有人會來。」

杜敬之跟周末比較熟，知道學生會成員，總會在餐廳打了飯之後，到這個辦公室來吃中午飯。如果這些人進來之後，發現他們幾個人在辦公室裡坐著，根本沒罰站，被高主任知道了不好。

三個人立即到了牆邊站好，高海濤還在地面上趴著呢，估計是想保留犯罪現場，讓高主任看看，他們是怎麼打他的。

沒過幾分鐘，就有人打開了門，剛看到這場面，就停住了腳步，遲疑了一下就又退回去了。

他們在辦公室裡，都能聽到外面幾個人的說話聲。

「是那個杜敬之，好像在被罰站，我不敢進去了。」

「那怎麼辦？」

「叫周末過來吧，就周末敢罵哭杜敬之。」

又過了能有五六分鐘，辦公室的門才再次打開，周末走了進來，站在了他們三個人身前，著重看了杜敬之一眼。

杜敬之面帶微笑，笑得特別燦爛。

周末微不可察地歎息了一聲，這才詢問：「你們是怎麼回事？」

原本屍體一樣的高海濤突然大喊了一聲：「他們幾個合夥打我！被高主任叫過來之後，居然還打了我一次！」

周末這才看了高海濤一眼，隨後平淡的說道：「你起來說話。」

高海濤遲疑了一下，才從地面上爬起來。

杜敬之扯了扯嘴角，忍不住嘲諷：「喲呵，終於肯起來了？用不用找人拿粉筆在你身體旁邊畫個圈，示意之前你就是趴在那的？」

周末則是用食指在杜敬之的額頭點了一下：「讓你說話了嗎？」

等高海濤站到幾個人身邊之後，周末才又問了一次：「你們幾個是怎麼回事？」

杜敬之突然舉手，問：「我可以說話了嗎？」

「說。」

杜敬之對周蘭玥擺了擺手：「手機給我。」

「哦哦！」周蘭玥趕緊把自己的手機拿了出來，翻出聊天記錄，給了杜敬之。

杜敬之把手機遞給了周末，這才說了起來：「這傢伙先是語言侮辱我朋友，然後今天早上還欺負她一個女生，我們看不過去，就給他揍了一頓。」

高海濤則是在一邊罵了一句：「我跟她吵架，關你們倆什麼事？再說是這個女的變態！」

周末沒說話，拿著手機，看著聊天記錄。

這個時候，有人探頭進來問：「會長，我們能進來嗎？」

「進來吧。」周末隨口應了一句，依舊在低頭看聊天記錄。

學生會的人捧著飯進來，幾個人結伴開始吃飯。

程樞拿著兩人份的食物到了辦公室，朝罰站幾人組看了一眼，什麼也沒說，只是坐下等著周末一塊吃飯。

杜敬之看著這些人吃飯，一個眉毛上挑，一個眉毛下搭，因為表情太過浮誇，看起來就好像大小眼，模樣十分滑稽。

周末看了杜敬之一眼，在口袋裡掏出飯卡來，遞給了程樞：「幫我打一……呃，四份飯過來吧。」

「你還要請他們吃飯慶功啊？」程樞接過飯卡，一臉不可思議地問。

「今天是不是有紅燒肉？」

「啊，估計快沒了，怎麼了。」

「那你趕緊去啊，打紅燒肉。」

「啊？還給他們肉菜……」程樞拿著卡，一臉納悶地往外走，走到門口，還聽到周末催他：「跑著去，快點。」

「是是是！」程樞拿著飯卡，就朝著食堂跑了。

最近的程樞，總是在周末的刺激下，懷疑人生。

023

高主任在程樞回來之前過來了，進入辦公室就看到周末在跟幾個人說話。

高海濤看到高主任就想再次告狀，結果周末比他領先了，走到了高主任面前，直接把周蘭玥的手機給了高主任：「高主任，你自己看吧，我覺得這個高同學有必要直接被開除。」

高主任剛接待完上級，之後由校長陪同吃飯，他是抽空過來處理問題的。結果一進門，周末就說了這樣的話，他也有點詫異。

「是……高海濤應該被開除？」高主任問，這個高海濤是被打的那個吧？不過還是疑惑著，接了手機。

「我是被欺負的，這是校園暴力，憑什麼我被開除，你這個是……是不是有毛病？」高海濤直接質問了出來，他簡直覺得周末有毛病，是不是腦子不正常。

周末看了高海濤一眼，一臉的厭惡，湊到高主任面前問：「他姓高，不是您親屬吧？」

「什麼親屬，全校那麼多姓高的，都我親戚？少演這一齣了，說正事！」高主任立即罵了周末一句，面子上有點過不去了。

周末點了點頭，他是故意這樣問的，這樣開始談話的話，高主任都沒辦法偏心。畢竟事情在高主任的印象裡，就是杜敬之他們欺負人，想法已經產生，會對事情有所誤導，如果不先入為主，對杜敬之他們不利。

接著，周末對辦公室裡面的其他人說了一句：「你們先迴避一下，處理完你們再進來。」學生會的幾個成員面面相覷，最後也都離開了。

等人都走了，周末才跟高主任說了起來：「聊天記錄我看了，這個高海濤抓到了這個女生的一個小把柄，居然威脅這個女生跟他……睡，不然就讓這個女生在這個學校混不下去。」

高海濤沒想到居然直接說起了這個，趕緊為自己辯解：「高主任，不是這樣的，我就是罵生氣了，就什麼難聽說什麼了，其實根本沒有那個意思。」

「這簡直就是威脅、勒索、恐嚇，或者乾脆說意圖強姦，三中怎麼能有你這種惡劣的學生？如果你真的成功了，就是以脅迫手段強姦女性，按照法律來說，會處三年以上十年以下有期徒刑。」

「我根本沒有做什麼！」高海濤高聲為自己辯解。

「你確實是沒做什麼，但是你有想法，意圖明確。打你都算輕了。就應該報警，給你送警局裡去，你這種人活該被打。你看這個女生哭得眼睛都腫了。」

周蘭玥還在看戲呢，突然說到她，立即也跟著生氣委屈，沒一會眼淚又掉下來了。

昨天晚上，周蘭玥確實氣得夠嗆，高海濤說的話對一個女生來說簡直就是一種人格上的侮辱。這個人居然還是她的同班同學，想到以後還要共處兩年，她就覺得噁心，恨不得早點畢業。

晚上躲在被窩裡哭了一晚上，憋了一肚子的火氣，第二天才來學校罵人的。

結果高海濤這個人特別不講究，一點紳士風度都沒有，還差點跟她動手。或者說，拽辮子的時候，已經算是一種動手了。

原本委屈得不行，結果被杜敬之安慰了。

那種感覺就好像，找了一個心靈寄託，有人做她的靠山了。

杜敬之本可以不管的，這種事情往小了說，就是學生之間吵架升級到男生欺負女生，過後批評指導一下，就過去了。

現在杜敬之管了，還被連累了，她的心裡總是有點感激，也有點愧疚。

在周末將問題點出來之後，她終於明白周末為什麼要讓其他人出去了，因為這對她影響不好。這個叫周末的男生，願意站在她的角度分析問題，她一瞬間再次委屈加倍，不是配合演戲，而是真的哭了起來。

她覺得，杜敬之跟周末，都是很溫柔的男生。

高主任一直在聽，然後快速翻看聊天記錄，氣得臉上的肉直顫悠：「性質極其惡劣！簡直沒有廉恥！」

高主任這個人，其實人還不錯，就是嚴厲了一些，對學生要求十分嚴格。在瞭解事情真相的時候，聽周末說明了之後也是氣得不行，指著高海濤就劈頭蓋臉地罵了一頓。

周末見高主任罵人有所停頓，繼續開始說杜敬之幾個人：「還有你們幾個，處理事情的方法非常不對，遇到這種惡劣的學生，應該告訴班導或者高主任，而不是私底下打架。高主任他們就跟你們的父母一樣，女兒被人這麼威脅、侮辱，肯定會批評教育這個男生，絕對不會姑息。」

周蘭玥摸了一把眼淚，哭訴：「我就是氣急了，早上就來罵了他幾句，結果他把我的書全撕了，還拽著我的頭髮，把我的頭往桌子上撞。」

「還打女生?!」高主任震驚地問。

「沒錯！」周蘭玥回答。

「我就拽了她的頭髮！」高海濤為自己辯解。

「你還有臉來找我告狀！」高主任指著高海濤就罵了一句。

周末依舊一臉正派的模樣，看上去也很生氣，跟著教育他們幾個人：「以後遇到事情，告訴高主任，高主任肯定會為你們解決。在處理的方式上，是你們不對，道個歉，回去吃飯吧。」

高主任不同意，高聲回答：「不行，全部請家長。」

周末幾乎沒有猶豫，立即跟高主任說了：「高主任，聽說今天學校裡有上級巡視，請來家長影響不好，不如讓他們寫份檢討書吧，讓他們深刻地意識到自己的錯誤。當然，這個高海濤要嚴肅處理。」

高主任將雙手背在身後，思考了一會，才說道：「高海濤，你跟我單獨過來！其他三個人回去寫份檢討書，交給周末。」

說完，單獨帶著高海濤就出去了。

「我的媽啊！」周蘭玥突然感嘆了一句，擦了擦眼淚，看了看周末，又看了看杜敬之，覺得這個周末那義正詞嚴偏袒的模樣，簡直太不要臉了！

周末則是形式化地安慰了周蘭玥幾句：「妳別怕，對這種人不能妥協。」

「嗯嗯……」周蘭玥看周末的眼神裡，都帶了幾分崇拜了。

劉天樂看著直樂，對周末比畫了一個大拇指，隨後說：「謝了啊，你請我們吃飯了，我請你喝飲料，要什麼口味的，我去給你買。」

「冰紅茶。」周末回答。

「好嘞，我去了。」劉天樂說完，就開門走了出去。

周蘭玥想了想，趕緊跟了出去：「我也去！」

等辦公室裡就剩兩個人了，杜敬之才抱怨了一句：「我最不願意寫檢討書，寫那玩意頭疼。」

「我已經盡最大努力了，檢討書我幫你寫，之後你抄一份。」周末看著杜敬之的眼神裡，全是寵溺，居然毫無條件地主動給予幫助。

「為啥我還得抄一份？」

「高主任認識我的字。」

「你就不能左手寫啊？」

「啊……小鏡子真聰明。」周末居然還有心情誇杜敬之一句，走過去捏了捏杜敬之的肩膀問，「打了一架累不累？」

「我就踢了幾腳。」

「哦，那腳疼不疼？我回去給你捏捏腳。」

杜敬之被周末捏肩膀，還忍不住偷笑，擺了擺手示意他不用捏了，這才正經地說了一句：「謝謝你啊，不然我們都容易被記過。」

「這件事確實如此，那個人也該打，我就知道我們小鏡子充滿正義感，不會隨便打人。」

「也不是什麼正義感，如果是別人的話，我估計不會管，不過這個女生跟我關係還不錯。」

「理解，我也覺得你做得沒錯。」說完，揉了揉杜敬之的頭髮，到門口說道，「我把他們叫進來吃飯了，一會飯都涼了，程樞估計也快回來了。」

這一頓飯，氣氛有點詭異。

學生會的成員，第一次跟杜敬之他們一塊吃飯，安靜如雞。

程樞跟周末單獨坐在一塊，小聲抱怨：「我去的時候，紅燒肉就剩那麼一點了，全被我點了，最後沒辦法，我說阿姨，菜湯也給我淋飯上吧。」

杜敬之的那盒飯，是唯一一份有紅燒肉的，他吃得很滿意，雖然覺得味道沒有周末做得好吃，簡直一個天上一個地下，卻也十分滿足了。

「嗯，記你一功。」周末微笑著回答。

這個時候，有人進入了辦公室，進來就感嘆了一句：「你們還沒吃完啊？」然後徑直朝周末走了過去，坐在了周末旁邊。

杜敬之坐在稍遠處，沒跟學生會的人坐一塊，抬眼看了一眼，是黃雲帆追過的那個女生。看了一眼之後繼續吃飯，沒出聲。

「長腿哥哥……」女生叫了一句，聲音特別軟。

杜敬之只覺得，渾身的汗毛在一瞬間立起來了。

周蘭玥吃了一口飯，然後扭頭看向杜敬之，又看了看周末，心中就一個想法，這女生要完。

「有事？」周末問她。

「哎呀，你交給我的任務太重了！居然要整理那麼多人的個人資訊，不能只有我一個人做啊！」女生用撒嬌的語氣抱怨，還抬起手來，拽了拽周末的袖子。

「本來就不是妳一個人，是三個人負責。」周末繼續吃飯，漫不經心地回答，悄無聲息地扯回了自己的衣服。

「可是工作量太多了，我負責整個高一生，那麼多人呢！得整理到什麼時候啊？」

「不著急，期末考試之前給我就行。」

「不行啊腿腿！我還得複習呢，馬上要期末考試了，我怕成績下滑，你幫我做唄，我可以協助你啊……」

杜敬之原本還在吃紅燒肉，內心帶著一絲小小的興奮，結果現在變得特別不好，咂了咂嘴，然後嘟囔了一句：「腿腿……」

劉天樂第一個笑了起來，然後故作鎮定地喝了一口水。

原本坐在周末旁邊，一副「我不是電燈泡，我只是碰巧在這裡吃飯」狀態的程樞，也在聽到杜敬之那聲嘟囔之後，差點噴飯。不過因為他們都認識，程樞沒說話，強行把笑跟著飯一塊咽了下去。

女生一進來，就是奔著周末去的，畢竟周末個子高，坐下都顯眼。結果，聽到有人嘟囔，才看向了杜敬之，嚇了一跳，下意識地問：「你怎麼在這？」

「參觀旅遊。」杜敬之冷淡地回答，一副「你管得著嗎」的語氣。

「這地方是你們能隨便進的嗎？」

「難道這裡有什麼不可告人的秘密？」杜敬之詫異地問。

「這裡只有學生會的成員才能進。」

「高主任讓我們進來的時候，沒跟我們說這個啊。」

女生蹙著眉，看向周圍，他們好像都沒有什麼特別的反應，知道自己估計是錯過了什麼，於是只是嘟囔了一句：「討人厭。」

杜敬之把筷子往飯裡一插，身體靠在椅子的椅背上，雙手往校服上衣口袋裡一伸，直接問那個女生：「妳！對，就是妳，妳叫什麼來著？」

「我？我叫柳夏。」

「哦，不好意思，上回罵完妳，就忘了妳叫什麼了。」

柳夏被氣得差點一口氣沒喘上來，努力裝成鎮定的模樣回答：「不用你記住。」

「我說妳是寄生蟲啊？東西得連哄帶騙讓別人買，現在給妳點工作，妳還要別人幫忙做。」

「你管得著嗎？」

「我就管委會大媽性格，喜歡懲惡揚善，不然我能在這待著嗎？」杜敬之說完，還聳了聳肩，模樣氣死人不償命。

柳夏有點急了，直接提高音量吼了起來：「我期末要複習呢，不像你這種學渣，整天不務正業。」

「我是學渣，我不用複習，人家不是啊，妳找人家幹什麼啊？人家期末就不複習了？」

「周末他聰明，跟我們不一樣。」

「妳做完這些東西，考得不如人家，還能安慰自己是因為工作耽誤了。但是妳什麼都沒幹，考得還是不如人家，只能說明妳是智障。妳何必自取其辱呢？」

「你居然還有臉說我？」

「我不務正業啊，我好意思啊！」

「你！你！」柳夏有點要被氣哭了，上次被罵也就算了，這次居然是當著周末的面被人這麼罵，她簡直無地自容了。

其實柳夏的想法很簡單，就是想跟周末一塊完成這個工作，這樣還能近水樓臺先得月，能跟周末多點相處的機會，說不定還能培養下感情。

結果，半路殺出這麼一個神經病來，她簡直要瘋了。

周末看了一會，才說：「行了，都少說兩句吧。」

柳夏似乎想到了周末，聽說上次周末訓哭過杜敬之，於是趕緊跟周末告狀：「腿腿，他這個人太討厭了，居然這麼跟女生說話，一點風度都沒有。」

「腿比我腿粗，長得比我黑，還好意思自稱是女生。」杜敬之嘟囔了一句，拿起筷子繼續吃飯。

劉天樂樂呵呵地跟著吃，內心表示這場戲非常好看。

其實並不是柳夏腿粗，是杜敬之腿太細。而且，柳夏並不黑，只是杜敬之白得太離譜。

周末思量了一下，才說：「嗯……工作還是要妳來做的，不能有特例，如果有問題了，可以問我，我高一的時候也做過這個工作。」

「你也不管管他們！」柳夏指著杜敬之他們，繼續告狀。

「你們把檢討書寫完，交給我就行，我在一班，吃完飯就回去吧。」周末回答。

「原來是犯了錯誤來的。」柳夏念叨了一句。

「柳夏妳也是，既然期末比較趕，現在就回教室去複習吧，節省點時間。」

柳夏不情不願地「哼」了一聲，這才表示：「那我之後傳簡訊給你。」說完就離開了。
杜敬之一點胃口都沒有了，又吃了幾口，就直接起身出門離開了。
劉天樂趕緊跟著快速吃了幾口飯，然後收拾了兩個人的東西，跟著離開。周蘭玥早就吃完了，也跟著拿著飯盒離開，臨走還跟周末微笑著揮了揮手，說了聲：「謝謝！」
周末微笑著道別：「再見。」
杜敬之剛進教室，就看到周末給他傳來的簡訊，問：你生氣了？
他立即回覆：跟你的腿粗粗妹妹發消息去，滾！
周蘭玥回到班級，剛坐下，就跟杜敬之小聲感嘆了一句：「醋勁可真大啊！」
「妳又好了是吧？不哭了？滾蛋，寫妳的同人小說去。」杜敬之轟蒼蠅一樣地趕人，然後坐在座位上生悶氣。
還長腿哥哥！腿腿！
噁心不噁心？
要不要臉了？
這是兩個人之間單獨的小外號？顯得這麼親密！他叫的是什麼？圓規哥哥，那麼多人都這麼叫周末，一點也不特別！
還傳簡訊！
傳你二舅老爺！
不知羞恥！毫無底線！臭不要臉！

024

杜敬之有點氣炸了。

黃雲帆還當高主任訓他們了，不敢跟杜敬之說話，只是偷偷問劉天樂：「什麼個情況啊？你們倆沒事吧？我給你們倆買麵包了。」

劉天樂把事情經過跟黃雲帆說了一遍，黃雲帆想了半天，才扭頭問杜敬之：「杜哥，是不是你跟周末一起畫畫的時候，你們倆相處得挺不錯啊，感覺周末挺幫著你們的。」

杜敬之氣得直缺氧，腦袋裡嗡嗡叫喚，不願意搭理人，趴在桌子上裝睡覺。

這感覺真差勁，連吃醋的資格都沒有，悄無聲息地喜歡，然後悄無聲息地吃醋，最後又得悄無聲息地自我調節。

柳夏那是明擺著要泡周末呢，堂堂正正的，能撒嬌能起外號。他呢，啥都不是，在學校裡，跟周末連朋友都算不上。

可是……仔細想想，他生什麼氣呢？

當初是他要跟周末裝陌生人的，是他自己不主動表白，嘗試追追周末的。

沒錯，一直都是他慫！他跟個傻蛋似的，就只能在這裡，自己跟自己生氣，估計周末還會覺得他莫名其妙。

因為杜敬之這種無名火，周圍的人都不敢招惹他，以至於他到了放學，都沒人敢跟他說話，他也沒心情去關心高海濤的處理結果，就是背上書包，直接就走了。

從車站到社區，走捷徑有一個小巷子。

平時杜敬之為了買煎餅果子，會走大路，今天則是在回來的時候，走了小路。

小路兩側都是社區的院牆，中間隔出來只能通過自行車的小道。這裡的居民樓密集，因為建築物都不高，樓與樓、社區跟社區之間距離很近，屬於老破小的學區房。房子年代久遠，兩邊的院牆爬滿了爬山虎，此時掛在牆面上的大多是光禿禿的杆子，以及孤零零的幾片紅色葉子。

杜敬之獨自一個人走在路上，突然有點不想回家，就停在半路上，思考著，要不要出去吃點什麼，緩解一下心情。

「小鏡子，想什麼呢？」周末的聲音突然從身後傳了過來，人走到了他身邊，揉了揉他的頭髮。

他有點不爽，瞪了周末一眼。

周末從來不怕這個紙老虎，依舊是笑迷迷的模樣，想要幫杜敬之拿書包，卻被他甩開了。

他往後退了一步，把雙手插進褲子口袋裡，一臉不悅地嘲諷了一句：「我想什麼，你管得著嗎，你也管委會大媽性格啊？」

「還生氣呢？」周末的語氣依舊十分溫和，走到杜敬之的面前，用自己的鞋尖碰了碰杜敬之的鞋尖，似乎是在用這種方式哄杜敬之開心。

誰知，杜敬之繼續往後躲，似乎很不想跟周末接觸。

周末這次沒有再湊過去，只是老老實實地站在原地，看著杜敬之，等待他消氣。

「我有什麼氣可生的。」杜敬之回答，明顯口是心非。

「我能看出小鏡子在生氣。」

「我還生孩子呢。」

「嗯，我道歉。」周末其他的倒是沒表現出來，只是態度極其好，發覺杜敬之的語氣不對，立即道歉，絕不含糊。

「你沒什麼可道歉的，你又沒做錯什麼。」

「讓小鏡子生氣了，就是我的錯，當然該道歉。」

杜敬之沒來由地又來了脾氣，抬起腳對著周末的屁股就是一腳踢了過去：「我怎麼看你那麼不爽呢，你平時在我沒看到的時候，是不是經常被人欺負啊？」

「被欺負？」像這樣被踢屁股，倒是只有杜敬之一個人做過。

「那個謝西揚，把東西往你臉上扔，還有那個腿粗粗，也把工作一個勁地推給你。」

周末這才恍然，先是思量了一下，才微笑起來：「原來小鏡子是因為這個生氣啊？」

「我說你是不是個沒脾氣的傻子？太好說話了吧，誰都能欺負你，你加學生會是去當苦力的嗎？你的會長位置是靠一個人攬下所有工作得來的嗎？」

杜敬之說話的時候，還在用手一下一下地推周末的肩膀，迫使周末向後退，一步一步退到了牆角下面，碰到了藤蔓，還碰落了幾片葉子，這才不再後退了。

周末有點不知道該怎麼解釋，於是只是回答：「加入學生會只是為了方便保護你。」

「如果你是這麼保護的，我用不著你保護！」

「可是……」

「沒有可是，我只許你對我一個人好，不想要你當個會長，成了中央空調，對誰都好，明白嗎？」

周末抿著嘴唇，看著杜敬之。

杜敬之非常生氣，表情裡帶著憤怒，看著周末時的眼神，幾乎冒著火。可是不知道為什麼，周末被他這樣對待，還覺得滿開心的，也許是因為……他其實是想要維護自己吧。

「其實學生會的工作，都是大家在一起做，我負責分配任務，幫助解決問題，最後收來他們的勞動成果。其實到最後，我只是公司老闆一樣，沒做多少工作，最後功勞卻是我的。」

「我怎麼沒看出來？」

「因為你每次看到的……都是不太和諧的場面。」

「和諧！挺和諧的！非常和諧，撒嬌、賣萌，還腿腿哥哥呢……」

「唉，柳夏對我的這個稱呼，我很早就跟她說了，不要這麼叫了，她不聽。」

杜敬之又陰陽怪氣地學了起來：「長腿哥哥，腿腿，哎喲，還兩個人的小外號，多親密啊！」

周末有點不好意思地抬手撓了撓頭，尷尬地清咳了一聲，才回答：「就像……我叫你小鏡子，其實只是個稱呼。」

「所以你叫我這個外號，也只是個稱呼。」

「對，你也可以叫我外號啊，隨便叫什麼都行。」

杜敬之又不爽了。

非常不爽！

周末雖然只是在解釋，他跟柳夏沒什麼，小外號也沒什麼，但是杜敬之不高興了。之前還覺得，他跟周末之間也是有小外號的，結果現在周末表示只是稱呼，沒有別的意思。

所以他跟周末也沒多親近！

周末看到杜敬之生氣，非常著急，情急之下，只能想到一個方法：「小鏡子，我帶你去吃好吃的吧。」

「吃個屁吃，一天就知道吃。」明明他之前停下，就是在思考去吃什麼。

「可是……我確實沒被欺負，高主任也對我特別好，你別生氣了，好不好？乖。」

「那傳簡訊的那個是怎麼回事？」

「發簡訊？什麼發簡訊？」

「那個腿粗粗還說要給你發簡訊呢。」

「呃……學生會成員都有我手機，有問題了，就發簡訊問我。」

杜敬之點了點頭，表示自己知道了，然後掐著腰，在小路上來回走。

周末想往前走，靠著藤蔓挺不舒服的，結果剛動一下，杜敬之就朝他吼了一句：「誰許你動了。」

「好好好，我不動。」

「那個腿粗粗在追你？」杜敬之這次直接問了主題。

周末有點為難，思考了一下才回答：「不過我拒絕了，她放棄沒我就不知道了。你也別說出去，這對女生的影響不太好。」

「你倒是挺為她考慮啊。」

周末這個委屈啊，吞了一口唾沫才試探性地問他：「這次是因為什麼生氣？因為我為柳夏考慮生氣，還是因為黃雲帆追的女生倒追我而生氣？」

「我就是生氣怎麼了？嫌煩了？」

「沒有沒有，就是問問，小鏡子生氣不需要理由。」

杜敬之也覺得自己挺過分的，因為他吃醋，弄得周末手足無措。也是周末脾氣好，才願意跟他解釋半天，如果是別人，早就不理他了。

他這個人，吃飛醋還胡亂發脾氣，在別人看來，估計就是無理取鬧。

想到這裡，他就越來越憋悶了。

「要不……我們去吃東西？我請你。」周末再次開口。

「不去！不想吃！沒胃口。」

周末有點無奈，十分輕微地歎了一口氣，結果杜敬之又炸了：「你歎氣是什麼意思？是不是覺得我跟個神經病一樣？」

「並沒有……」

「你也覺得我無理取鬧，不耐煩了是不是？」

周末沒說話，只是看著杜敬之，沉默得讓杜敬之心裡發慌。

杜敬之突然有那麼點想哭。

真的，只有一點點。

看著自己喜歡的人，就這麼近地看著，這個人總是微笑著，卻總是飄忽不定，註定以後會是別人的，他註定得不到。

他自己一個人的時候，想得特別明白，還自我安慰過，看開點，就當成沒事人一樣，以後參加周末的婚禮時，也要平靜。

可是剛剛看到有女生靠近周末，他就要炸了。

想得明白，不證明做得到，好不容易看開了，真到了這個節骨眼，依舊看不開。

他在意！

他一直都是這樣，敏感是因為沒有安全感。

他不服氣！不甘心！

周末只是沉默地看著他，他的心臟都要裂開了，覺得自己被周末討厭了。

也不知道是怎麼想的，反正沒有經過腦袋，不然他是不會做這樣的事情的。

他向前跨了一步，走到了周末面前，然後用手按著周末的胸口，迫使周末撞到藤蔓上。周末正難受得皺眉，就被杜敬之吻了個措手不及。

時間似乎在一瞬間靜止，杜敬之在衝動之下做了他一直想做，卻不敢做的事情。

此時此刻，杜敬之只想親吻周末，想在周末的生命裡，做一個特別的存在。

特別的。

獨獨一份的。

025

周末這一天的心情，也可以說是大起大落了。

按照周末對杜敬之的瞭解程度，從杜敬之吃了多少飯，就能夠分析出杜敬之生氣的程度。畢竟杜敬之不是一個會跟自己肚子過不去的人，餓了，就一定會吃飽，而且飯量驚人。

結果在這天中午，杜敬之只吃了半份飯，還氣呼呼地走了。他傳簡訊給杜敬之，杜敬之都只是氣憤地回覆。

這個時候，周末甚至竊喜地覺得，杜敬之是吃醋了。

放學之後，他老遠就看到了杜敬之，結果沒能趕上跟杜敬之一輛公車。好在第二輛車幾乎是連著來的，車上人還特別少。

下了車，他跟著杜敬之走小路回來，在途中跟杜敬之打招呼。

杜敬之還在發脾氣，他耐心地道歉、解釋。

從最開始的談話他突然意識到，啊……原來杜敬之是因為學生會的人總把工作推給他，覺得他被欺負了才生氣的。

在那一瞬間，他內心中真的是十分複雜。

杜敬之不是吃醋，他有點失落。不過杜敬之因為誤以為他被欺負而生氣，他還有點開心。

接下來，杜敬之就開始糾結柳夏的問題了。

周末的心情起起伏伏，在想著，這回算是吃醋嗎？該怎麼哄？杜敬之看起來好生氣啊，眼圈都有點紅了，該怎麼辦？

在他沉默下來的時候，他並不是厭煩了，他只是在克制，他很想抱住杜敬之，跟他說：我沒有被欺負，我對別人也不是很好，我心裡很喜歡你，也只喜歡你，別生氣好不好。

結果，正在猶豫，杜敬之就撲過來了。

眼前的杜敬之，就像一隻炸了毛的貓，表現出一副超級凶的樣子，然後突然狠狠撲過來，按著他親吻他。

他一瞬間腦袋短路，只覺得腦子嗡的一下，一瞬間一片空白，就連靠著乾枯的藤蔓，都不覺得難受了。

柔軟的唇瓣，有點溫熱，因為吻得有點急，所以兩個人的嘴唇是撞到一塊的。

杜敬之顯得很急切，偏偏什麼技巧都沒有，只是用嘴唇來回碾壓。

最後還是他主動張開嘴，在杜敬之的嘴唇上舔了一下。

杜敬之的身體一瞬間僵住了，就好像突然恢復了神志一般，快速往後一蹦，然後火箭一般地衝了出去！

他從來沒見過杜敬之跑得這麼快的樣子，看得目瞪口呆，竟然忘記了有其他反應。

回過神來的時候，杜敬之已經跑沒影了，他只能活動了一下身體，遠離那些藤蔓，然後看著杜敬之離開的方向，舔了舔嘴唇。

唇瓣上，還有杜敬之的味道。

在周末忍耐不住，差點表白的節骨眼，杜敬之搶先了，比周末做得更大膽。

杜敬之自己都不知道，他究竟是在往哪個方向跑。反正，就是又慫了。

秒慫。

腦袋裡一直在重複著三個字：完蛋了、完蛋了、完蛋了。

跑出很遠之後感覺到了手機的振動，他趕緊拿出來看，看到是周末打來的，立即按了拒絕。他現在根本不知道該怎麼解釋這件事情，該怎麼面對周末。

正手足無措的時候，周末傳來了一條訊息：回來。

才不會回去！

他手忙腳亂地把手機關機了，拿著手機，發現手還在抖。

他思前想後了半天，決定今天不回家了，到了附近公車站，上了一路車之後，準備去姥姥家。

杜姥姥家距離他家也就十五分鐘的車程，但是杜媽媽跟杜敬之很少過去。

杜媽媽嫁給杜衛家之後，日子過得並不順心，還讓娘家貼錢幫忙買房子，這些年日子也沒什麼起色，所以沒臉回娘家。

杜敬之也跟著不經常過去了，主要是每次去，杜姥姥都給他塞錢，他不要，杜姥姥硬給，還跟他生氣。把錢拿回去了，杜媽媽還讓他把錢送回去，不送回去，杜媽媽還跟他生氣。

幹了幾次這樣的事後，杜敬之就不願意來了。

杜姥姥有一個門市，原本開了一家朝鮮冷麵店，其實家裡沒有人是朝鮮人，只是掛這麼一個牌子，讓人覺得這裡的冷麵好吃。

後來杜姥姥發現，冬天的生意不怎麼樣，就改了牌子，叫作「韓國料理」，店裡還會做點紫菜包飯、炒年糕之類的東西，後期還加了點炸雞。

杜敬之直接來了店裡，進去後，門口掛的鈴鐺就響了，緊接著就聽到杜姥姥的大嗓門：「等會，馬上就來，你先看菜單。」

杜敬之咳嗽了一聲，然後到了廚房門口開始裝模作樣：「噹噹噹！你家最帥氣的外孫子來了。」

杜姥姥立即從廚房探頭出來，朝外面看了一眼，先笑呵呵的，緊接著就裝出一副生氣的樣子：「你小子還知道過來？我以為你把你姥姥給忘了呢，沒良心的東西。」

「肯定要過來，都說外孫子都是姥姥的小情人。」杜敬之笑迷迷的，走進來的時候隨便看了看問道，「還有紫菜包飯沒，給我來點，我沒吃飯呢。」

「我怎麼沒聽說過這個說法，你是不是跟周末那小子混久了，會哄人開心了？」

提起周末，杜敬之又是一陣心虛，接著笑嘻嘻地重複：「重點不是妳外孫子沒吃飯嘛！」

「不在店裡吃，姥姥回去給你做好吃的。」

「別啊，正是晚飯的高峰期，妳別耽誤生意。」

「你也不經常來，能耽誤什麼啊？」杜姥姥說著，跟廚房的人打了一聲招呼，就帶著杜敬之從後門出去，去了社區裡面。

杜姥姥住的房子更是老破小，杜敬之家裡還能算是小洋樓呢，杜姥姥的房子就是貨真價實的老式大樓了，看上去都有點像危樓。

近幾年傳出消息來，這裡的房子要搬遷，畢竟算是本市的黃金地段，杜姥姥在這有兩套房加一個門市，估計到時候搬遷補助能給上一筆，保守估計都能過幾百萬。杜衛家惦記這個惦記好幾年了，這也是杜衛家不願意離婚的原因之一。

不過杜姥姥是不盼著搬遷的，這地方她住慣了，左鄰右舍都認識，還能聊聊家常。家裡的門市位置也好，旁邊就有一所國中，使得店裡中午的生意是最好的，這些年杜姥姥也存了不少錢，想給杜媽媽，杜媽媽一直不要。

到了杜姥姥家裡，剛進門，就聽到樓道裡傳來腳步聲，回頭就看到杜姥爺正步伐矯健地上樓呢。

「姥爺，您不下棋了？」杜敬之回頭問，還給杜姥爺留了個門。

杜姥爺沒說話，先笑了，就跟個老頑童似的：「老遠就看到你來了，我就小跑著跟過來了。」

「你可別摔倒了，聽說您這個歲數最怕摔倒。」

「沒事，我著急回來，咱們下棋。」

「我不跟您下。」

杜姥爺不抽菸、不喝酒，就是愛下下棋，玩玩鳥，家裡的陽臺養著幾隻鳥，剛進門就能聽到清脆的鳥叫聲。

杜敬之不會下棋，頂多會下個五子棋，結果杜姥爺沒多久就學會了，沒事就跟著杜敬之下一下，沒多久，杜敬之就下不過杜姥爺了。

剛進門不久，杜姥姥就又開始念叨了：「你媽那個缺心眼的玩意給我打電話了，終於下定決心離婚了，離的好，早就該離！房子給杜衛家了都行，離了就行，省得糟心！我女兒我養得起！當初就不該結婚！」

「也不能便宜了杜衛家。」杜敬之回答。

「杜衛家跟那個婆婆，就是個奇葩！腦袋有病，我看到那個婆婆，都怕她喊出反清復明的口號來，估計她那個作妖的勁，都能建立一個明教出來。」杜姥姥沒事就喜歡看金庸劇，所以說出來的話就是這些詞。

記得上次，杜敬之來杜姥姥家裡的時候，杜姥姥還跟杜敬之討論趙敏、周芷若、小昭誰更適合做媳婦。杜敬之沒說，他更喜歡楊過，尤其是那種誰對他好他就對誰好的作風，得到了杜敬之的認可。

杜姥姥做飯的時候，一直在罵罵咧咧的，嘴就沒停下，罵的一直都是杜衛家跟杜奶奶，罵人的同時，已經做了五個菜，恐怕這麼俐落，也是常年開飯店練出來的。

菜端上桌，杜敬之就坐好了，剛要動筷子，就聽到杜姥姥說：「等會，姥姥再給你拌個涼菜。」

「姥姥你別累著。」杜敬之說了一句。

「累個屁，你也不經常來。」

得了，又在抱怨了，杜敬之趕緊閉嘴。

杜姥爺動了筷子，想要吃紅燒肉，卻被杜姥姥給罵了：「高血糖、高血脂、高血壓，你這標準的三高，還亂吃東西，那是給敬兒做的。」

杜敬之跟杜姥爺對視了一眼，兩個人都沒敢吱聲。

「菜有點做多了，怎麼沒把周末帶過來，他過來，這些菜正好。」杜姥姥再次開始念叨。

「您老想著他幹什麼啊？」

「周末那孩子是真招人喜歡，我要有孫女，我都想讓他做我的孫女婿。」杜姥姥說了起來。

「那得人家看得上。」

「敬兒，你以後找媳婦，可得找個守本分的，長得好看根本沒用，看杜衛家就知道。」杜姥姥說著，然後又開始罵起了杜衛家來。

杜敬之在杜姥姥的罵聲中吃完了飯。

026

吃完晚飯，杜敬之負責洗碗。
杜姥姥負責監督杜敬之洗碗。
在廚房裡，杜姥姥又說起了別的事情：「敬兒啊，大考的時候，你不用有太大的壓力，好壞無所謂，盡力了就行。」
「嗯，知道了。」杜敬之把一個盤子放在了一邊，繼續洗其他的，並沒有多在意這句話。
「等你滿十八歲了，我就把這套房子過戶給你，手續費姥姥出，到時候你就算工作不好，也有個住的地方。真要是搬遷了，這套房子五六百萬也是值的。」
「我不用，你給我媽吧。」
「我給她，她也得給你，何必費兩回勁？你就是她命根子，現在她過得也挺苦，你是她最大的支撐了。」
「我媽也是為了能孝敬你們倆才努力的，到時候你們去討論，我畫好我的畫就得了。」
「姥姥的意思就是讓你別有壓力，放輕鬆，別太累了。」
「嗯啊！知道了。」
杜姥姥監督了一會，就開始收拾東西了：「我得去店裡收拾一下，去算帳關門。」
等杜姥姥走了，杜老爺就進了廚房，樂呵呵地說：「敬兒，別洗了，來下棋。」

「不下，我一會還得寫作業呢。」

「難得過來也不陪姥爺下個棋。」

「那行吧，就一把。」

「一把就一把。」杜姥爺說著，就出門準備棋盤去了。

杜敬之洗完碗出來，擦著手到了棋盤邊，然後就被杜老爺按住了，連續下了十幾把五子棋，他才得以解放。

今天的表現還不錯，至少贏了兩次。

杜敬之回到房間裡，剛寫了一會作業，杜媽媽就來電話了。本來是打給杜姥爺的，詢問老兩口情況，結果知道杜敬之在，就讓杜敬之接電話了。

「你去看姥姥和姥爺了？」杜媽媽說話的時候，旁邊還有風，估計還在外面。

「不然呢，人都在這了。」

「還算有點良心。」

杜敬之又打聽了杜媽媽出差的情況，得知業績還不錯，也就放心了。

「姥姥跟你說房子的事了沒？」杜媽媽在跟杜敬之坦白聊過那麼一次之後，就變得特別直接了，什麼事都直接問了。

「啊，說了。」

「她給你，你就要吧，她那個意思是，社區裡那套小點的房子和門市給你舅舅，這套大點的房子跟存款給我。到時候養老的事情媽媽跟舅舅來，你就負責過幸福快樂的小日子。」

杜敬之聽完，這個無奈啊，歎了一口氣，盡可能柔和地說：「媽，你這樣太累了，我最起碼也是個男人。」

「那以後就給我養老！」

「好啊。」杜敬之想了一會，還是跟杜媽媽說了家裡的事，「那天我聽杜衛家和那個老太太商量了，估計不會那麼容易離婚。」

提起這兩個人，杜媽媽立即「嘖」了一聲，回答：「我用屁眼想，都知道他們肯定不會那麼輕易地離婚。」

「所以我在之後想了想，對付這種流氓，就不能用太文明的方法。到時候妳就拿點錢，雇個討債公司，讓他的那些債主集體找杜衛家討債去，他愛錢還惜命，到時候會比妳還著急離婚，把房子賣了還債。」

杜媽媽一聽，直接樂了，思量了一會才回答：「就你小子主意多，行，媽媽知道了，如果起訴不順利，媽媽就這麼幹！」

電話還沒聊完呢，杜姥姥就回來了，一進門就大嗓門地喊了一句：「敬兒啊？姥姥給你找套睡衣啊。」

「嗯，行。」杜敬之答應了一聲，就跟杜媽媽道別了，掛斷電話，走到姥姥的房間門口往裡面看，「找個素點的。」

結果杜姥姥還是找出了一套大花睡衣給了杜敬之：「你瘦，穿這個好看。」

杜敬之一直都不明白杜姥姥的品味，為什麼就喜歡買這種大花的衣服呢？不是粉的就是綠的。

不過是睡覺的時候穿的衣服，他也就不在意了，拿回房間換衣服，剛準備脫，杜姥姥就進來了：「敬兒，姥姥又給你拿了點炸雞腿跟雞翅，還有點紫菜包飯。」

「姥姥，我換衣服呢，您能不能敲門啊？」杜敬之慌忙地把剛解開的衣服又扣上了。

「換衣服怎麼了，你小時候我還給你把尿擦屎呢。」

「我都多大了，行了行了，東西留下，您出去吧。」

杜姥姥也沒說什麼，留下東西就走出去了。

杜敬之換好衣服，趴在床上一邊看書，一邊啃雞翅，杜姥姥就又推門走了進來。

「那個枕頭低不低，姥姥給你換一個？」杜姥姥又問。

「不用啊，我沒那麼嬌氣。」

「這衣服你穿著還挺好看的。」杜姥姥看杜敬之什麼樣都覺得特別帥，穿上一身符合她老人家審美的衣服，就更喜歡了。

「是吧，我也覺得我特別適合粉色碎花蕾絲花邊的睡衣。」杜敬之說著，又吃了一口雞翅，一抬頭就看到杜姥姥拿著手機對著他拍照呢。

他也沒拒絕，對著杜姥姥就舉起了剪刀手，杜姥姥拍完照就快快樂樂地出去了。

安靜下來之後，杜敬之又開始想周末了。

放在枕頭邊的手機，似乎有著特別的魔力，吸引著他，讓他手癢癢，心裡也癢癢，想看看周末有沒有再給他傳消息。

遲疑了一會，還是沒有開機，開始難受得滿床打滾，「啊啊啊」亂叫。

這回杜姥姥沒進來，直接扯著嗓子喊：「敬兒，你是不是便秘了？」
「不是，姥姥家的炸雞太好吃了。」
「那你就多過來！」
「嗯。」
杜敬之跪坐在床上，面前放著手機，難受了一陣，還是從床頭櫃上又拿了一塊炸雞吃了起來。
他發現，只要是吃得撐了，就很容易睡著，尤其是睡前吃了一堆肉。
先是杜姥姥做了一桌子菜，然後是一堆炸雞跟紫菜包飯，撐得杜敬之肚子直疼。蹲了十分鐘的廁所出來，算是排出去了一部分，這才舒服了一些。
回到屋子裡，躺在床上努力了一會，也沒困意，總在想著那個吻。
周末……是不是在那個時候舔他了？
他突然打了一個寒顫，然後坐起身，到了書桌前，讀書奮鬥到深夜。
第二天，杜敬之背著書包，打著哈欠出了屋，打算直接去上學。一出門就看到杜姥姥已經在做早餐了，又有四個菜，以及小米粥。
他遲疑了一下，還是放下書包，去吃早飯了。
到學校的時候，他就覺得肚子裡有東西在蕩啊蕩的，難受得臉色陰沉，以至於周圍的學生都繞著他走。
周末難得起床遲了。

匆匆忙忙洗漱完畢，就朝門外走，連早飯都沒來得及買。

昨天被杜敬之弄得失眠了一整晚，杜敬之不但沒回家，還沒開手機。他打了一晚上電話，傳了一晚上訊息，一點回音都沒有。

他自己都說不好，內心是興奮，還是對未知的未來的忐忑。已經確定了杜敬之的心意，他決心要踏出這一步了，以後的事情，以後再說吧。

打著哈欠走到了公車站，車站只有幾個人，有一道身影特別扎眼，就是夾著滑板，穿著七中校服的岑威。

岑威看到周末，居然直接走了過來，問他：「杜敬之呢？」

周末還想知道呢！

「你找他有事？」周末話語裡透著一股子冰冷。

「想找他要他的聯繫方式，等了一早上也沒等到人。」岑威並不在意似的回答，抬起手腕看了一眼手錶，注意到已經遲到了，這才站在路邊，開始等車。

「你要他聯繫方式幹什麼？」周末再次問。

「覺得他長得挺好看的，想認識一下。對了，你有他的電話號碼沒？」

「沒有。」

「哦。」岑威毫不在意，不再理會周末，直接吹起口哨來。

周末站在岑威的身邊，臉色鐵青，扭頭又看了岑威一眼，眼神裡透著厭惡。

岑威被周末瞪了一會，不但沒生氣，反而樂了，扭頭看向周末，直截了當地問：「那個杜敬之是個gay吧？」

「不是。」周末回答得斬釘截鐵。

「看來得費點功夫掰彎了。」

「你最好離他遠點。」

「公平競爭行嗎？」岑威扭頭看向周末，皮笑肉不笑，「直男。」

兩個人對視了許久，什麼都沒有發生，看似風平浪靜，卻暗濤洶湧。

周末到學校的時候，學校的大門已經關了，他有點煩躁地取出手機看了一眼時間，然後朝學校裡面看了看，最後打電話給了高主任。

沒一會，警衛就把大門開了一個縫，放周末進去了。

周末進入學校，特意朝後門的方向走，走到七班的後門，朝裡面看了一眼，看到杜敬之正趴在桌子上睡覺呢，這才大步回了自己的班級。

那個七中，一副自以為是模樣的男生，算個什麼東西！

周末冷笑了一聲，進入了教堂門。

027

課間體操的時間，杜敬之簡直就是抱頭鼠竄，想要躲避周末。

等到杜敬之終於不動了，也到了排隊的時間，周末無奈之下，只能放棄在這個時間段找杜敬之。

原本是要做操的，結果今天突然改了內容，高主任上了講台，宣佈了幾件事情。

「這一回，我們要獎勵一名學生，批評一名學生。」高主任高聲說道，「首先，我要表揚的是，高二七班的杜敬之同學，表現非常優秀，為學校多媒體教學樓畫了壁畫。捨棄了自己自習課跟休息的時間，為學校做貢獻，在這裡，我們要對杜敬之同學，發出表揚。」

杜敬之站在隊伍裡，還驚訝了一下，看到黃雲帆回頭看他，他還忍不住感嘆了一句：「喲！還挺正式的。」

「學校對於杜敬之同學的優秀表現，最後決定，對杜敬之同學給予四千元現金獎勵。」

杜敬之再次驚訝了一下：「還有錢拿？」

高主任在這個時候大手一揮，表示：「下面請杜敬之同學上臺講話。」

「還講話?!」杜敬之這個懵啊，他從姥姥家出來的時候因為熱水不方便就沒洗頭，本以為就今天偷懶一次沒什麼事，結果就要上臺了。

他遲疑了一下，還是硬著頭皮上去了，剛上臺，就注意到有閃光燈，又是一愣。

他可以確定，剛才拍到的相片一定是一臉「我操」的表情。學校裡的那習慣，這相片肯定貼光榮榜上，所以他拿到麥克風的第一句話，就是：「那個……相片能重照一張嗎？」

學校的學生跟著一陣爆笑，杜敬之則是很坦然地擺造型，等著照相。

照相的老師也是笑呵呵地幫杜敬之又照了幾張，杜敬之這才重新拿起了麥克風：「其實一開始不知道能給錢，畫得不算太認真，早說的話，我還能再畫仔細點。」

高主任看著杜敬之，一臉恨鐵不成鋼的表情，立即擺了擺手：「行了，你下去吧。」又給他趕了下去。

這一回，學生們的笑聲更大了，杜敬之在笑聲裡下了台。

下了講台，正對著的就是高二一班，一抬頭，就看到周末站在排頭的位置，正看著他呢。他心裡咯噔一下，趕緊避開目光，扭頭走了。

在杜敬之回到班級之後，高主任宣佈了一個公告，是對高海濤的，不過問題只是他辱罵女同學，並對女同學動手。公告裡，帶出來了一句：「還有就是，杜敬之同學跟劉天樂同學，做出了不正當的處理方式，也需要改正。之後，學生如果遇到此類問題，可以跟老師說，老師會處理……」

黃雲帆又回頭看杜敬之，擠眉弄眼的，模樣就像一個大猩猩：「杜哥，你可是火了，先表揚再批評，三中獨一份了。」

「非得趕一塊來，確實……」杜敬之也忍不住吐槽。

走佇列回教學樓的時候，有別的班的女生叫他的名字，他回頭看了一眼，然後沒找到目標，卻有一群女生嘰嘰喳喳叫：「真回頭了！」

「他的頭髮顏色好像是天生的。」

「皮膚真白啊。」

不管杜敬之如何皮糙肉厚，此時也有點不好意思了，回過頭繼續往前走，再有人叫他，他也不搭理了。

回到教室，劉天樂就回頭跟杜敬之說：「杜哥，檢討書借我抄一下。」

「我操，我忘了。」

「我完全不知道該怎麼寫！到時候你借我看看，你哪次都寫得不錯。」

杜敬之這個時候有點難受了，因為他的檢討書都是周末替他寫的，現在跟周末鬧僵了，哪還有臉跟周末要檢討書。

他思考了一會，用筆戳了戳周蘭玥的後背：「欸，妳得給我寫份檢討書，我可是幫了妳。」

「我也不會寫啊。」

「拿出妳寫同人小說的能耐。」

周蘭玥被說得有點不好意思，不過還是回過頭，湊到了杜敬之身邊說：「我覺得鄰居發現了。」

「發現什麼？」

「他昨天不是看了我的聊天記錄了嘛，他應該看出來我是腐女了，然後對我的態度就不一樣了，眼神也和善多。昨天出去的時候，他還跟我說再見呢。」

「發現妳是腐女怎了？」杜敬之依舊沒明白。

「你想想看啊，一個那麼聰明的一個人，發現自己暗戀的男生跟一個腐女聊天，說不定就側面發覺你也喜歡他了之類的事情。」

「哪有那麼邪，而且，他也沒暗戀我。」

周蘭玥有點驚訝，回頭看了杜敬之一眼，然後問：「你該不會是個傻子吧？」

「滾蛋，怎麼跟妳哥說話呢？」

「那麼明顯，你是看不出來，還是真傻？還是不願意承認？」

「明顯？」杜敬之問，他一年到頭跟周末打交道，早麻木了。

周蘭玥注意到老師已經進教室了，這才不說了，只是嘟囔了一句：「你們倆檢討書我包了。」

劉天樂最開始沒聽見，周蘭玥還拉著劉天樂的袖子，又說了一句，劉天樂高興地拍了拍周蘭玥的肩膀，說了一句：「不枉費哥罩著妳。」

杜敬之只是看著他們，心裡在想著：看，沒有周末，檢討書也有人幫寫，其實也沒什麼大不了的，就算跟周末絕交了，他的地球照樣轉。

豁出去了，開機吧，看手機吧……

看著手機，遲疑了好一會，還是放棄了。

周末說過，這個時期還是以課業為主，不能因為戀愛而分心，他居然擾亂周末平靜的生活了，會不會耽誤周末的學習？

這讓他陷入了深深的內疚中。

中午，周末出現在了七班門口，站在門口喊：「杜敬之，你出來一下。」

杜敬之幾乎是一瞬間就鑽到了桌子下面，對劉天樂小聲說：「跟他說，我死了。」

劉天樂彎著腰看著桌子下面的杜敬之，又抬頭看周末，有點不明白怎麼回事。想了想，還是到了周末面前，跟周末說：「他說他死了，你有什麼事？」

「死了還能說話？」

「這是遺囑。」劉天樂回答得理直氣壯。

「這頂多算是遺言，喏，安葬費。」周末把手裡的信封給了劉天樂，也沒多停留，直接走了。

劉天樂回了桌位，把信封放在杜敬之桌子上面了。

杜敬之探頭探腦地從桌子底下爬出來，偷看了一眼之後，從桌面拿起了信封，打開之後一看，是四千元整。正數錢的時候，周末又出現在了門口，問：「這是詐屍嗎？」

杜敬之再次鑽到了桌子下面，劉天樂沉默了一會，才歎氣回答：「剛搶救活，又被你嚇死了。」

「那真的非常遺憾，再見。」周末這一次，才算是徹底離開了。

杜敬之還有點怕周末殺回來，於是只是蹲在桌子下面數錢，數完了取出一張來放在桌面上：「晚上放學請你們吃烤肉串。」

「算了吧，白得來的，我們還能打劫一下，你辛苦得來的就算了。」劉天樂說著，彎著腰往桌子下麵看，「你招惹周末了？」

「被他抓住把柄了。」

「比如？」

「我對他進行了人身攻擊。」

「哦……」劉天樂隨便應了一聲，就開始催周蘭玥寫檢討書了。

杜敬之又得了錢，還開心得很，他突然覺得周末上次提的那個有償畫畫是可行的。

轉而，他又開始煩躁了，因為他躲著周末，卻又無意間想起周末了。

如果以後真跟周末絕交了，會不會很寂寞啊？

放學後，周末直接乘車去了杜姥姥家，進入餐廳的門後，杜姥姥就看到他了，立即迎了過來，拉著周末的手來回看：「這孩子，都長這麼高了，越來越帥了。」

「姥姥我都想你了。」周末笑迷迷地說。

「想姥姥還不來多看看我，敬兒在後面呢？」

「啊……他，昨天來您這了吧？」

「對啊，在我這，你們沒一塊來。」

「我跟他吵架了，他正躲著我呢，學校裡都不肯理我，我只能追您這裡來給他賠禮道歉了。」

杜姥姥一聽，就板起臉來，說起了自己的外孫子：「什麼吵架，估計就是他惹你生氣了，你這麼好的脾氣，能跟誰吵架，姥姥幫你說他。」

「嗯，行，我在您這等他一會。」

「來，去姥姥家，姥姥給你做好吃的。」杜姥姥拉著周末就往後門走，一邊走，一邊數落自己外孫子。

到了家裡，杜姥姥又忙開了，給周末做菜吃。杜姥爺沒一會也回家了，拉著周末就要下棋。

「小鏡子今天被學校表揚了，還拿了四千塊錢獎金，可厲害了，以後相片都能上光榮榜。」周末跟兩位老人誇起了杜敬之的好來。

說起相片，杜姥姥立即想起了手機裡的相片：「我外孫子上相，照相好看，你看這個，我隨便拍的都挺帥。」

周末接過杜姥姥的手機，看了一眼相片，強忍住笑，跟杜姥姥說了一句：「姥姥，您這相片拍得挺好啊，能傳給我嗎？」

「行啊，姥姥不會弄，你自己弄。」

「好的，姥姥您人可真好，怪不得有小鏡子這樣的外孫子。」

杜姥姥笑得跟朵花似的，準備給周末加菜。

這是難得杜敬之不在場，周末跟杜姥姥、杜姥爺獨處的情況，讓杜姥姥開心地說起了杜敬之的黑歷史。

「敬兒從小長得就好看，白白淨淨的，眼睛特別大，那個時候眼珠還挺黑呢，可精神了。睡完覺睜開眼睛就笑，誰能想到長大是這種性格。不過他是從小就長得好，秀氣，像個小姑娘。」杜姥姥給周末抓了一把乾果，放在了他面前。

「嗯，小鏡子現在長得也挺秀氣的，學校裡都說他是校草呢。」

「有你哪還輪得到他？你是不知道他小時候，哭著喊著不許我們說他像小姑娘，非得要刀，在自己臉上割一道疤，那樣會顯得爺們。結果我們把一把沒開刃的水果刀給他了，他反而不割了，抱著我的大腿就哭，說我們不要他了。」

周末還在看手機裡那兩張杜敬之穿粉色花睡衣的相片，聽到這個，忍不住跟著笑起來：「嗯，聽說他也是故意裝得很凶，讓別人不覺得他像女孩子，結果裝著裝著，就改不回來了。」

「還有一次，幾歲我忘記了，哭天抹淚地從家裡就過來了，在我這裡哭了兩個小時。買了兩個雪糕後，才說了原因，說你家裡帶你出去旅遊了，去一個星期，他想你了。我說你想周末了就給周末打電話唄，他還不好意思，就是哭。」

周末不知道這件事，還挺驚訝的，於是問：「還有這事？我都不知道。」

「這種事多了去了，還有次問我，以後周末娶媳婦了，是不是不跟他玩了？我說不能，你們會一直是好朋友，他也沒說什麼。」

「原來他這麼愛哭鼻子啊……」

「可不是，他媽說他幾句，他就哭，然後沒一會又纏著他媽到處走，從小就這樣。怎麼，他在你面前不哭？」

「嗯，不哭，特別堅強。」周末仔細想一想，杜敬之還真就沒在他面前哭過。

杜姥姥說話的時候，已經做了一桌子菜，隨後擦了擦手，嘟囔了一句：「這小子不會不過來了吧，我打電話問問。」

說著，取出手機打電話給杜敬之，發現杜敬之的手機關機，罵了幾句之後，又打給店裡，問杜敬之來了沒有。

「敬兒聽說他的那個小同學來了之後就走了，沒去妳那？」店裡的服務生問。

「走多久了？」

「能有十來分鐘了。」

「這小兔崽子……行了，我知道了。」杜姥姥掛斷電話，看著一桌子菜，有點生氣，不過還是說，「敬兒聽說你來了就跑了，他不過來吃，你跟姥姥一塊吃，是他沒口福！」

「好啊，我最喜歡吃姥姥做的菜了。」周末也不在意，拿起筷子就直接捧場，吃了起來。

杜敬之突然覺得，自己無家可歸了。

在大街上晃了一圈之後，在網咖跟旅店之間猶豫了一會，一拍兜裡的四千塊錢，直接去了飯店。

進去之後，吧台服務生問他：「是要主題房，還是普通房？」

「還有主題……什麼主題。」

「牆上那些貼畫，就是這些主題。」服務生指了指牆壁上貼著的介紹跟他說。

杜敬之抬頭往牆上看，森系房間、地中海系房間、田園系房間……還有監獄主題的房間。他一看就樂了：「還有監獄？這玩意有人住嗎？」

「這個是最火的主題，小情侶都愛住。」

「我操?!」杜敬之就跟個剛進城的小青年似的，看什麼都新鮮，來回看了半天，直接說道，「來個最便宜的！」

前臺服務生估計是看到他還穿著校服，反復確認了身份證資訊，才給他開了房間，還叮囑了好幾次，不許帶女朋友過來。

「我說姊姊，您真抬舉我了，我哪有那福氣，還有女朋友，我就是一個離家出走的叛逆期小屁孩，您就放心吧。」杜敬之對服務生打了包票，這才去了房間。

房間挺簡陋的，簡單的乳黃色壁紙，一張雙人床，兩個床頭櫃，還有全玻璃的衛浴。被單跟枕套都是白色的，應該是新換的。

進去之後，他先是放下書包，覺得穿運動鞋很不舒服，找了半天沒找到紙拖鞋，只有兩雙塑膠拖鞋。他拎著鞋，在洗手檯用牙刷刷了半天，才甩了甩水珠，穿上了。

然後坐在床上，鬱悶了好半天，心說這叫什麼事呢，他從來沒這麼怕過周末。

杜敬之怕周末過來跟他宣判，真怕。

他昨天做夢的時候，都夢到了周末來找他，心平氣和地跟他說：「現在還是課業更重要，不要因為這些感情的事情，耽誤了課業。而且，我也不喜歡男生。」

然後杜敬之在夢裡再一次大發雷霆，惹得周末徹底煩他了，他也就傻了。

在房間裡揉了一會頭髮，他才拿著房卡出去吃了一頓飯，回來後趴在床上寫了一會作業，複習了一會，突然覺得手癢癢。

從書包裡拿出速寫本，直接用水性筆，不打草稿潦草地畫了一個人。

還是周末，站在藤蔓前，沉默地看著他的模樣。因為太過熟悉這個人，場面又太過深刻，讓他能夠畫出全部細節，且特別精細。

他看著畫，突然開始「啪嗒啪嗒」地掉眼淚，狠狠地砸在畫面上，暈染了筆跡，然後胡亂地擦了一把，覺得自己要難受死了……

他隨便收拾了一下東西，就躺在床上睡覺了，卻怎麼也睡不著，最後乾脆打開床頭燈，拿著書開始背古文。背了三十分鐘左右，就捧著書睡著了，燈都沒關。

凌晨三點多，他又突然醒了，穿著拖鞋去了趟廁所，回來坐在床邊，覺得頭有點疼。

然後，就又開始想周末了。

這兩天裡，他比以往想得都多，他從未這麼認真地去思考他跟周末的關係，也從未這麼忐忑過。

他承認他挺孬種的，有膽子強吻，沒膽子面對。

他也不想成為變態！他也想過正常的生活！他這樣的男生，想交女朋友應該也挺容易的，可他就是喜歡周末！

從小到大，一直都沒改變過。

思想可以被左右，夢騙不了自己，那麼多的夜裡夢到周末，他知道，這個人已經雕刻在了他的靈魂裡，抹不掉的。

好不容易熬到了上學的時間，他去浴室裡沖了一個澡，洗漱完畢，到櫃台退了押金，然後搭乘附近的公車到了學校。

一切都跟以往一樣，如果七班門口沒站著周末的話，那簡直就是完美。

杜敬之的腳步停頓了一下，抬手揉了揉頭髮，歎了一口氣，才走了過去，依舊是平時那張看起來就很不高興的臉，然後說了一句：「晚上說吧，我不躲你了，今天好好上課。」

總回避也不是辦法，要死要活的，不如就一口氣解決了吧。

豁出去了！

周末看了看他，隨後終於笑了起來，想抬手揉一揉杜敬之的頭髮，最後還是忍住了：「嗯，說話算話。」

「嗯。」杜敬之答應了之後，就直接回了教室裡。

這一天似乎特別的漫長，讓杜敬之難受得直想出去打架。

等到了放學的時間，杜敬之為自己加油打氣兩次，才出了學校。結果一到門口，就看到了一道不和諧的影子。

杜敬之想繞開岑威走，不過岑威似乎沒有放過他的想法，騎著車攔在了杜敬之身前，笑迷迷地問他：「故意躲我？」

「你是不是有毛病啊？」杜敬之心情本來就不好，看到他就更煩了。

「我覺得我還挺健康的。」

「你找我幹什麼啊？」

「請你吃飯，要不要一塊走？我今天特意借來了一輛車。」

杜敬之看著岑威的這輛車，有一瞬間的無語，這是女用車吧？也虧得岑威這麼高的個子能騎得了。

他有點不爽，左右看了看，果然看到不少人在悄悄看他們，在杜敬之看過去之後，就自動避開了目光。

「你他媽的……」杜敬之居然有點詞窮了，想了半天，終於再次問了一句，「你到底要幹屁啊？跟我比誰帥是不是？你帥你帥，你帥得我從內心裡唱起了讚歌。」

「聊一聊吧，我看你似乎對我也挺好奇的，我感覺出來了，同類。」岑威居然笑出來，模樣坦然，一點避諱都沒有。

杜敬之還真的愣了一下，詫異地看著他，然後微微蹙眉。

「我不知道你對這個圈子瞭解多少，不過我可以跟你聊一聊，讓你有個心理準備。」岑威說著，對杜敬之示意，「坐上來吧，我自己的車只有橫樑，我知道你肯定不會坐。」

「自行車後座我也不想坐，你就不能大方點，我們搭車去？」

「自行車多浪漫，而且你讓我把車扔哪？」

「兩個男人就是很詭異。」

「行了，上來吧，沒多遠。」

杜敬之看著岑威了一會，遲疑了好半天，才說了一句：「只聊幾分鐘。」

「夠用了，走吧。」岑威直接騎著車子圍著杜敬之繞了一圈。

杜敬之嫌棄地看了一會，才蹦上了岑威的自行車後座。

兩個相貌極好的男生，這樣共乘一輛自行車，畫面不但不滑稽，反而很和諧，可見顏值可以化解一切。

周末走到校門口的時候，剛好看到的是這一幕。

程樞原本還笑著跟周末說話，一扭頭看到周末陰沉的表情，嚇了一跳。

029

「這是要去哪啊？」杜敬之看著周圍。

這是在三中跟七中附近，不過這片區域他沒來過，不符合他的氣質，太小清新了。他又不約會，平時就是去個飯店，去個網咖，或者是找個僻靜的地方約架。

「去咖啡廳。」岑威回答，還在「吭哧吭哧」地騎車，女用車就是沉，更何況還帶了個人。

「你去咖啡廳吃飯的？」杜敬之驚訝，覺得自己這麼多年白活了。

「你不是說只聊幾分鐘嗎？幾分鐘能吃飯？」

「你怎麼知道我幾分鐘吃不完？」

岑威聽完連連回頭，嘟囔了一句：「我操，你這人……」

「我這人怎麼了？我就這樣。」

岑威這才認了，繼續悶頭騎車，沒一會就到了一個咖啡廳門口停下車。

杜敬之也十分自然地下了車，站在原地左右看。

岑威蹲在自行車前研究怎麼鎖車，好半天才擺弄明白，站起身的時候還在嘟囔：「你說，這幫女生在車鎖旁邊纏那麼多繩子幹什麼玩意？」

「好看吧……」

「有那工夫不如改改車，死沉死沉的，都騎不動。」說著，他便在前面領路，帶著杜敬之進了咖啡廳。

咖啡廳裡人不多，裡面顯得十分冷清。

剛進去，就有一個穿著工作服的服務生走了過來，跟他們打招呼：「喲，小威的男朋友？」

杜敬之聽完整個人都震驚了，一臉「傻子」一樣的表情。他看著服務生，只注意到服務生的腰特別細，長相倒是蠻一般的。

岑威回頭看了一眼杜敬之，被他的表情逗笑了，然後跟服務生解釋：「不是，人家是直男。」

「直男帶來這？」

「帶這來見識見識。」

服務生又看了看杜敬之，眼睛裡全是驚豔，然後笑得特別猥瑣，有點像電影裡的老鴇，嘟囔了一句：「真夠帥的。」

「嗯，我也覺得。」岑威一點都不否認，不然他也不會對杜敬之這麼執著。

「目標？」服務生又問。

「算是，不過希望不大，你懂的。」

服務生又看了杜敬之幾眼，然後在岑威屁股上捏了一把說：「要是你長大了，還沒碰到合適的，來找我啊。」

「我操，你再碰我，我把你手剁掉。」岑威說著，還踹了服務生一腳。

服務生把菜單直接丟給了岑威：「自己看吧，我等會過來。」

等服務生走了，杜敬之才回過神來，往後退了幾步，去看咖啡廳的牌子。

岑威走到他身邊的時候，他才問：「學校旁邊還有這地方？」

「你不知道東西還有很多，小朋友。」

「剛才那個楊柳腰是……gay？」

「呃，楊柳腰……嗯……」岑威忍不住笑了起來，本來就有一張逆天的好容顏，笑的時候更是錦上添花。

「公開的？」

「算是吧，進來說吧，別在門口站著了。」

杜敬之這才跟著他進了店裡，到了一個角落的位置，從岑威的手裡接過菜單，來回看，主食大多是麵包跟糕點，看著挺好看，但是都吃不飽。

他來回看看，最後點了一杯奶茶，一份慕斯蛋糕。

點完東西，他才左右看了看，發現店裡大多都是男性，看起來都挺斯文的，三三兩兩地聊著天，喝著東西。不過，其中還是有女性的。

他又小聲問：「這裡還有女的啊？」

「不瞭解這家店的本質，誤打誤撞進來的，店裡也不能轟客人出去吧？」

「你是公開出櫃？」

「我沒特意說過，但是，也沒故意隱瞞過。」

杜敬之看著岑威這自然的樣子，突然有點佩服，他如果有這氣概，是不是也不用躲著周末了？

岑威見杜敬之沉默下來，這才說了起來：「我交過女朋友，不過時間維持不了多久，根本沒有感覺，接吻都吻下不去。還是想試試交男朋友，來這裡尋覓過幾次了，都找不到我的菜。」

「你該不會是看上我了吧？」

這個時候，服務生已經送來了糕點，速度還挺快，應該是現成的，不用做。杜敬之用小叉子吃了起來，等待岑威回答。

「嗯，算是吧，就是覺得你長得還挺好看的，特意跑到三中去看了看你，然後發現，真人還挺帶勁的。」

「我會拒絕的。」杜敬之說。

「我猜到了，你和那個大個子有一腿？」

「沒有，我單戀他。」杜敬之沒否認，只是隨口說了一句，依舊在跟蛋糕鬥爭。

「單戀？」岑威聽了揚眉，接著悄無聲息地笑了，覺得這兩個人挺有意思。

「嗯，你是怎麼發現你……」

「沒什麼可遮遮掩掩的，直接問就行。我吧，小學的時候啥也不懂，國中才喜歡了第一個人，是我的家教，斯斯文文的一個人，戴了一副金絲邊眼鏡，嘴唇自然紅潤。後來吧，我挺胡來的，把人家強吻了，那天以後我就再也沒見過他，課業也一落千丈，不然咱倆能在三中見面。」

杜敬之突然產生了一絲共鳴感，低垂下眸子，想起了他和周末。

「然後我就開始認識到我的與眾不同了，恐懼了一段時間，因為覺得被單戀的人嫌棄了，還自暴自棄了一段時間，高一快結束了才好了一些。然後開始尋找同類，想不那麼孤單，找到共鳴，或者是……活下去的支撐。」岑威繼續說，表情也有一瞬間難過。

杜敬之看著他，又看了看周圍的人：「你現在好像挺灑脫的。」

「我難受的時候，也真的是歇斯底里，後來認識了這裡的一些人，被他們開導。家裡的人也發現了我的不對勁，我猜是我的家教跟他們說了，他們帶我去看心理醫生，還跟我說，沒事，家裡不會在意。不過……幾個月前我的弟弟誕生了，他們還是想要傳宗接代吧。」

「家裡的人能接受，也挺難得了。」

「我後背有傷疤，被我爸用皮帶抽的，他們打過、罵過，發現改變不了我，這才妥協的。你知道的，這種事情，上一輩人是無法接受的。」

杜敬之突然想到了杜媽媽，然後又想到了周末的父母，也是一陣惆悵。

他遲疑了一會，才問：「你覺得你現在，過得好嗎？」

「啊？」

「就是你現在覺得，你是坦白了過得舒服，還是隱瞞過得舒服？」

「我不後悔，不然隱瞞下去，之後被家裡逼著相親，妥協地跟一個女孩子結婚？人家女孩子招你惹你了，你毀了人家一輩子？早晚是要面對的，只是時間問題。」岑威說著，喝了一口剛送來的咖啡，又補充，「不過，你如果後期還能喜歡女生，有一個人出現了，把你掰回去了，也行。」

「哦……」杜敬之又陷入沉思。

「你的奶茶帶走喝吧。」岑威往咖啡裡放糖，好似不經意地說。

「怎麼？」

「別讓門外那位等急了。」岑威往外勾了勾手指，杜敬之順著看過去，就看到周末等候在咖啡廳的門口，不由得嚇了一跳。

「呃……」他有點手足無措。

「那位長得也不錯。」岑威看了周末一眼，感嘆。

「你也看上了？」杜敬之警惕地看向了岑威。

「別了，看到他，我就屁眼疼，一看他，就知道他是我搞不定的那類的。」

杜敬之一瞬間想起周蘭玥舉著兩隻手，插進去抽出來的動作，不由得紅了耳尖。不過他還是讓服務生把奶茶外帶，然後快速吃了幾口蛋糕，就走了出去。

待杜敬之走了，服務生走到岑威身邊問：「怎麼回事，小帥哥跟著別的小帥哥走了。」

岑威也看著窗外，一臉的懊惱：「我也煩，追了吧，像小三似的。不追吧，還不甘心，畢竟難得碰到這麼對胃口的。近看……皮膚可真好啊……」

服務生看著岑威一個勁地笑，回答：「不過那兩個人，看起來挺配。」

「是啊，炸毛的貓，看到那傢伙就跟個小雞崽似的。」

杜敬之拿著奶茶出了咖啡廳，就看到等在門口的周末，遲疑著，不知道該怎麼辦。

周末只是溫和地看著他，然後笑了起來：「走吧，一起回家吧。」

看起來，跟平常沒有什麼兩樣。

「嗯，好……」

再次到車站的時候，學生已經很少了，兩個人在一起，也不會有其他人在意。兩個人一路上都很沉默，原本無話不說的朋友，也突然沒什麼可聊的了。

兩個人一起走進社區門口。

杜敬之走在前面，剛跨進去，就被周末拽住了手腕，突然拽回去。還沒反應過來，已經被周末按在了門後，身體撞擊門板，發出一聲悶響，然後，劈頭蓋臉一個吻。

他下意識想要掙扎，周末立即按住了他的手腕，就像兩把鉗子，毫無掙脫的餘地。

杜敬之從來沒見過，周末這個樣子。

就像一隻野獸。

030

這個吻跟上一次的完全不一樣，濃烈得讓杜敬之險些醉了。

周末有點怨氣，心中泛著酸，不捨得跟杜敬之發脾氣，於是藉由親吻發洩出來。輕易地闖入了杜敬之的防備，在他口中掃蕩，霸道地掠奪。

杜敬之的呼吸有點跟不上節拍，這或許也是他臉突然通紅的原因之一。

舌尖被周末吮著，有點疼，他瑟縮了一下，就被周末按得更用力。

心臟像脫離了樂譜的音符，毫無章法地跳動著，演奏著不成節奏的樂曲。

周末的吻終於斷了一下，讓杜敬之能夠暢快地呼吸，感覺到周末吻著他的臉頰，湊到了他耳邊呢喃著：「杜敬之，你撩完就跑，已經很過分了，現在還跟別人跑了，是不是？」

杜敬之的眼神有點閃躲，有點心虛，不過還是試著去看周末，周末也在這個時候鬆開他，只是平靜地看著他。

之前那個有點憤怒的周末居然這麼快就消失了，此時站在他面前的，還是他熟悉的那個周末。他看著周末，然後又左右看了看，有點慌。

「我……只是跟他問點事。」杜敬之回答，同時活動了一下自己的手腕，之前被周末按得有點疼。他心裡更是七上八下的，有點捕捉不準現在的心情。

「你什麼事不能問我嗎？」

「就因為不能問你，才去問他的。」
「為什麼不能問我？」
「我是變態這件事，我怎麼問你，更何況我意淫的還是你。」杜敬之有點被逼問得急了，直接嚷嚷起來，然後推開周末，徑直朝樓上走，「滾蛋！」
周末先是愣了一下，然後趕緊轉身跟上了杜敬之，叫了他一句：「小鏡子。」
「我有病，我取向不正常，我控制不住我的行為，我是同性戀行了吧？反正就是這個情況，你也能猜到了，可以了吧？」杜敬之就好像在發洩一樣地說著，上樓梯的速度很快，近乎於暴走。
「我發的簡訊你看了嗎？」
「沒看，我不敢看，等你告訴我，你更想好好用功是不是？我保證，我以後會控制住我自己，以後不會打擾你。然後，我們能跟以前一樣，就跟以前一樣，不能我就滾蛋！」
「你……」周末趕緊握住杜敬之的手腕，把他拽住，然後上前一步，從後面將他抱在懷裡，緊緊地抱著，「為什麼要這樣，我喜歡你，你看不出來？」
杜敬之的心口突兀地揪緊，就好像轉瞬間發生的車禍，他的心臟就是被夾在中間的那輛車，突兀地被擠壓成團，一團破敗，還在被不斷衝擊著。
他沒有回頭，只是發洩一樣地繼續說：「是你跟我說，現在要以課業為重，戀愛這種事情以後再說。」
「我什麼時候說了？」
「吃烤肉的那次。」

周末自己還想了半天，這才近乎於崩潰，當時是為了防止杜敬之跟別人在一起，才說那樣一句話的。結果，現在因為這句話，他跟杜敬之兩個人都糾結了兩天多的時間。

「是我嘴賤……」周末恨不得抽自己嘴巴，不過現在不能，因為他要抱著杜敬之。

「還有，你家裡的人對我那麼好，我不能把你帶成變態。」杜敬之又說了另外一個理由。

一句一個「變態」，聽到他這樣貶低自己，周末有點心疼，突然有點自責，把他逼得太急了。周末根本沒想到，杜敬之的內心裡，居然這麼自我否定。這兩天，恐怕被內心的煎熬折磨壞了吧……

杜敬之想了這麼多，周末卻只想著跟杜敬之在一起。

「別這樣好嗎？我心疼。而且，你怎麼就確定，是你給我拐壞的？我就不能是自己壞的？」

「沒有我，你能這樣嗎？」

周末想了想，如果沒有杜敬之，他恐怕也不會這麼喜歡一個人。不過，如果沒有喜歡杜敬之，他會喜歡其他人嗎，或者喜歡一個女生？

不會。

內心的回答十分明確。

如果小時候沒遇到杜敬之，周末會等到遇到杜敬之的那天，然後一下子喜歡上。

周末只想喜歡杜敬之。

「我只知道我喜歡你，無論之後會怎樣，我都心甘情願。」周末依舊抱著杜敬之，不肯鬆手，「抱歉，讓你一個人承受了這麼久。明明我早就意識到兩個人的心意，卻因為我的不敢確定以及不勇敢，讓你一直壓抑著。讓你久等了，是我的錯，這次我不會退縮了，所以，你願意跟我在一起嗎？」

周末的擁抱，一直帶有治癒的效果，能夠讓杜敬之浮躁的心，立即平靜下來。

許多次悲傷的時候，都是被周末的擁抱安慰了。現在，也因為這個緊實的擁抱，讓他終於找回了踏實的感覺。

是相愛的啊……

周末也喜歡他。

多神奇的事情。

糾結了兩天的腦袋，原本一直在疼，現在終於好多了。他歎了一口氣，晃了晃身體：「鬆開，太緊了。」

「你得答應我不跑了，我才鬆開。」

「嗯，不跑了。」

周末終於鬆開了杜敬之，杜敬之依舊停留在原處，然後緩緩轉過身來，看向周末。

這一眼，包含了太多的情緒，說不清是喜是悲，兩個人彼此愛著，都那麼堅定，卻還是看不清未來。

不過，杜敬之不在意了，現在，他已經覺得很好了，無憾了。

「我也喜歡你……很喜歡很喜歡你。」杜敬之說。

杜敬之站的地方，比周末高一級臺階，居高臨下。他剛說完就哽咽了，抬起雙手，掩著臉，壓抑著眼淚。

怎麼辦，又要哭了，他有點太開心了。

然後他聽到了周末的笑聲，很輕很柔。

周末看著杜敬之，突然相信了杜敬之其實是個「小哭包」這件事。他意識到，杜敬之終於在他面前展示真實的自己了，沒有偽裝，丟棄了彆彆扭扭的性格，說了實話，暴露了被掩飾過的柔軟一面。

杜敬之只在自己的家人面前掉眼淚，現在，他最重要的家人，多了一個周末。

周末抱著他，親吻他的手背，然後柔聲說：「我知道了。」

「你知道個屁。」

「好，我知道個屁。」

「……」

杜敬之拿開手，隨後拍了周末腦袋一巴掌，把周末拍愣了。

「鬆開。」杜敬之開口。

「再抱會……」

「我媽今天回來。」

周末這才不情不願地鬆開手，杜敬之先一步往樓上跑，速度特別快，恨不得三級臺階一起邁。

周末無奈地看著杜敬之飛速逃走的樣子，想了想，還是沒追。

按照杜敬之的性格，剛才表白了，還差點哭出來，肯定羞恥心爆棚，現在是沒臉見人的。周末如果繼續去追，估計會被罵一頓，說不定還會被揍，還不如讓杜敬之自己緩緩神。

杜敬之回到家裡，直接奔自己的房間，進了屋裡，就趕緊把房間門鎖上了，然後是露臺門以及窗戶，這才坐在床邊。

冷靜下來之後，他就覺得自己的腦袋要炸了，簡直在冒著熱氣。如果他是噴射機，現在估計正在天上飛呢。

他剛才表現得簡直糗死了，太沒出息了，還差點哭了，怎麼不直接射了呢？射了也比哭爺們啊！

抬起手，拍了拍自己的臉頰，讓自己清醒一些，靜坐了半個小時，才覺得好一點。

沒一會，就聽到了樓下有動靜，緊接著是杜媽媽叫他的聲音：「敬兒，回來沒？」

「回來了。」

「過來幫我收拾東西。」

杜敬之這才下了樓，到樓下就發現杜媽媽帶了不少東西回來，他蹲在旁邊看了一會，就看到了有幾個熟悉牌子的袋子。打開看，果然是給他買的衣服跟褲子，還有一雙新的運動鞋。

另外幾個袋子裡，放的是特產、小吃、水果，還有就是杜媽媽的行李箱了。

杜媽媽拽著杜敬之在他腦門親了一口，這才問：「想不想媽媽？」

「肯定想啊！」杜敬之手裡拎著的是衣服袋子。

「行了，去試試衣服，媽媽把東西洗一洗，一會給你送吃的過去。」

「行。」杜敬之拎著那幾袋屬於自己的，樂呵呵地上了樓。

剛換完衣服，正照鏡子呢，就有人敲了敲門，他沒猶豫，當是杜媽媽來送吃的了，直接開了門，就看到周末端著一盤水果站在門口。

他下意識想關門，周末已經推開門自己走進來了。

「怎麼？不歡迎？」周末把果盤放在了他的書桌上問。

「不是，你難得走正門，有點不習慣。」

周末被逗笑了，見杜敬之手還握著門把手，在猶豫是出去還是留下。於是走過去，把門推上了，然後十分順手地反鎖了。

杜敬之也沒再糾結，走到了書桌前坐下吃水果。

周末跟著坐在他身邊，幫他掰開山竹，放在杜敬之面前。

以前這種事很平常，今天杜敬之倒是有點不好意思了，看著山竹有點遲疑，扭頭看向周末，注意到周末的指尖黏黏的，然後從桌面抽出了一張濕紙巾，主動幫周末擦手。

周末任由杜敬之幫自己，兩個人的手隔著濕紙巾碰觸著，還有一絲涼意。然後周末湊過去，親吻杜敬之的唇。

接連不斷的吻，就像開了閘門的洪水，衝擊著杜敬之的唇。杜敬之被吻得七葷八素，雖然在腦袋裡早就幻想過跟周末做這種沒羞沒臊的事情，但是真做了，還是有點氣息不勻，外加周末的熱情，超越了他的承受範圍。

綿長的吻持續了能有五六分鐘，杜敬之才推了一下周末的肩膀，喘著粗氣說：「讓我……歇歇嘴。」

031

暗戀了那麼多年的人，好不容易表白了，就親這麼幾下怎麼可能親得夠？周末根本沒滿足，但是看到杜敬之通紅的耳尖，還是決定先壓抑下來。

等會再親。

這種事情，周末做得還不是很熟練，他準備和杜敬之一塊練習，自然要得到杜敬之的配合。

杜敬之故作鎮定地吃水果，然後問：「你去我姥姥家了？」

「嗯，那天晚上你在哪住的？」

「開房去了。」

「哦？」

「可有意思了，這賓館還有主題房間，最熱門的居然是監獄主題房，你說那些情侶是怎麼想的？」

周末跟著點頭，思量了一會說：「下次我們去試試。」

杜敬之正要吃一個櫻桃，手裡的櫻桃差點掉出去，他又看向周末，一臉的詫異。

周末依舊是坦然的模樣，一臉溫和的微笑，讓杜敬之在想，是不是他把周末想歪了，其實周末說這句話的時候，根本沒多想，周末還是他心目中的小天使。

又吃了幾個櫻桃，他問周末：「你不吃嗎？」

「你不餵我嗎？」
「你殘疾啊？」
「唉……」周末歎了一口氣，還是自己伸手去拿了，真是……待遇一點也沒變。
杜敬之吃了一會，就開始犯睏了，畢竟昨天夜裡沒怎麼睡好。到床上歪歪扭扭地躺下，取出手機開機，然後就被簡訊提示振得手麻。
周末：小鏡子，回來。
周末：我在你家的露臺等著呢，我們好好聊聊好不好？
周末：你如果開機了，給我回個電話。別怕，我不會怪你的，畢竟我那麼喜歡你。
周末：怎麼還不回家？好吧我承認，是我故意的，很小的時候，就覺得你長得好看想跟你交朋友，然後買糖討好你，給你買好吃的賄賂你。對你好是真的想對你好，也是別有所圖。對別人好是為了不顯得我對你過分好，不得已而為之，你能懂我的意思嗎？
杜敬之看著這條簡訊的時候表示：不太懂。
周末：我覺得我應該喜歡你更早一點，你還記不記得你小時候特別凶。我是從小學一年級才開始往你身邊湊的，因為我在房間裡，看到你在露臺跟阿姨撒嬌的樣子，那個時候就感覺好可愛啊。那個時候，我就想看你跟我撒嬌的樣子。
周末：我在家裡觀察你很久了，一直看，一直看，越看越喜歡，管不住自己的那種。後來我把書桌搬離窗戶了，不然學習的時候會忍不住抬頭，往你那邊看。
周末：小鏡子，我很喜歡你啊，所以別不理我好不好？你不理我，我好難受。

他正在讀簡訊，就聽到周末問他：「你放學跟那個七中的，去約會？」

「沒有，跟他不熟，就是他說請客，跟我說說關於出櫃的一些事。」

「他跟你表白了？」

「算是吧，他說覺得我長得挺帥的，想試試，不過沒有什麼過分的舉動。」

周末在這個時候起身，到了床邊，硬蹭著上了床，抱著杜敬之，蜷縮著身體，把臉埋在杜敬之的頸窩裡。

杜敬之還在看簡訊，於是只是讓周末枕著自己的手臂，他環著周末的頭，把手機舉在周末的頭頂，繼續看手機。

周末抱著杜敬之的腰，嗅了嗅杜敬之身上的味道，這才安心了一些，有點委屈似的說：「我有點不高興了。」

「怎麼？」

「看到你在我面前，跟著別人跑了，我肯定是要不開心的。」

「我跟別人聊聊天你也生氣？怎麼的，我還不能跟別人來往了？」

「跟別人無所謂，但是跟對你有所圖謀的人在一塊，我就不高興。」周末說著，用嘴唇輕輕地啄著杜敬之的脖子，讓杜敬之覺得有點癢。

杜敬之總覺得，他還沒適應過來呢，周末就已經進入狀態了，現在越來越放得開了，一個看起來那麼書生氣的人，居然也在短時間內開始跟他卿卿我我了。

最要命的是，他居然還不討厭，從褲襠裡那個不安分的東西漸漸揚起頭，他就知道自己也是個血氣方剛的少年，被喜歡的人抱著，身體是喜歡的，思想也不肯拒絕。

「你怎麼知道他對我有所圖謀？你該不會覺得所有人都對我有所圖謀吧？」杜敬之依舊在看手機，模樣故作鎮定，其實早就被周末親得渾身發熱了。

「昨天早上我在車站碰到了他，他說的。」

杜敬之這才驚訝了，低下頭問：「這他都說？」

周末順勢抬起一隻手，扶著他的臉頰，輕輕親吻他的唇，然後說：「嗯，我都要氣死了，你說該怎麼辦？」

「你該不會是在撒嬌吧？」

「哼哼！」

杜敬之遇到過周末兩次這樣撒嬌，一次是周末看到他和周蘭玥單獨在一起，一次是這一次，讓他意識到，周末吃醋的時候，會到他身邊來撒嬌。

然後他忍不住笑了，抱著周末，主動湊過去，親吻周末。

親吻很短暫，一下又一下，每次碰到了，就離開了。周末似乎比杜敬之還耐不住性子，開始進行反攻，十分自然地稍微起身，推著杜敬之的肩膀，讓他躺下，然後順勢壓在他的身上。

周末的雙手撐在他身體的兩側，整個身體籠罩著他，低著頭，加深了這個吻。

杜敬之下意識地吞咽著唾沫，口中迴蕩的，還有屬於周末的味道，唇齒間還有水果的香甜，柔軟的舌可能是雙方最貪戀的地方。

柔軟的唇瓣觸碰、摩擦，兩個人的呼吸交織在一起，從最開始的自然，到後來的急促。

之前握在手裡的手機早就不知道隨手放在哪裡了，狹窄的床似乎更能讓他們倆靠得更近。因為忍耐得太久，所以這種親熱變得特別地可貴。

忍不住，根本忍不住，恨不得之後所有的時間，就這樣纏在一起。

杜敬之的手伸進周末的內搭衣裡，輕輕撫摸著周末的後背以及腰，從注意到周末的腹肌開始，杜敬之就惦記這個地方了，現在終於可以大大方方地摸，毫無顧忌。

流暢的肌理，緊致的皮膚，高低起伏的肌肉，就像沙漠中勻稱的沙丘，不那麼誇張，卻非常的棒，讓他興奮之下一下子抱緊了周末，不肯鬆手。

周末這才停止了這個吻，用自己的鼻尖蹭著他的鼻尖：「你這麼抱著，我會壓到你的。」

「我又不是女生。」

周末笑了笑，然後說起了另外一件事情：「其實我一直都很好奇一件事情。」

「什麼？」

「你那裡的毛……是不是也是棕色的？」

杜敬之先是反應了一會，才想明白，當即罵了一句：「我操，輸給你了！」

「真的好奇。」

杜敬之活動了一下身體，推開了周末，擰著肩膀往後看，然後抱怨了一句：「衣服商標忘記剪了，扎死我了。」

周末試著幫杜敬之扯下來，可是標籤是繩子做的，很結實。周末坐起身來，扯著杜敬之的衣服角說：「脫掉吧，都壓皺了。」

杜敬之觸電一般地按住了衣服，警惕地看著周末，隱隱地覺得自己菊花一緊。腦袋裡飛閃的是周蘭玥的手，以及岑威說的菊花疼。

他看著周末，眼神裡帶著審視。

為什麼這兩位都覺得周末是那種……很難搞的人呢？是不是旁觀者清，周末真的不像表面這麼正直善良？

想想也是，他們倆可以算是從社區門口親到他房間床上了。而現在，這傢伙居然很坦然地要脫他衣服！

不過，他剛才也很沉醉地摸了周末的腰。

在杜敬之糾結的時候，周末一直看著他，然後溫柔地問：「怎麼了？」

「沒事，你先起來。」杜敬之往後退著，撐起身子坐起來。

周末點了點頭，很聽話地起身了，然後到了杜敬之的書桌前，拿來剪子過來幫杜敬之剪掉了衣服上的標籤。

杜敬之跟著下床，扶著桌邊站著緩了緩神。

周末走到他身後，抱著他的腰，在他的後脖頸印下了一個吻，說道：「嚇著你了？」

「嗯？」

「就是……我這麼熱情，嚇到你了？」

「說不好，反正我一直覺得，你是那種我親你一下你能臉紅半天的人，根本沒想到你是這樣的周末。」

周末頭頂著杜敬之的後腦勺，忍不住笑了起來，笑得身體一顫一顫的，讓杜敬之也跟著周末一塊顫動。

杜敬之被周末的氣息吹得渾身難耐。

「小鏡子你說說看，你是怎麼意淫我的唄？我還挺好奇的。」周末問。

「啊……就是那種我豪邁非常，你羞答答的那種。」

「這樣啊。」

杜敬之覺得，他們倆現在完全是反過來，周末熱情到他難以適應，而他倒是一直被周末親得暈乎乎的。

周末的手動了動，在杜敬之鼓起的襠前輕輕地按了一下罪惡之源，然後說：「我想像的跟你想的差不多，不過，是角色反過來。」

就算周末練了這麼多年的跆拳道他都不得不承認，杜敬之常年的實戰經驗要比他強一些，而且爆發力十足，發力瞬間的靈活度也是周末需要仰慕的。

周末都說不清，杜敬之怎麼就那麼俐落，幾乎是瞬間抓住了他的手，轉過身，把他的手扣在了他身後，然後用力一推，他就到了門邊。回過神的時候，他已經被杜敬之一腳踢出了門外，還關上了門。

周末錯愕地站在露臺愣了回神，被冷風一吹，才清醒過來。

這種季節，穿著拖鞋出來，還真有點冷。

他趕緊去敲門，杜敬之根本不理，他就到了窗戶邊，站在窗前敲了敲玻璃，然後可憐兮兮地叫：「小鏡子，我的鞋還在樓下呢！」

杜敬之此時正在接近爆炸的狀態，如果是別人，早挨揍了，對周末還能有好點，於是只是說：「走正門去拿啊。」

「別啊，我錯了好不好？」

「不好，我羞答答的，害羞，不願意開門。」

周末又委屈，又想笑，一臉哭笑不得的表情，這才說：「小鏡子乖，我這麼羞答答的一個人，你怎麼能讓我去正門呢，讓阿姨看到多不好，我會害羞的。」

杜敬之往周末家那邊一指：「回去。」

周末在這個時候在口袋裡摸索起來，然後舉著一疊錢，晃了晃：「姥姥給我拿了錢，讓我帶過來給你。」

「我操！」杜敬之看完就崩潰了，拄著桌子唉聲歎氣了好一會，才說，「你居然收了？」

「舉手之勞而已。」

「我去的那天是用百米衝刺出去的，才沒拿這錢。這錢我收了，給我媽，我媽就要我給姥姥退回去，收了就是不懂事，姥姥那麼大歲數了還要人家的養老錢；如果我不收，姥姥也罵我，說我不懂事。正好你要去樓下取鞋，那就把錢給我媽去吧，這事我不管。」

周末的笑容有點尷尬了，聲音低了些：「就是阿姨讓我給你……然後……」

「然後給我姥姥送回去是吧？我告訴你，我不去，這事是你幹的，我不管。」杜敬之說得那叫一個絕情，毫無討價還價的餘地。

「別啊，這種事我做著不習慣，你不開門，我就貪污了。」

杜敬之一聽就樂了，嘿嘿一笑：「行啊，你貪污了吧，就當咱姥姥給你的聘禮了。」

咱姥姥這個稱呼，讓周末「嘿嘿」笑了一會。然後，周末還是妥協了，點了點頭說：「行吧，我試試給阿姨。」

說完，就轉身回了自己的家裡，在開自己家露臺門的時候，已經凍得直哆嗦了。

杜敬之低頭看著自己那不知羞恥依舊仰著的肖唧唧，忍不住歎了一口氣。

剛坐下，想冷靜一下，手機就振動起來，他從角落摸出手機來，看著周末發來的簡訊：小鏡子，怎麼辦，剛一轉身就開始想你了。

看著簡訊，杜敬之樂了半天，到現在他還覺得一切都不真實，可是高昂的肖唧唧告訴他，一切都是真的。

他快速按著按鍵回覆簡訊：神經病。

周末很快又回覆了：親親。

杜敬之忍不住嘟囔：「這個人怎麼……這麼不要臉呢？」

他把手機放在身邊，準備去畫畫，畢竟耽誤了兩天，作業還需要畫完。坐在畫架前，剛畫了幾筆，就沒來由地笑了起來，抬起左手摸了摸嘴唇。

發了一會呆，就開始繼續畫畫了。

樓下傳來談話聲，估計是周末又從正門來取鞋外加給錢了。杜敬之看了一眼鎖著的房間門，沒動，反正房間門是周末自己反鎖的。

談話聲沒多久就結束了，杜敬之等了一會，周末也沒上來，他忍不住豎起耳朵。

正仔細聽的工夫，就看到周末房間的燈開了，估計是周末要開始讀書了，他這才確定周末是真的回去了，心裡還有那麼點失落。

然後很快就覺得自己，簡直賤……

抬手拍了拍臉，繼續畫畫。

他晚上畫到了十二點多才算是完工，到樓下洗漱完畢，回來之後關了燈，發現周末的房間還開著燈。

他遲疑了一會，還是沒打擾他，躺在床上準備睡覺。

過了沒有五分鐘，他就收到了周末發來的簡訊：小鏡子！小鏡子！

杜敬之坐起身，往周末的房間看了看，發現周末的房間也關了燈，他突然意識到了什麼，發簡訊問：我發現，你總是在我關燈後才休息。

周末：對啊，在等你。

杜敬之還在打字回覆簡訊，周末的電話就打過來了，他遲疑了一下，還是接通了，然後罵了一句：「你神經病啊！離得這麼近打電話。」

「你不給我開門，我也很委屈。」

「有事？」

「晚上關了燈看手機螢幕，對眼睛不好，所以打電話吧，我也想聽著小鏡子的聲音睡覺。」

「神經病……」

「我覺得我簡直病了，聽到你罵我，我都好開心，今天看書的時候都在笑。」

杜敬之沒說，他在畫畫的時候，都會忍不住笑。

這算是戀愛了嗎？

他跟最喜歡的那個人在一起了。

杜敬之跟著笑，笑聲透過手機，傳到了周末那一端。他聽到了開門的聲音，下意識地往窗外看，就看到周末走到了露臺欄杆邊，朝杜敬之窗戶這邊看著。

他遲疑了一下，還是披了一件外套，打開了露臺的門，走了出去，與此同時掛斷了電話。

周末也不跳過來，只是將手臂搭在欄杆上，微笑著看著他。夜已經深了，他看著黑暗中那道身影，然後走了過去。

「都十二點半了，你明天要成仙？」他問。

「我覺得，我今天晚上會失眠。」

「那就趁這個機會，多看點書。」

「看不下去，想看你。」周末說著，伸手將杜敬之拽到了身邊，隔著欄杆，抱著他。

「行了，早點睡覺吧，命還長著呢，又不是以後看不著了。」杜敬之說著，在周末的嘴唇上輕輕親了一下，然後往後退了一步，擁抱就此分開。

周末也不再糾纏，點了點頭說：「好，晚安。」

「還有，是棕色的。」杜敬之說。

「嗯？」周末沒反應過來。

「腋下和那裡的毛，都是棕色的，摻雜著點黑色的，不過不多。」杜敬之說完，就轉過身，打開門回了自己的房間。

周末愣了一會神，突然蹲下身。

周末從來都不知道，他居然這麼禁不住誘惑，以前碰到杜敬之或者看著杜敬之才會硬，這回居然因為一句話。

蹲在欄杆邊吹了半天冷風，他才覺得自己緩過來了，轉身往房間走，心裡想著的是：完了，更睡不著了。

第二天早上。

杜敬之背著書包，打著哈欠往外走，就聽到了身後傳來一陣腳步聲。

他停住腳步抬頭往上看，就看到周末正在下樓，且很快就追上了他，到了他面前，抱了他一下。

結果，抱了一下，拔腿就跑。

他有點不解，結果感覺到自己的口袋沉甸甸的，一掏口袋，就看到一疊錢，當即罵了一句：「我操，沒看出來，這傢伙居然這麼賤。」

他把錢收好，想追出去罵，卻發現周末已經跑得沒影了，不由得被氣笑了，拿著錢，有點不知道該怎麼辦了。

到學校之後，走在走廊裡，就聽到有女生竊竊私語，偶爾能聽到周末的名字。

杜敬之有點好奇，結果剛看過去，那些女生就被嚇了一跳，趕緊跑開了。他納悶地回到班級坐下，推了推周蘭玥的肩膀問：「怎麼回事，我早上聽到好幾團女生在聊周末的事，妳知道情況嗎？」

周蘭玥還在啃麵包，隨口回答了一句：「不知道，我女生緣不好。」

杜敬之這才想起來，笑了笑問：「妳男生緣好嗎？」

「也不好。」

「沒錯，妳是我的小周妹妹。」

周蘭玥見杜敬之心情還挺好的，於是開始了新一輪語言挑逗：「是啊，你說同樣姓周，這受歡迎的程度，差距怎麼那麼大呢？」

「對啊，同樣姓周，妳怎麼就差這麼多呢。」

周蘭玥撇了撇嘴，繼續啃麵包，然後突兀地站起身來，湊到了杜敬之面前，把他嚇了一跳。

周蘭玥依舊仔細地盯著杜敬之的脖頸看，弄得他有點心虛，下意識地摸了摸。

「妳……妳幹屁啊？」杜敬之問。

「沒事。」周蘭玥看了一會，就又坐了回去，往窗外看了一眼，問，「你家那位每次檢查戶外整潔的時候，都這麼轟轟烈烈的？」

杜敬之跟著往窗外看，發現周末正拿著一個本子，走在操場上，身邊跟著程樞。他們的周圍圍著一群女孩子，似乎在聊著天，不過周末一直在低頭看本子，只有程樞會偶爾跟她們說兩句。

這個時候，周末突然抬頭朝七班的位置看了一眼，嚇得杜敬之一個激靈。

過了能有兩分鐘，杜敬之就收到了周末的簡訊：我沒理她們，乖不乖？

杜敬之笑了笑，遲疑了一下還是回覆：乖。

然後從黃胖子的書桌裡掏出鏡子來，仔細看了看自己的脖子，上面有一個很淡的吻痕。他又悄無聲息地把鏡子放了回去，把校服外套的拉鍊拉到了頂端，擋住了脖子。

他看了一眼周蘭玥的背影，猜測著周蘭玥應該已經發現了。

這個女的真的是……太可怕。

033

中午吃完飯，杜敬之就發現不少人在往體育館走。

杜敬之跟劉天樂、黃雲帆覺得無聊，還當是哪個班在裡面辦小型籃球比賽呢，打算去看看熱鬧。

結果一進去就是一陣無語。

體育館裡女生明顯比男生多，這在平時是很少見的，因為很多女生不愛好籃球，如果籃球場上沒有帥哥，她們看都不愛多看一眼。

明顯，這回有帥哥。

周圍的女生似乎還挺興奮的，幾個人圍成一堆看著，時不時議論一句什麼。

杜敬之盯著場上的周末，一陣無語。

「就是校隊練球啊，有什麼好看的？」黃雲帆忍不住嘟囔了一句，看了看周圍的人，不免覺得有點納悶。

「周大校草在呢，這傢伙可是很少這麼活躍，平時都是躲在教室裡閉關學習的。」劉天樂看完忍不住樂了，回答了黃雲帆。

「早上檢查衛生的時候走位挺風騷的啊，身後跟著的那一群人簡直可以說是啦啦隊，沒看出來這位低調。」

「誰讓人家長得好，性格好，功課還好呢。」

「不知道為什麼，我每次看到他，都覺得挺假的一個人。」黃雲帆跟周末有那麼點過節，至今看到周末，都有那麼點彆扭。

杜敬之看了黃雲帆一眼，歎了一口氣，還是轉身往回走了：「沒意思，走吧。」

他如果想看，讓周末脫光了給自己看周末都不會說二話，現在打個籃球有什麼好看的？沒意思。

回到教室，杜敬之還準備睡一覺呢，畢竟他靠著暖氣，如今給了暖氣，暖和得他總有點睏。結果剛到教室，周蘭玥就把檢討書往桌面上一拍：「自己抄一份，我可是要死要活地寫了三份不一樣的。」

杜敬之看著檢討書，這個難受啊：「妳寫這麼多字幹什麼？」

「當我愛寫？高主任規定了字數的。」

杜敬之跟劉天樂悶頭抄檢討書，黃雲帆則睡得直打呼嚕。

寫了能有一半，杜敬之就收到了周末發來的簡訊：怎麼看一眼就走了？

杜敬之：有什麼好看的？

周末：我不好看？

杜敬之：有那麼多女生看你，你還不滿足。

周末：你不在，就不滿足，好委屈啊，隊友都有女朋友給送水，我什麼都沒有。

杜敬之：那麼多女生圍觀，就沒人給你送水？人緣後退了啊。

周末：不是你給的，就不要。

杜敬之看著簡訊揚了揚眉，放下筆，繼續看手機，遲疑了一下才問：你怎麼突然開始這麼活躍了？

周末：我也不想啊，下學期有個籃球比賽，是跨校進行的，為校爭光的時候我得上啊，起帶頭作用。

杜敬之：下學期？都快高三了，還搞這個？

周末：不是提倡勞逸結合，給學生減輕負擔嗎？學校也是響應號召。而且我學生會跟校隊這個也就堅持到高二結束。

杜敬之：真麻煩。

周末：確實，人活著怎麼這麼累呢，以後跟你一塊好好過日子不就行了嗎？

杜敬之：乖，放輕鬆，以後老公養你。

周末那邊沉默了一會，才回覆：好好上課。

杜敬之看著這句簡訊，有點弄不明白了，不過也沒在意。

下午，杜敬之抄完了檢討書，拿著檢討書去一班找周末，剛過去，就看到柳夏站在門口，朝門裡喊著：「周末，有個事要問你。」

等了一會，程樞從教室裡走了出來問：「什麼事啊？」

「你是秘書啊？」柳夏有點不高興地問。

「有事說事吧，最近班導找周末談話了，要他收斂點。」

「他被訓了？」

「是吧，班導想讓周末退出校籃球隊，好好學習，但是最後沒准，班導就找周末單獨談話了，意思是讓周末不能鬆懈什麼的……」

程樞正解釋著，杜敬之就走到了一班門口。

他探頭往教室裡看，周末的位置很尷尬，個子高，卻還是坐在第二排，大概也是因為學習好，所以故意優待了。

杜敬之看的時候，周末正撐著下巴，低頭看著考卷。他喊了一句：「欸，周末。」

周末聞聲抬頭，他對周末勾了勾手指。

程樞看著，遲疑了一下問：「你來交檢討書吧，給我就行了。」

杜敬之看了程樞一眼，又朝教室裡看，周末已經起身出來了。

程樞跟柳夏就這麼沉默地看著周末走出來，拽著杜敬之到了靠窗戶的那一側，拿了杜敬之手裡的檢討書。

程樞尷尬地乾咳了一聲，白了周末一眼，差點就吐口水了，心說這叫什麼事啊，要不要這麼雙標啊？他在這裡費盡口舌地解釋，這傢伙一下子就給破了。

這回，程樞直接不管了，扭頭回了教室。

柳夏看了一會，有點遲疑，她不願意接近杜敬之，不過還是說了一句：「周末，我給你傳簡訊了，你沒看手機嗎？」

「嗯，不常看手機。」周末看都沒看柳夏，只是看著檢討書。

「那我下節課下課來找你，問你點問題。」

「問程樞就行。」

柳夏也不算傻，看出來周末態度十分冷淡了，咬了咬下唇，直接離開了。

等柳夏走了，周末才拿著杜敬之的檢討書問：「不是說我幫你寫嗎？」

「我自力更生了。」

「找別人寫的，然後你抄了一份？」

「你怎麼知道？」杜敬之還挺驚訝的。

「你寫東西的語氣不是這樣的，抄這一份累不累？」

「確實挺累，抄了一中午。」

「這麼辛苦啊，晚上請你吃飯吧。」

「所以……我寫份檢討書也得犒勞一下？」

「對啊，我們家小鏡子這麼辛苦。」

「算了吧，我放學得去我姥姥那，你惹的禍。」

周末笑著點了點頭，然後把檢討書收下了，注意到班導回來了，這才快步回了教室。進去後，還被班導詢問了跟杜敬之在一塊幹什麼，解釋完了才回去，估計被班導敲打的事情是真的。

一班的班導是學校裡有名的滅絕師太，更年期持續了十餘年，這些年都沒見到好轉，就算對待周末這樣的好學生，也是嚴肅且刻板的樣子，堅信只有知識才能改變命運。

三中本來就是優秀學生聚集的地方，一班更是三中裡頂尖的學生，作為三中的重點班被學校看重。這位滅絕師太在一班堅守了十餘年，帶了一批又一批的畢業生，認真是出了名的。

雖然，在學校的時候欲生欲死，這位滅絕師太卻很受畢業生們的喜歡，每年回母校看老師的大多就是看這位。

聽說，這位老師有過一次壯舉，就是班裡一位學生在高三衝刺階段出了車禍，斷了腿。這位老師就每天早早去這個學生家裡接這個學生上學，背著學生進學校，放學再背著學生送回家裡去，堅持了大半個月，直到學生能自己行走。

到現在還有其他老師提起這件事，這是老師在用一班刺激七班學生的時候說的。

杜敬之也沒多計較，轉身回了自己的教室。

放學後，杜敬之就直奔杜姥姥家，跟杜姥姥鬥爭了能有半個小時，才用「錢容易被杜衛家貪了去，離完婚後再給錢」的理由把錢還了。然後先在杜姥姥家吃了一大頓，還外帶了紫菜包飯跟炸雞回了家。

到了家裡的樓下，杜敬之搬了一箱礦泉水，氣喘呼呼地爬上六樓，敲了敲周末家裡的門。

過了一會，是周末來開的門，看到杜敬之腳邊放著一箱礦泉水，一陣……一陣無所適從。

「喏，水，以後每天去打籃球前開一瓶，一次解決，喝完了哥再給你買。」杜敬之說著，還把手裡的紫菜包飯跟炸雞也給了周末。

周末捧著東西，又看了看那一箱礦泉水，哭喪著個臉：「感覺不一樣。」

「要什麼感覺？我特意買十元一瓶的，都沒買便宜的，那個瓶子太軟。等你喝完水了，把瓶子收集起來，還能再賣了賺錢。」

周末又沉默了一會，才問：「搬上來累不累？」

「還行吧，確實挺沉。」

周末這才跨出來一步，抬手抬起杜敬之的下巴，直接親了過來。杜敬之嚇了一跳，猛地一推周末，生怕被周家人看到。

結果推得太猛，周末的腦袋直接撞在了門框上，發出一聲巨響。

周末疼得表情都扭曲了，杜敬之回過神來後，趕緊過去幫周末揉頭，周末這才說起來：「進來吧，我家裡就我一個人。」

「哦……」杜敬之俯下身要去搬水，結果周末領先了，把水隨便放在了門口，就揉著頭，幫杜敬之拿拖鞋了。

兩個人一塊上了樓，杜敬之問：「你寫作業呢？」

「沒，我在看教學呢，想給你的微博增加點粉絲。」

「還研究那玩意呢？」

「嗯，我覺得，我們不能錯過最好的時機，我有預感，網路將會對未來的生活產生巨大的影響。」

「為什麼這麼確定？」杜敬之忍不住問。

「因為懶人太多了，在網上可以購物，可以社交，不用再出門，會讓那些懶人找到生活的意義。而且，有網路給你宣傳的話，便捷、操作簡單、費用低，誰都可以，只要有想法。」

杜敬之點了點頭，問道：「我該怎麼配合你？」

「愛我，我就有無盡動力。」

「……」面無表情。

「要不親我一下？」

「……」依舊面無表情。

周末又是一陣委屈，那一箱礦泉水已經讓周末接近絕望，現在這個冷漠的杜敬之讓他再也看不到美好的未來了。

杜敬之跟在周末身後，走著走著，忍不住揚起嘴角，十分燦爛地笑了，笑容又甜又美。

周末再次回頭的時候，看到了這個微笑，然後不自覺地，跟著笑了起來。

委屈，瞬間消失不見。

高寶書版集團
gobooks.com.tw

FH016
糖都給你吃 1

作　　者　墨西柯
譯　　者　華茵Cain
主　　編　吳珮旻
編　　輯　賴芯葳
美術編輯　Vitctoria
內頁排版　賴姵均
企　　劃　何嘉雯
版　　權　張莎凌

發 行 人　朱凱蕾
出　　版　朧月書版股份有限公司
　　　　　Hazy Moon Publishing Co., Ltd
地　　址　台北市內湖區洲子街88號3樓
網　　址　gobooks.com.tw
電　　話　(02) 27992788
電　　郵　readers@gobooks.com.tw（讀者服務部）
傳　　真　出版部(02) 27990909　行銷部 (02) 27993088
郵政劃撥　19394552
戶　　名　朧月書版股份有限公司
發　　行　朧月書版股份有限公司
初　　版　2022年 01 月

國家圖書館出版品預行編目(CIP)資料

糖都給你吃/墨西柯作. -- 初版. -- 臺北市：朧月書版股份有限公司, 2022.01
冊；　公分

ISBN 978-626-95289-9-8(第1冊：平裝)

857.7　　110019158